타임캡슐 1985

타임캡슐 1985

홍명진 장편소설

사□계절

차례

1
남산 아래 첫 동네

끼이익-

강렬한 파열음을 일으키는 소리에 번쩍 눈을 떴다. 이마를 반으로 쪼갤 듯 날카롭고 긴 소리였다. 머리맡으로 햇살이 쏟아져 들어왔다. 제대로 늦잠을 잔 모양이었다.

두 발로 이불을 걷어차며 일어나려다 잠시 멈칫했다. 어젯밤 잠들기 직전까지 뭔가를 골똘히 생각한 것 같았는데, 그놈의 느닷없는 끼이익, 소리 때문에 머릿속이 엉망이 되어 버렸다. 맞다. 오늘을 엄마가 기억하고 있는지, 그걸 꽁하게 품고 잤었지?

거실 한쪽 벽에 붙여진 사각 식탁에 밥상이 차려져 있었다. 밥주걱이 걸쳐진 빈 밥공기, 미역국에 어묵볶음, 김치, 콩나물무침에 달걀 프라이 하나. 어제저녁 반찬에 미역국과 달걀 프

라이만 추가됐다. 뭔가를 기대한 내가 잘못이지. 아들 생일이
라고 호들갑을 떨 황 사장이 아니었다. 그런데 이건 정말 너
무하지 않나? 미역국만 끓여 놓고 퇴장해 버리다니.

식탁 위쪽에 걸린 시계를 쳐다봤다. 아홉 시 사십 분. 다른
때 같았으면 일찍 일어나라고 잔소리만 애국가 3절 분량을 늘
어놓았을 텐데, 생일날이니까 봐준 건가? 아침은 때려치우고
다시 들어가 자 버릴까 하다가 미역국에 떠 있는 쇠고기 조각
에 맘이 쏠려 식탁 앞에 앉았다.

오늘은 열일곱 살이 되는 내 생일이다. 생일날 아침이 특별
해야 하는 건 아니지만 다른 집이라면 이렇게 썰렁하진 않을
거다. 적어도 정상적인 가정이라면 말이다.

"사내새끼가, 요런 걸 갖고 아침부터."

나는 전기밥솥에서 푼 뜨거운 밥을 국그릇에 말며 중얼거
렸다. 밥은 누랬다. 어제저녁에도 먹었던 밥이니까.

밥을 한 숟갈 입속에 넣으면서, 오늘 하루 아무런 기대도
갖지 않기로 했다. 이제껏 늘 그래 왔으니까. 없던 아버지가
느닷없이 생일 선물로 내 앞에 나타날 것도 아니고, 짠순이,
왕소금인 엄마가 재킷을 한 벌 사 줄 것도 아니고. 생각은 알
아서 포기를 하는데, 마음은 비참했다. 괜히 울컥한 게 올라
와서 퉁퉁 분 밥을 입에 떠 넣다가 발딱 일어나서 국그릇을 개
수통에 처넣어 버렸다.

이불 속에서 뒹굴며 만화책 세 권을 다 본 다음, 만화책을

옆구리에 끼고 집을 나섰다. 생일 선물치곤 푸짐한 햇살이었다. 며칠 동안 코끝이 헐 정도로 얼얼하게 추웠는데 가지를 파들파들 떠는 가로수들이 무색할 만큼 노랗게 윤기 있는 햇살이 이마에 들러붙었다. 나는 현관문 앞에 서서 한쪽 팔만 치켜들고 길게 기지개를 켰다. 내리막길을 달려 내려온 트럭 한 대가 먼지를 일으키며 지나갔다. 내 잠을 깨운 것도 내리막길에 가속이 붙은 배달 자전거였을 거다. 뒤에 막걸리 통을 실었거나 두부 판을 싣고 시장통으로 들어가는 자전거.

트럭이 내려왔던 언덕길 위로는 포장도로가 허리띠처럼 가늘게 누워 있다. 그 건너 우람하게 솟은 남산. 우리 집 현관 앞에선 남산의 팔각정자 지붕도 타워도 보이지 않았다. 원래 등잔 밑이 어둡다고 했다. 산을 둘러싼 숲이 눈앞을 가렸다. 잎이 떨어진 숲도 숲이니까.

우리 동네는 서울 시내 한복판에 우뚝 솟은 남산 아래 첫 동네였다. 해방될 무렵 이북에서 내려온 실향민들이 모여 살면서 '해방촌'이라는 이름이 붙었다고 연백 할머니가 말했다.

남산이 서울 시내 사방에서 눈에 띄는 것과는 달리 해방촌은 눈에 띄지 않는 손바닥만 한 동네였다. 오래된 건물 벽엔 이끼가 앉았고, 아파트나 그럴싸한 빌딩도 없었다. 고층 건물이 없는 고지대의 동네는 사방 어디로 가든 계단과 맞닥뜨렸다. 그중에서도 가장 악명 높은 108계단은 해방촌 시장 삼거리에서 후암동까지 연결되는 지름길이기도 했다. 계단 맨 위쪽에서 두루마리 화장지를 굴리면 10초도 안 돼 꼬랑지가 보일 정도로 풀려 나갔다. 연백 할머니는 울퉁불퉁 빙판이 된 108계단에 두 번이나 크게 당했다. 나같이 쌩쌩한 애도 어기적거리며 걷는 판에 두툼한 엉덩이를 뒤로 쑥 뺀 채 오리처럼 뒤뚱뒤뚱 걷는 연백 할머니에겐 난감한 코스였다.

정남향으로 앉은 우리 집은 햇살을 흠뻑 빨아들이고 있었다. 다섯 칸의 계단 위에 달린 현관문은 니스를 덧발라 놓은 것처럼 반짝거렸다. 계단 아래 지하층은 엄마가 운영하는 봉제 공장이었다. 도로를 사이에 두고는 롯데 미용실이 마주보고 있었다. 미용실 왼쪽 모퉁이는 똘이 만화방, 편물 공장이었던 오른쪽 모퉁이 지하는 희망 교회였다. 교회로 내려가는 계단 입구는 뻥 뚫려 있었다. 해방촌 아이들도 찾지 않는 인기 없는 교회였다. 교회 건물 2층은 롯데 미용실 주인인 난희네와 똘이 만화방 할아버지네 살림집이었다. 뾰족한 십자가가 지붕 위에 설치되어 있어서 난희네 집이 꼭 교회처럼 보였다.

기지개를 켜면서 입을 쩍 벌리고 하품을 하던 나는 순간적으로 입을 틀어막았다. 송난희가 내 쪽을 빤히 쳐다보고 있었다. 유리문 안쪽에서 입을 뻥긋거리던 난희가 아니나 다를까 유리문을 열고 머리를 내밀었다.

"야, 황주오, 잠깐 들어와 봐."

'하필이면 생일날 처음 얼굴 맞닥뜨린 애가 송난희야.'

재수 없을 것까지야 없지만, 별로 반갑지 않은 인물이었다.

난희는 머리에 구불구불한 금발의 가발까지 뒤집어쓰고 있었다. 저 우스꽝스러운 꼬락서니는 또 뭐야.

"야, 황주오. 잠깐 들어와 보라고."

난희의 목소리가 신경질적으로 팍 올라갔다. 왜 괜한 시비야, 대낮부터. 난희 엄마가 잠깐 가게를 비우면서 난희에게 파수꾼 노릇을 시킨 모양인지 미용실엔 난희뿐이었다.

"내가 미용실엔 왜 들어가냐?"

어이가 없다는 듯 받아치자 난희는 주둥이를 오리처럼 내밀고 실룩거렸다.

"어유 좀팽이 아니랄까 봐, 쪼잔해 갖고는. 남자가 미용실에 들어오면 옴이라도 옮냐?"

이 정도는 다행이었다. 벌건 대낮에 사람과 차들이 지나다니는 길바닥 한가운데다 대고 꼴에 불알이 어쩌고저쩌고 나불대는 것보다야 훨씬 숙녀다웠다.

난희와 나는 해방촌이 고향인 동갑내기였다. 어른들 말에 의하면 우리는 초등학교에 들어가기 전엔 목욕탕도 같이 다녔다고 했다. 믿고 싶지 않지만 그 무렵의 기억이 가물가물하니 굳이 아니라고 우기고 싶은 마음은 없다. 어른들 입방정에 휘말리지 않으려면 모르는 척하는 게 수였다. 열일곱 살쯤 되면 남자 대접을 해 줘야 하는 게 예원데 한동네에 사는 토박이의 나쁜 점이 바로 그거였다. 고추 내놓고 달랑거리며 돌아다니는 꼴까지 봤으니 함부로 얕잡아 보고 어린애 취급만 하려 들었다. 난희는 어른들보다 한술 더 떴다. 여자와 남자의 정신연령까지 들먹여 가며 나를 자기가 입다 버린 팬티 쪼가리쯤으로 취급하려 든다.

중학생이 되기 전까지만 해도 나는 롯데 미용실의 단골이었다. 머리 깎을 때가 되면 엄마는 강아지 덜미를 움켜쥐듯 내 목덜미를 잡아끌고 롯데 미용실로 직행했다. "언니, 짧게 깎아 줘요. 애는 먹는 게 다 머리카락으로 가나 봐. 귀찮아 죽겠어." 하고는 휘리릭 나가 버렸다. 난희 엄마는 내게 어떤 스타일을 원하느냐고 한마디 물어보지도 않고 자기 맘대로 잡초 깎듯이 슥슥 잘라 내기 시작했다. 가위질 소리에 움찔움찔 놀라며 나는 거울 속 난희 엄마를 노려보았다. 그러거나 말거나 난희 엄마는 게슴츠레한 눈으로 가위가 노는 대로 아무렇게나 손을 놀렸다. 난희 엄마가 깎아 놓은 내 머리는 항상 밤송이 스타일이었다.

더 이상의 대거리는 불리했다. 나는 난희를 무시한 채 길을 건넜다. 난희는 당연히 내가 자기의 마력에 이끌리듯 미용실로 들어오는 줄 알았을 거다. 나를 쳐다보고 있는 난희의 표정은 그때까지 뻔뻔스럽게도 생글생글 웃고 있었으니까.

나는 보란 듯이 만화방 쪽으로 몸의 각도를 틀었다.

"야!"

난희의 열 받친 목소리가 뒤통수로 날아왔다.

'볼일 있으면 네가 와. 이거 왜 이래.'

나는 유유히 만화방 문을 열고 들어섰다.

*

코딱지만 한 만화방엔 잔챙이들이 바글바글했다. 낡은 소파
에 어깻죽지까지 푹 파묻고 앉아 만화책을 보는 조무래기들
을 보자니 한심한 생각이 들었다. 고개를 푹 숙인 채 침을 묻
혀 책장을 넘기는 녀석들 중엔 누런 코가 들락거리는 녀석들
도 보였다. 목덜미에 묵은 때가 새까맣게 앉은 녀석, 손톱으로
콧구멍을 파내 입으로 가져가는 녀석까지. 나도 모르게 콧잔
등이 찡그려졌다. 이 나이에 내가 이런 데나 들락거리다니.
　나는 책상 앞에 앉아 있는 주인 할아버지에게 다가가 만화
책을 내려놓았다. 할아버지는 돋보기를 쓰고 장부를 펼쳐 내
이름이 적힌 칸에다 큼지막하게 가위표를 쳤다. 만화방을 슥
둘러보고 조용히 나가려는데 장부를 덮던 할아버지가 나를
불렀다.
　"주오야, 조기 저 끝에 있는 책들 책장에 좀 꽂아 다오."
　할아버지가 내 이름을 부르는 것과 동시에 난희가 만화방
문을 열고 들어왔다. 입에 문 막대사탕을 빙글빙글 돌리면서
난희는 고소해 죽겠다는 표정을 지었다. 뭐 이깟 일로 그럴
것까지야. 나는 속으로 혀를 차면서 할아버지가 가리킨 만화
책들을 가슴에 가득 떠안고 책장으로 다가갔다. 천장 밑의 제

일 높은 칸이 비어 있었다.

5단짜리 철제 사다리가 책장 앞에 세워져 있었다. 나는 세 칸을 밟고 올라섰다. 벽면을 가득 채운 책장에 꽂힌 만화책들은 손때에 절어 시커멓거나 너덜너덜해진 표지를 투명 테이프로 붙여 놓은, 이미 단물을 빼먹을 만큼 빼먹은 것들이었다. 변변한 신간 하나 제대로 못 갖춘 이 만화방도 한심하지만 아직도 코흘리개들 놀이터인 구멍가게를 졸업하지 못하고 드나드는 나도 한심했다. 다른 델 개척하지 않고 아쉬운 대로 이 만화방을 이용하는 건 게으른 내가 움직이기 딱 좋게 집에서 코앞이고, 다른 데보다 대여료가 엄청 싸기 때문이다.

나의 단짝이자 물주인 태균을 따라 몇 번 가 본 서울역 근처 만화방은 합성피혁 냄새가 나는 소파가 빵빵했다. 거기선 라면도 끓여 팔았다. 서가 뒤쪽 골방으로 들어가면 비디오로 영화도 볼 수 있었다. 담배도 피울 수 있고, 여자 친구도 사귈 수 있었다. 하지만 태균이 없이는 어림도 없었다. 엄마는 돈이라면 10원짜리 동전 하나에도 발발 떨었다. 엄마 주머니에서 돈을 타 내기란 하늘에서 별 따기보다 어려웠다. 돼지 저금통의 푼돈도 엄마 허락 없이는 함부로 쓸 수 없었다.

하지만 이제 내가 만화에 열광하던 시절은 갔다. 『홈런왕』따위를 탐독하느라 코 빠뜨리고 있는 코흘리개들 사이에서 펭귄마을에 가서 살아 보는 꿈을 꾸기엔 내 키가 너무 컸다. 비밀리에 공공연하게 도는 일본 해적판 만화들에 군침이 돌지 않는 건 아니지만 똘이 만화방에선 찾아보기 힘들었다. 상호에 들어간 똘이가 할아버지 아들인지 손잔지 모르지만, 이미 커서 나보다는 훨씬 나이가 많을 것이다. 내가 아주 어렸을 때부터 똘이 만화방은 이 자리에 있었으니까.

"구시대 유물 같은 만화방부터 싹 갈아 치워야 해방촌이 뽀대 나게 바뀐다니까. 만화방 이름이 똘이가 뭐냐, 똘이가. 촌스럽게."

해방촌에 올라올 때마다 태균은 똘이 만화방을 갖고 씹어 댔다. 어디서 주워들은 건 많아서—그게 다 태균의 둘째 형인 태평이 형 영향이겠지만—앞뒤 맥락도 없이 엉뚱한 데 갖다 붙이는 것도 선수였다. 흥분한 나머지 태균은 한술 더 떠서 '똘이들'은 한 묶음으로 묶어 놓으면 딱 좋은 '물건'이라고 소리쳤다. 일테면 똘이 문구점, 똘이 분식, 똘이 슈퍼…… 반공의 영웅 똘이 장군까지. 찾아보면 끝도 없을 '똘이'들은 이 시대의 유물이라고 했다. 후대의 사람들은 '똘이'가 대체 뭔지 엄청 궁금해할 거라며 대단한 생각이라도 해낸 양 낄낄거리기까지 했다.

비어 있는 칸에 남은 책을 꽂고 손을 터는데 나도 모르게 픽 웃음이 터졌다. 열일곱 살 생일날에 똘이 만화방에서 하찮은 심부름이나 하고 있는 나 자신이 기가 막혀서.

"야, 너 안 내려오고 뭐 하냐?"

난희 말소리에 슬쩍 고개를 돌렸다. 그리고 사다리에서 한쪽 발을 들어 올리는 순간, 휘청 사다리가 흔들렸다. 어어어, 소리와 동시에 두 손으로 책장을 꽉 붙들었다. 사다리 밑 칸을 난희가 발로 툭 건드린 거였다. 여차하면 차 버릴 걸 불쌍해서 봐준다는 듯 높이 뜬 난희의 한쪽 발이 시야 끝에서 달랑거렸다.

"아깐 왜 날 싹 무시했어? 너 되게 웃긴다."

난희가 입에 문 사탕을 뽕 소리가 나게 뽑아내고 볼을 부풀리며 콧소리를 냈다.

"심심하면 태균이 불러다 줘?"

난희가 고양이 같잖다는 듯 혀를 찼다.

난희는 태균이 딱 좋아하게 생긴 타입이었다. 통통한 몸매에 똥그란 눈, 발칙하게 까진 이마와 여우 같은 입매. 거기다 태균이 환장하는 다갈색의 가무잡잡한 피부까지. 하지만 태균에 대한 난희의 품평은 한마디로 '노'였다.

"돼지 코에 뚱보. 게다가 사내자식이 수다스럽기까지. 남자라면 입이 무거우면서 날카로운 멋이 있어야지."

원래 자기 주제를 모르는 사람이 남의 주제는 엄청 따지는 법이다. 내가 보기에 난희와 태균은 막상막하, 둘이 세트로 묶어 놓으면 딱 제대로 된 그림이 나올 것 같았다.

"여자는 톡 쏘는 맛이 있어야지. 난희 걔 매력이 바로 그거라고. 사이다가 달리 사람 입맛을 죽여 놓냐?"

태균은 특유의 유들유들한 웃음을 지으면서 난희를 평했다.

태균이 지난 겨울방학 때 우리 집을 뻔질나게 드나든 건 난
희 때문이라고 해도 과언이 아니다. 난희에게 환심을 사려고
뿌린 쫄면값만 해도 적잖았다. 분식집에만 가면 난희는 다른
건 거들떠도 안 보고 쫄면만을 고집했다. 시뻘건 고추장에 비
빈 새콤달콤한 쫄면 가닥을 쪽쪽 소리 나게 빠는 난희를 태균
은 싱글벙글 웃으며 쳐다보았다. 하긴 맵고 단 쫄면만큼 잡친
기분을 달래 주는 음식도 없었다.

"내 친구가 너 찍었대. 소개해 달라고 하던데?"

난희가 다시 사탕을 쪽쪽 빨면서 말했다. 아까 이 말을 하
려고 나를 불렀던 모양이다.

"나 그런 데 관심 없어."

"웃기셔. 니가? 고자도 아닌 주제에 여자가 왜 싫어?"

난희는 가르랑거리는 소리로 웃었다.

'네 친구라면 열 트럭 싣고 와도 싫다.'는 말이 목구멍까지
올라왔지만, 역시 좀팽이인 나는 그 말을 사탕처럼 꿀꺽 삼켰
다. 괜히 난희 신경을 건드려서 이로울 게 없었다. 난희와 몰
려다니는 패거리들은 우리 학교 애들 사이에서도 유명짜했다.
지난 크리스마스이브 때는 하이힐에 가발을 쓰고 이태원 디
스코텍까지 진출했다가 재수 없게도 방학 중 특별 단속을 나
온 선도 부장 선생한테 딱 걸렸다. 난희는 그때 귀때기를 잡
힌 채 끌려 나오던 일을 자기 입으로 줄줄이 쏟아 놓았다. 졸
업이 얼마 남지 않은 중3이 재수 없게 선생한테 잡혀 반성문

까지 쓴 건 개교 이래 자기네 학교에서 처음 있는 일이라나 뭐라나. 난희 말에 의하면 자기 친구들은 요일마다 팬티도 색깔별로 구별해서 입는다고 했다. 빨주노초파남보 일곱 가지 무지개색으로 구별이라도 한다는 말인가?

난희가 내게 소개해 준다는 친구도 요일별로 팬티 색깔이 다른 패거리 중 하나일 게 뻔했다.

나는 난희의 웃음소리를 뒤로하고 만화방을 나왔다. 어처구니없는 말엔 대꾸하지 않는 게 수였다.

"야, 좀팽아, 생일 선물로 소개해 주려고 한 건데. 걔가 너보고 귀엽대!"

내가 길을 건너려고 한 발 내디뎠을 때 난희가 소리쳤다. 깔깔거리는 난희 웃음소리가 언덕을 내려온 자동차 소리에 묻혔다.

난희가 내 생일을 알고 있는 게 이상한 일은 아니었다. 말해 놓고 본전도 못 찾았지만, 너보다 열흘이나 먼저 태어난 오빠라고 내가 우겼으니까. 삼일절에 태어난 난희는 유관순 언니가 독립 만세를 외칠 때처럼 두 팔을 위로 번쩍 치켜들고 삼일절을 기념하며 태어났다고, 무슨 장한 일을 한 것처럼 혀까지 날름대며 '그깟 열흘'이라고 콧방귀를 펑펑 뀌었다.

나는 성큼성큼 걸어서 공장 출입문 앞에서 발길을 멈췄다. 드르륵거리는 재봉틀 소리가 희미하게 들렸다. 출입문에는 '미모사'라고 쓰인 손바닥만 한 양철 간판이 붙어 있었다. 그

18

밑에는 '미싱사, 시다 ○○명 구함'이라는 구인 광고가 붙어
있었는데, 끝이 도르르 말린 채 누렇게 변해 있었다.

공장에서 일하는 사람은 엄마를 포함해 모두 다섯 명이었
다. 미싱사 누나들 넷은 숙소에서 함께 살았다. 숙소가 생기기
전에는 우리 집에서 미싱사 누나들이 같이 먹고 자고 했다.
엄마와 내가 안방을 쓰고 나머지 방 두 개를 누나들이 나누어
썼다. 모두가 잠잘 방이나 거처할 곳이 없어서, 숙식을 제공한
다는 조건으로 우리 공장으로 들어온 누나들이었다.

나는 창문 쪽으로 다가가서 재봉틀 소리에 귀를 기울였다.
재봉틀 소리는 일정한 리듬이 있었다.

드륵, 드르르륵, 득득. 드르륵드르륵 득득.

재봉틀 밟는 소리가 한꺼번에 몰아칠 때는 먼지를 뽀얗게
일으키며 끝없는 평원을 달리는 말발굽 소리처럼 들렸다.

잠시 고민이 됐다. 작업장 안으로 들어갈까 말까. 엄마에
게 얼굴이라도 보이면 저녁에 국물이 좀 있으려나? 그런데 이
건 아닌 것 같았다. 점심때부터 집을 비웠으니 엄마는 점심을
먹으러 올라와서 내가 집에 없다는 걸 알았을 것이다. 일하는
내내 꽁해서는 저녁에 들어오기만 해 봐라, 하고 벼르고 있을
지도 모른다. 내가 선수를 쳐야 한다. 사고 한 번 안 치고 열여
섯 번의 생일을 다 그냥 보내 버리다니. 병신 쪼다!

나는 그 길로 돌아섰다. 재봉틀 소리가 멀어졌다. 재봉틀 소
리가 내 생일이라고 해서 다르게 들릴 리는 없었다. 아마 내

일도 모레도, 남산이 무너지는 날에도 변함없을 거다. 엄마의 재봉틀 소리는 내가 태어나기 전부터 변함없이 힘차게 흘러왔고, 제12대 총선거가 치러지던 날에도 쉬지 않았다. 2000년, 우주 관광 시대가 열릴 거라는 21세기에도 아마 탈 없이 계속될 것이다. 그런데 기껏 아들 생일날이라고 달라지랴.

*

엄마의 재봉틀 소리처럼 태균도 변함이 없었다. 만나자는 말에 금방 튀어나왔다. 하긴, 녀석도 집구석에 처박혀 있어 봤자 별 볼 일 없는 인생이었다. 내 머릿속에 입력된 프로그램은 태균과 오락실에 가서 생일 기념으로 멋지게 한 게임 뛰어주시고, 날이 어두워지면 적당히 묻어서 태균네 집으로 가는 거였다.

오락실에선 두 시간 동안 신 나게 당했다. 태균이 생일 선물이라며 넣어 주는 동전으로 갤러그를 시작했다. 4단계에만 올라서면 무너졌다. 적을 섬멸하겠다고 비장한 각오로 나서도 번번이 가슴에 직격탄을 맞고 쓰러졌다. 떼거리로 달려 나오는 놈들을 섬멸하고 레벨을 올리는 방법은? 순간적인 판단력과 스피드였다. 버튼과 조그스틱을 조작하는 태균의 손놀림은 가히 신의 경지에 오른 듯했다. 녀석이 미친 듯이 고개를 흔들며 적을 섬멸해 나갈 동안 나는 돈만 먹히는 게 미안해서 손을 놓고 태균이 하는 게임을 구경했다.

"야, 넌 아직도 코흘리개 수준이냐? 한심하다, 한심해."

나도 녀석만큼 오락실 문턱이 닳도록 드나들었으면 이런 한심한 수준은 진즉에 벗어났을 것이다. 우리 동네엔 아직 오락실이 들어오지도 않았다. 하긴 해방촌은 뭐든 한 발씩 늦었다.

오락실에서 나왔을 땐 제법 날이 어둑해졌다. 배고팠다. 생일 미역국도 먹다 말고 점심은 빵으로 대충 때웠으니 배가 고프고도 남을 시간이었다. 그런데 태균은 자기 집에 가잔 말을 안 했다. 108계단 앞에서 녀석과 나는 헤어져야 할 운명이었다. 녀석은 턱을 쳐들고 쳐다봐야 하는 해방촌 출신이 아니었다. 이태원 골목에서 벗어난 제법 번듯한 '시내'에 살고 있었다.

"오늘 우리 엄마 컨디션 별로였어."

내 마음을 읽은 듯 녀석은 건널목 앞에서 우울하게 읊조렸다. 5년째 병석에 누워 지내는 태균이 엄마의 컨디션이 그날그날 가족들의 기분을 지배했다.

"어디 갈 데 있냐?"

나는 태균을 빤히 쳐다보며 물었다. 녀석의 표정이 서서히 바뀌면서 엷은 웃음이 깔렸다. 설마 우리 집에 가겠다는 뜻은 아니겠지?

"너네 집 가서 라면이나 끓여 먹자."

라면이나? 오늘 저녁 엄마가 잔업을 끝낼 때까지 돌아다니다가 들어가야 엄마 속을 홀러덩 뒤집어 놓을 수 있을 거다. 그런데 이 시간에 들어가서 라면까지 끓여 먹으면? 태균이 라면만 끓여 먹고 곱게 사라진다는 보장은 없다. 절대 그럴 리가 없지. 공장 누나들 숙소에라도 들어갈 수 있으면 좋겠는데, 거기 발길을 못 하게 된 것도 다 이 녀석 탓이었다. 나는 심각한 얼굴로 고개를 절레절레 저었다.

"할 수 없네 뭐."

태균이 내 가슴팍을 주먹으로 팍 치며 씩 웃었다.

"따라와 봐."

그래서 가게 된 곳이, 서울역 뒤쪽의 만화방이었다. 오늘이 만화방 순례하는 날도 아니고, 이 무슨 마가 낀 건지. 태균은 만화방 문을 열고 들어서며 아까 내 가슴팍을 칠 때처럼 씩 웃었다. 그때까지는 좋았다. 한쪽 구석 자리엔 보따리를 등에 대고 비스듬히 기대 만화책을 얼굴에 덮은 채 코를 골아 대는 아저씨도 있었다. 반들반들 빛나는 가죽 소파에 어울리지 않게 발 고린내가 진동했다. 누런 양말에서 냄새가 나는 것도 모르고 난롯가에 발을 올리고 있는 인간은? 곰보빵이었다. 쪽 째진 눈에 멀쩡한 구석 없이 빡빡하게 난 여드름은 보기만 해도 내 얼굴이 가려울 정도였다. 중학교 때 유명했던 날라리 선배였다.

곰보빵 주위에는 똘마니로 보이는 선배들이 키들거리며 만화책을 보고 있었다. 그들을 발견한 순간 어깨가 절로 쪼그라

들었다. 곰보빵이 학교 뒤쪽에서 후배들을 후려치는 걸 한두 번 보지 않은 애가 없었다. 눈을 마주치기 전에 얼른 나가야 했다. 태균은 입만 살았지 싸움은 젬병인, 말하자면 폭력을 두려워하기까지 하는 평화주의자였다.

"나가자!"

태균을 돌려세우며 내가 작은 소리로 속닥거렸다.

"야, 일루 와 봐."

그때 누군가 우리를 불렀다. 돌아보니 난로에서 발을 내린 곰보빵이 우리를 향해 손짓하고 있었다. 우리는 어깨를 잔뜩 움츠린 채 그 앞으로 다가섰다.

"중학교 후배들 맞지? 나, 본 적 없어?"

만화책을 보던 똘마니들이 고개를 쳐들고 일제히 우리를 주시했다.

"오늘 좀 피곤해서 내가 쉬고 있거든. 배도 고프고 힘이 없어서 큰소리도 못 내겠다. 뭐 없어?"

곰보빵이 손을 벌려 흔들자 옆으로 몰려든 똘마니들이 키득거렸다.

태균은 텁수룩한 뒷머리를 벅벅 긁더니 순순히 바지 호주머니를 홀라당 까뒤집었다. 태균에게서 꼬깃꼬깃 접힌 오천 원짜리 지폐를 받아 든 곰보빵이 씩 웃으며 내게도 손을 내밀었다. 나도 태균과 똑같이 바지 주머니며 잠바 주머니를 홀라당 까뒤집었다. 내 주머니엔 동전 하나 없었다. 오늘 나의 물

주는 태균이었으니까.

"하 참, 어처구니가 없네. 넌 짜샤, 친구 등쳐 먹고 사는 놈이냐? 별 거지 같은 새끼를 다 보겠네. 없으면 꺼져, 자식아!"

태균이 내 옆구리를 툭 쳤고, 우리는 동시에 잽싸게 몸을 돌렸다.

"휴, 이게 뭐냐, 응? 좆나게 재수 없네."

밖으로 나오자마자 태균은 분기탱천해서 씩씩거렸다.

"너나 나나 인마 오늘 똥 된 줄 알아. 생일 턱 한번 내가 크게 썼다."

빠른 걸음으로 만화방 앞을 벗어나며 태균이 구시렁거렸다. 나는 씨근덕거리는 태균의 화를 묵묵히 참아 냈다. 생각할수록 기가 막히게 흘러가는 하루였다. 눈 뜰 때 이마를 찍 긋고 가던 대문짝 새된 소리부터가 영 그렇더라니.

"못 떠난 게 내 인생 일대의 가장 큰 실수야."

서울역 광장 한복판에 서서 내가 한숨처럼 내뱉었다. 해방촌은 어두워 눈길도 닿지 않는 곳에 있었고, 남산타워의 불빛만 사람 애를 간질이듯 반짝반짝 빛났다.

"갑자기 뭔 소리야? 기분 엿 같아 죽겠는데."

태균이 침을 찍찍 뱉어 댔다. 계획 없이 즉흥적으로 저지르는 일들은 결국엔 한심하게 끝맺는다는 건 오늘 하루에 배운 교훈이 아니었다.

"고등학교 입학 원서 쓸 때, 좀 더 고집을 부려 보는 건데,

지금 그 말씀 하고 계시는 거다."

"한심한 새끼, 그러니까 그 얘기가 왜 지금 이 시점에서 나오느냐고."

태균은 화가 가라앉지 않는지 소리를 질렀다.

"내가 한심해서 그런다."

"그래서. 갔으면? 몇 년 후에 기껏 공돌이 아저씨나 되어 있겠지."

"야, 공돌이가 뭐냐? 엔지니어지."

내 말에 태균이 홍 콧방귀를 뀌었다. 그때 엄마의 반응도 그랬다. 공업 고등학교를 가겠다는 내 말에 콧방귀를 뀌던 엄마의 표정이 떠올랐다. 공고는 서울에도 있지만, 내가 가고자 했던 건 포항이나 대구 정도 먼 곳에 있는 공고를 말했다. 엄마에게서 분리 독립. 그러니까 구질구질한 해방촌, 그야말로 서울 하늘 아래 있는 이 촌구석을 떠나고 싶어서였다. 그런데 황 사장은 아주 가볍게 콧방귀를 뀌면서 내 말을 들어 보려고도 하지 않았다.

끈질긴 의지로 밀어붙였어야 했는데……, 사실 내 결심이 그리 확고하지 않았다는 걸 인정하겠다. 엄마는 내가 꼬리지느러미를 살랑살랑 흔들며 떠나가도록 엄마의 어항에서 놓아주고 싶은 마음이 절대 없는 사람이었다. 그렇다면 나는 정말로 엄마와 이 해방촌을 떠나고 싶었나? 그땐 대구에 있는 공고에 장학생으로 간다던 내 짝꿍이 부럽기만 했다.

태균과 헤어져 108계단을 오르면서 나는 다시 생각에 잠겼다. 정말 내가 이곳을 간절히 떠나고 싶어 했던가? '왜?'라고 되묻자 대답할 말이 떠오르지 않았다.

말문이 더 막힌 건 집에 도착했을 때였다. 황 사장은 잔업을 안 한 모양이었다. 공장 불은 꺼져 있고 집의 불이 환하게 켜져 있었다. 엄마는 문을 열어 주고는 안방으로 들어가 방문을 탁 소리 나게 닫았다. 무시무시한 침묵이 목덜미로 쭉 미끄러져 내렸다. 케이크에 촛불을 꽂아 놓고 기다리는 이벤트는 상상도 하지 않았지만, 이렇게 싸늘한 반응일 줄은 몰랐다. 차라리 고함을 질러 야단을 치거나 잔소리를 늘어놓으면 타협의 여지가 있다는 건데……. 엄마가 쓰는 가장 강력한 무기 중 하나가 침묵이었다.

나는 멍한 상태로 식탁 앞에 앉아 있었다. 생각이란 걸 해야 했는데, 머릿속은 텅 비어 있었다. 저러면 최소한 이틀은 가는데……. 내가 뭘 그렇게 잘못했나? 미역국만 달랑 끓여 놓고 일하러 내려간 사람이 누군데.

닫힌 안방 문을 쏘아보며 30분은 앉아 있었던 것 같은데 겨우 10여 분이 지났을 때였다. 초인종 소리가 울렸다. 아무 대답도 하지 않자 주오야, 주오야, 부르는 소리가 들렸다. 연백 할머니 목소리였다. 나는 입을 꾹 다문 채 버텼다. 엄마가 나올 때까지 꼼짝하지 않을 생각이었다. 내가 이기나 엄마가 이기나. 아니지, 연백 할머니까지 세 사람이었다. 셋 중에 누가 이기는지.

결국엔 연백 할머니의 승. 끈질기게 초인종을 누르고 문을 두드려 댄 연백 할머니 때문에 엄마가 방문을 열고 나왔다. 연백 할머니 손엔 큼지막한 손두부 두 모가 들려 있었다.

2
연백 할머니

    내 생일날 저녁, 모자간의 심각한 침묵 한가운데 등장한 연
백 할머니는 식탁에 두부를 내려놓고 의자에 주저앉았다.
    "집이 왜 이러키 썰렁해. 초상집거치."
    엄마는 뭐 이런 걸 자꾸 갖고 오세요, 웅얼거리듯 말하고는
입을 꾹 다물었다. 할머니는 엄마와 나를 번갈아 보았다. 한심
해하는 빛이 역력했다.
    "주오, 니 무슨 사고래 쳤니. 응? 니 옴마이 얼굴을 딱 보니
까 그렇다고 써 있구만 뭐."
    눈치가 백 단인 할머니는 말도 거침없는 성격이었다. 엄마
는 할머니에게 할 말 안 할 말을 가려서 했지만, 할머니는 그
런 거 없었다. 머릿속에 담긴 생각들은 입을 통해 직통으로
흘러나왔고, 그게 할머니가 해방촌 바닥에서 살아가는 일종의

무기이자 힘이었다.

연백 할머니가 누구인가. 일하는 엄마를 대신해 갓난아이 때부터 나를 맡아서 키워 준 사람이었다. 물론 엄마가 양육비와 수고비를 지불했겠지만, 우유 먹이고 똥 기저귀 빨고, 코 닦아 주고, 밥 떠먹여 주고, 데리고 자기도 했다. 내가 할머니 등에 업혀서, 혹은 걸음에 힘이 붙으면서 할머니 손을 잡아끌고 오른 남산만 해도 골백번은 더 될 것이다. 초등학교에 입학하기 전까지 나는 연백 할머니가 진짜 나의 할머니인 것을 의심하지 않았다. 내가 기억하는 할머니 냄새도 바로 연백 할머니의 냄새였다.

나를 치마폭에 싸고 다니며 길렀다는 연백 할머니는 내가 혼자서 학교도 가고 집도 지킬 수 있게 되자 해방촌 시장 입구에 고무 함지 하나만 달랑 놓고 앉아 겨울에는 무짠지, 여름철에는 누렇게 말렸다 불린 시래기나물과 두부를 받아서 팔았다. 할머니 자리는 변함없이 늘 같았다. 돈 주고 산 건 아니지만, 할머니의 가게 터나 마찬가지라고 했다. 할머니는 턱을 쳐들고 "짠지요, 짠지." 누런 웃물이 뜬 무짠지를 뒤적이며 지나가는 손님들을 불렀다.

햇빛과 그늘이 반쯤 섞인 오후에 학교에서 돌아오다 보면 연백 할머니가 무릎에 고개를 처박고 꾸벅꾸벅 졸고 있었다. 할머니를 놀릴 생각으로 "할머니!" 하고 소리를 지르면 화들짝 놀라 주위를 두리번거렸다.

"이 아이가 내가 업어 키운 아이여. 종간나새끼래, 이젠 사나이 다 됐다야. 코밑이 거뭇한 게 수염 뿌리가 보여."

시장 사람들이 보는 앞에서 할머니는 내 머리를 마구 헝클어뜨려 놓았다. 할머니 눈에는 내가 아직도 기저귀를 갈아 주던 갓난애로 보이는 모양이었다. 나는 할머니 손이 징그러워 몸을 움찔거렸다. 꺼슬꺼슬하고 넓적한 손으로 내 불알을 만지작거렸다던 말이 떠올라서였다. 할머니는 내 불알을 당신만큼 많이 조몰락거린 사람도 없다고 너스레를 떨었다. 나는 그 말만 들으면 등골에 진땀이 솟았다. 내가 다섯 살 될 때까지 할머니 젖을 만지작거리며 놀았다는 말도 누가 들을까 봐 겁나게 싫었다. 내가 인상을 찡그려도 할머니는 그저 좋아서 입을 헤벌리고 웃기만 했다. 그러곤 전대 주머니에서 아껴 둔 사탕이나 요구르트를 꺼내 쥐여 주었다. 할머니 전대 속에 들어갔다 나온 것들은 멀쩡한 게 없었다. 사탕은 녹아서 껍질에 들러붙었고, 요구르트는 귀퉁이가 찌그러져 있곤 했다. 초등학생 때만 해도 사탕이나 요구르트를 받아먹는 재미가 쏠쏠했지만 중학생이 되고부터는 누런 흙물이 든 손톱으로 까 주는 사탕이나 요구르트가 하나도 반갑지 않았다.

할머니가 금방 일어날 것 같지 않자 엄마는 할머니 맞은편에 자리를 잡고 앉았다. 할머니를 홀대할 수 없는 엄마로선 피곤한 일일지도 몰랐다. 엄마 얼굴에도 다 드러나 있었다.

'피곤해요, 저 내일도 아침 일찍부터 일해야 해요. 오늘 아들 녀석 때문에 속 끓인 걸 생각하면 아유, 살고 싶은 맘이 없다니까요. 여자 혼자 힘으로 자식 키우는 게 얼마나 어려운지…….'

엄마가 속으로 삼키고 있는 말을 알고도 남을 텐데, 할머니는 능청스럽게 말문을 열었다.

"오늘 내 얘기 좀 들어 볼란?"

할머니에게선 술 냄새가 났다. 시장 상인들과 어울려 한잔 걸친 게 분명했다. 넙데데한 얼굴이 불그죽죽했는데, 장광설의 신호탄을 쏘아 올린 걸 보면 엄마도 쉽게 빠져나갈 수 있을 것 같진 않았다.

"할머니! 저……."

"와? 주오 너도 여기 좀 앉아 봐."

자리에서 엉거주춤 일어서는데 아차, 한 발 늦었다 싶었다.

"들어가서 책도 보고 할 게 많아요."

내가 부루퉁하게 대답하자 할머니가 대뜸 내 손목을 잡아 앉혔다.

"오늘이 네 생일이잖네. 아직 이 할마이 총기는 살아 있어. 너 생일 국이랑 밥은 먹었갔지?"

"할머닌 뭘 그런 걱정까지 하세요."

잠깐 엄마 얼굴을 쳐다봤는데, 뭔가 켕기는지 낯빛이 좋지 않았다.

"생일 미역국은 주오도 먹어야 하는 거지만, 자식 낳은 엄

마이가 먹어야 옳은 거다. 배 틀어서 낳느라 고생한 걸 생각
해 봐. 나야 자식을 낳아 보지 못한 팔자라 뭐라 말은 못 하갔
지만, 애 하나 낳는 게 세상을 한 번 들었다 놓는 일이라는데,
그게 어디 보통 일이네."

"그래서 오늘 제가 몸이 안 좋았어요. 애 생일 때만 다가오
면 찌뿌둥하고 안 쑤시는 데가 없이 몸이 천근만근 같다니까
요."

"그럴 기야. 암 그렇갔지. 주오야, 나는 니 옴마이 입덧하는
것도 봤고, 배부른 것도 봤어. 너 낳기 며칠 전까지도 나와서
일했지. 원래도 일 욕심이 많은 사람이 니 옴마이야. 너 낳고
나서는 삼칠일 겨우 지나고 일하러 나온 거를 내가 쉬라고 타
일렀다. 자식이 아무리 호랑이보다 무섭다 해도, 몸 생각도 안
하고 그렇게 일에 덤비는 걸 보니까 짠한 마음도 들고. 니 옴
마이처럼 허리 못 펴고 종일 재봉질해야 하는 사람은 평생 골
병들 거 아니네."

이 대목에서 내가 아주 미안한 얼굴을 해야 하나? 엄마가
일 욕심 많고, 재봉질은 둘째가라면 서러울 만큼 기술이 뛰어
나다는 얘기는 할머니한테 수십 번도 더 들었다.

"오늘 내가 주오 너 먹일라고 푸줏간 박 영감한테 고기도
얻어 놓았는데, 아 그놈의 술판에 잡혀설랑 몸이 놀놀해져선
고기까지 연탄불에 구워서 다 해치웠으니 내가 입이 열 개라
도 할 말이 없어."

입이 열 개라도 할 말이 없다는 할머니의 말은 입이 백 개인 것처럼 길게 나갈 모양이었다. 엄마가 장단을 맞추지 말았어야 했는데, 이미 엎질러진 물이었다.

할머니 표정을 보아하니 우리 집까지 찾아와서 퍼붓고 가야만 심사가 풀릴 만한 억하심정이 있는 게 틀림없었다. 그러니까 생일날 느닷없이 쓰는 덤터기였지만 엄마가 철통같이 입 꽉 다물고 있는 것보단 나았다.

"주오야."

할머니가 엄마를 불렀다. 어감만으로도 나를 부르는지, 엄마를 부르는지 구별하는 건 어렵지 않았다. 할머니는 엄마 손을 잡고 말했다.

"내가 오늘 맨몸뚱이로, 이날 이때껏 혼자 살아온 설움이 북받쳤는데, 내가 왜 주오네 맘을 몰라. 청진 기름집 할마이 알지? 그 할마이가 딸을 여의는데 사위 자리 자랑을 해 대는 게 눈꼴이 시어설랑 자식 없는 내 팔자타령 하면서 좀 퍼부어 댔었지. 그랬더니 이놈의 할마이가 주책 떨지 말고 분수에 맞게 살라고 지랄을 해 대는데 원체 속이 허전하고 쓰려서 주오 얼굴이라도 봐야지 해서 이리루 왔어. 주오네는 내 설움 알지 않네? 실향민이라고 어디 다 같은 실향민이간? 나는 시방도 눈 감으면 눈앞에 어른어른 고향 땅이 보여. 이 맨몸뚱이 하나로 세상 끝낼 거였으면 죽어도 고향 땅에 주저앉아 살다 가는 긴데."

설움이 북받친 걸 보니 할머니는 단단히 열을 받은 모양이었다. 할머니 입에서 고향 타령이 나오면 한 시간도 좋고 두 시간도 좋았다. 나도 할머니 말벗이 되어 주라는 엄마 심부름을 뿌리치지 못해 열심히 할머니 집엘 들락거린 적이 있었다.

나는 자리에서 벌떡 일어났다. 엄마가 나에게 그만 들어가라는 눈짓을 했다. 서로 사인이 맞았다.

"할머니, 저 들어갈게요."

할머니는 두툼한 손바닥으로 입술을 쓱 닦고는 그래, 그래, 손을 휘저었다.

내 책상 위엔 포장지에 싸인 길쭉한 직사각형의 물건이 놓여 있었다. 포장지를 풀었다. 중학교 졸업식 때도 사진 한 번 찍고 버릴 거, 꽃값 아깝다며 빈손으로 와서 정말로 달랑 사진만 한 장 박고, 짜장면 한 그릇으로 입을 쓱 닦았던 엄마의 생일 선물이었다. 만년필이었다. 내가 한때 갖고 싶어 했던 파카 만년필. 실망스럽지도 감동적이지도 않았다. 지금 내가 간절히 바라는 건 만년필도 뭣도 아니었다. 과연 간절한 게 있나 싶을 정도로 속이 공허했으니까. 하여튼 황 사장은 꼭 결정적으로 막판에 내 기를 누르는 데 뭐가 있었다. 여기서 한 발만 삐끗하면 튕겨 나가겠다 싶을 때 결정타를 날리듯이 말이다. 중요한 건 엄마가 이걸 준비해 놓고 나를 기다리고 있었다는 사실이다.

*

    그날 밤 늦도록 연백 할머니의 목소리가 들렸다.

    나는 만년필을 만지작거리며, 할머니가 108계단을 내려가다 다리가 부러졌던 3년 전을 떠올렸다. 그러니까, 중학교 1학년 겨울방학 때였다.

    엄마는 시간이 나면 누워 지내는 할머니에게 가서 말벗이라도 되어 주라고 떠밀었지만, 나는 할머니 집보다는 시장통 안에 있는 공장 누나들 숙소에서 뒹구는 게 더 재미있었다. 엄마가 열 번 잔소리를 하면 한 번 들어주는 식으로, 마지못해 할머니 집을 찾아갔다.

    108계단 중간쯤에서 사잇길로 뻗은 좁은 골목을 따라 들어가면 납작 지붕의 집이 나왔다. 울퉁불퉁 튀어나온 돌담 사이에 조그만 철 대문이 달려 있었다. 대문을 밀 때 끼익 소리가 나고 녹 찌꺼기가 부스러져 내렸다. 해방촌의 후진 집들 중에서도 단연 후진 집이었다. 대여섯 걸음밖에 안 되는 좁은 마당엔 30년 넘게 한집에서 살아온 할머니의 온갖 잡동사니들이 지저분하게 쌓여 있었다. 할머니가 월남해서 이 동네로 왔을 땐 미군 부대에서 얻은 깡통을 펴서 지붕을 덮은 깡통집들이 다닥다닥 붙어 있었다고 했다. 할머니가 살고 있는 집도 깡통집을 개조한 집이었다.

    방문을 열면 시금시금한 냄새가 한꺼번에 달려들었다. 소금

물에 전 무짠지 냄새, 천장 모서리가 뜬 누런 벽지에 핀 곰팡이 냄새, 어릴 적 할머니 치마폭에서 맡았던 숭늉 냄새 같은 것들이 뒤섞여 있었다. 코끝을 간질이는 박하 향이나 풀밭 냄새가 떠도는 누나들의 숙소와는 다른 오래 묵은 냄새들이 방 안에 가득했다. 말하자면 할머니의 냄새라고 기억하고 있던 구수한 냄새들이 이런 냄새들이었나 싶을 만큼 역겨운 냄새들이 나를 맞았다.

할머니는 하체를 질질 끌면서 일어나 혼자서도 벽에 기대앉을 만큼은 되었다. 늙으면 부러진 다리가 붙는 데 시간이 오래 걸린다고 했다. 엄마는 그나마 엉치뼈가 나가지 않은 게 다행이라고 했다.

할머니는 나만 보면 그저 좋아서 입이 벙싯벙싯 벌어졌다. 나는 방문 쪽에 엉덩이를 쑥 빼고 앉아 방을 휘둘러보면서 딴청을 피웠다. 사실 할머니와 나 사이에 나눌 수 있는 이야깃거리가 별로 없었다. 나는 이미 할머니에게서 관심이 떠났고, 연백 할머니가 나의 진짜 할머니가 아니란 걸 안 뒤부터는 이상한 배신감까지 들었다.

할머니 방에서 나는 냄새가 어느 정도 견딜 만해지자 심심해서 몸이 저절로 배배 꼬였다. 여차해서 할머니 말에 물리면 엄마가 퇴근하는 시간까지 잡혀 있어야 될지도 모른다는 계산에 이야기 타령 따윈 하지도 않았다.

그걸 알면서도 물어본 내가 바보였다. 어떻게든 조금만 버

티다가 일어날 생각으로 미적거리던 내가 무심코 할머니에게
물었다.

"할머니는 왜 혼자 살았어?"

할머니가 나를 새삼스러운 눈으로 쳐다보며 빙그레 웃었다.
선뜻 대답을 않는 걸 보면 또 답이 길어질 게 뻔하다는 신호
였는데, 나는 눈치를 못 챘다.

"그게 궁금해?"

나는 대답 대신 어정쩡하게 고개를 끄덕였다.

"그리게 말야. 나도 아파 누운 뒤로 늘 고걸 생각해 보고 있
었더랬디. 니랑 나랑 통했구만."

할머니의 쭈글쭈글한 얼굴에 심상치 않은 미소가 번졌다.

할머니 고향은 넓은 평야를 끼고 있는 연백의 맹아리라는
동네라고 했다. 아버지는 집 앞 일대의 들을 가진 지주였다.
오빠 둘에 여동생이 둘, 할머니는 맏딸이었다. 공부는 많이 하
지 못했지만, 집안일만 조금씩 거들며 곱게 자랐다. 안채, 바
깥채, 사랑채까지 갖춘 집엔 쌀가마니를 쌓아 두던 커다란 광
도 있었고, 행랑채엔 머슴들이 북적거렸다. 오일장이 설 때면
어머니를 따라 인근의 천태장, 청단목장, 연안읍장을 돌아다
니며 구경하던 때가 가장 좋았다고 했다.

"그런데 해방이 되자마자 집안에 회오리바람이 불어닥쳤
어. 지주라는 이유로 아버지가 숙청 대상이 된 기야."

"숙청 대상이 되면 식구들이 다 죽는 거예요?"

할머니가 고개를 흔들었다.

"숙청도 급이 다 달라. 우리 아버지는 사상적으로 연루된 기 없으니 토지만 몰수당한 기지."

땅을 뺏기고 할머니네 온 식구는 백 리 밖으로 나가라는 당의 명령을 받았다. 아오지 탄광으로 안 가려면 명령을 들을 수밖에 없어서 남은 가산을 정리해 고향을 떠났고, 할머니는 마침 중매가 들어와 시집을 갔다고 했다. 오촌 당숙이 재령 사람을 소개했는데 그때 할머니는 열여덟 살이었다.

"아버지가 숙청만 안 당했어도 첩첩산중으로 속아서 시집 가지는 않았을 긴데 말야."

할머니의 시집은 재령에서도 평야를 등지고 산악 지대로 몇십 리는 쑥 들어간 산골이었다. 눈이 내리면 길과 집들마저 묻히고 천지가 고요해지는 곳이라고 했다. 아홉 살이나 많은 남편은 재령강을 건너 일을 하러 다녔다. 나무들이 빽빽한 거친 숲으로 들어가 벌목을 하고 나무를 져 나르는 일이었다. 시집을 가서야 할머니는 그 자리가 재취 자리라는 것을 알았다. 전처는 죽고 없었지만, 오촌 당숙은 재취 자리라는 걸 감쪽같이 속였다. 할머니는 살아서는 그 당숙을 보지 않을 거라고 이를 갈며 살았다고 했다.

3년을 살았지만 아이가 생기지 않았다. 남편이 산으로 벌목을 하러 가고 나면 심술궂은 시어머니가 할머니를 괴롭혔다. 떡이 먹고 싶다고 하면 이웃집에서 쌀을 꾸어다가 떡을 해다

바쳤다. 한겨울에 개울가에 나가서 꽁꽁 언 얼음을 깨고 빨래를 해서 돌아오면 멀쩡한 이불 홑청을 뜯어 윗목에 던져 놓았다. 할머니는 서러워서 아궁이 앞에 앉아 불을 때면서 소리 죽여 울었다. 뜨듯한 방구들을 지고 누웠던 시어머니가 할머니 흐느낌 소리를 듣고는 놋쇠 화로를 집어 던졌다. 새끼도 못 낳는 쓸모없는 년이라고, 변소 칸에 세워 놓은 싸리비만도 못한 종자가 어디서 우는 척을 하느냐고 욕했다. 서러운 할머니가 동구 밖에서 남편이 돌아오기만을 기다리다 집으로 들어가면 나가서 뒈지라고 소리를 질렀다.

"그래서 집을 나온 거예요?"

"으이, 그긴 그리니까네, 시옴마이 심술바가지가 기렜다는 기야."

할머니의 이북 사투리가 심해질 때는 이야기에 신명이 올랐다는 증거였다.

목이 빠지게 기다리던 남편이 드디어 돌아왔다. 누런 자루에 보리쌀과 콩을 짊어지고서. 할머니는 남편이 가져온 곡식으로 밥을 한 솥 했다. 그런데 밥상머리에서 시어머니가 눈을 부릅뜨고는 집구석에서 하는 일 없이 놀고먹으니 밥 먹을 자격이 없다고 할머니 밥그릇을 빼앗았다.

"사람이 미울 때 가장 아까운 기 미운 사람 입으로 들어가는 밥이디."

남편이 강을 건너 다시 숲으로 일을 하러 떠난 뒤 전쟁이

날 것 같다는 소문이 돌았다. 소문은 빠르게 번져서 며칠이
지나자 짐을 싸 들고 몰래 남쪽으로 밤도망을 치는 사람들도
있었다. 그때 할머니는 개성으로 갔다는 친정 식구들 얼굴이
라도 한 번 봤으면 소원이 없겠다는 생각이 들었다. 시어머니
가 먹을 보리밥을 한 솥 해 놓고 새벽에 할머니는 옷 보따리
하나만 달랑 들고 길을 나섰다.

"재령에서 개성까지 며칠을 걸었디. 기런데 친정 식구들은
다른 데로 이사를 가고 없는 기야. 내가 시집간 이듬해 아버
지가 2차 숙청을 당해 남은 재산까지 뺏기고 알거지로 천 리
밖으로 나갔다고 기래. 어디메로 갔는지 알 수도 없었디."

개성은 이미 전쟁 기운이 완연했다. 그때 할머니는 재령으
로 돌아가지 못하고 피란 떠나는 사람들을 따라 남쪽으로 내
려왔다고 했다. 혹시나 피란 행렬에서 친정 식구들을 보게 될
까 애타게 찾았지만 아무도 만나지 못했다.

"아무도 없으면 시집을 가야지."

내 말에 할머니가 픽 웃었다.

"시집오라는 데가 있어야 가지, 시집은 나 혼자 가네? 그리
고 시집가고 싶은 마음도 없었다."

"왜?"

"혼자 살다 보니까니, 남하고 사는 게 이것저것 귀찮기도
하고, 이북엔 남편도 있으니까니."

할머니는 얼굴을 붉히며 방문 틀 위쪽에 걸린 조그만 액자

를 쳐다보았다. 액자 속에는 독립군 병사처럼 보이는 얼굴이 길쭉한 남자가 할머니를 내려다보고 있었다. 그 남자가 재령에 두고 온 할머니의 남편이었다.

할머니는 요꼬 공장에서 오랫동안 일했다고 했다. 해방촌에는 예전에 편물 공장이 많았다. 식구들끼리 제품을 만들어서 파는 가내 수공업식 공장들이었다. 우리 동네에서 짠 편물 제품들은 남대문시장으로 팔려 나갔고, 남대문시장으로 나간 편물들은 소상인들에 의해 다른 곳으로 팔려 나갔다. 편물 공장뿐 아니라 소규모의 봉제 공장, 가방 공장 들도 사이사이에 박혀 있었다. 골목 어디서나 요꼬* 돌아가는 소리, 드르륵거리는 재봉틀 소리, 가죽 다루는 무두질 소리가 들렸다.

"그런데 우리 엄만 어떻게 만났어?"

"그거야, 편물 공장을 그만두고 니 옴마이가 다니던 봉제 공장에 가서 실밥 따는 일도 했댔어. 그땐 편물 공장들이 다른 데로 하나씩 빠져나가고, 망해서 없어지고 할 때였지. 나도 눈이 침침해져서 실밥 따는 일도 못 하게 됐으니까, 마침 니 옴마이가 아이를 낳았는데 내가 갓난쟁이를 봐주기로 한 거지."

"그때 우리 엄만 몇 살이었는데?"

"그때? 참 젊고 예뻤지. 일도 잘하고 씽씽한 아가씨였는데."

* 편물 짜는 방직기계.

할머니는 말머리를 돌리며 오래전의 일을 기억해 내느라 한참 숨을 골랐다. 그러곤 내가 묻는 말에서 살짝 비껴 나 할머니 생각에서 골라낸 말을 중얼거렸다.

"니 옴마이가 처녀 적에도 재봉질은 젤로 잘했다. 봉제 공장에선 재봉질 잘하는 사람이 제일이지. 재봉질만 잘하면 여기저기서 서로 데려가려고 했잖네. 손이 얼마나 빠른지 아무리 일감이 많이 쌓여도 귀신같이 척척 해치웠잖네."

"그때 우리 아버지도 봤어?"

할머니 말이 옆으로 더 새기 전에 나는 얼른 말을 자르며 물었다. 말을 꺼내 놓고 나는 움찔했다.

"그럼 봤지. 니 아버지란 사람은 키가 껑충해서 공장 처녀들이 꺽다리라고 놀려 댔지."

꺽다리라 불리던 아버지와 엄마가 몰래 연애를 하는 걸 할머니는 진즉에 알아봤다고 했다. 그걸 어떻게 알았느냐고 했더니 할머니는 킬킬거리며 말했다.

"왜 몰라. 이 꼴 저 꼴 안 본 거 없이 다 보고 산 기 이 할마인데. 눈치만 척 보면 알지. 처녀 총각 눈짓 주고받는 거야 다 기렇고 기린 기지. 둘이서 조기 후암동에다 잠깐 살림방을 얻어서 살기도 했잖네. 기때 니가 생겨난 기야."

내가 생겨난 이야기를 할머니에게서 이렇게 적나라하게 듣게 될 줄은 몰랐다.

나는 태어날 때부터 아버지가 없었다. 나는 아버지의 얼굴

42

이나 냄새, 표정이나 몸짓, 이미지 그 자체를 기억하지 못한다. 아버지는 지금까지 단 한 번도 내 앞에 얼굴을 내민 적이 없다. 엄마가 말하는 나의 아버지는, 팔다리도 없고 얼굴도 없는 토르소로 그려졌다. 내가 왜 엄마의 성을 따라 '황' 씨가 된 건지 이유를 따져 물었던 때로부터 몇 년이 지난 초등학교 6학년 때야 엄마는 아버지에 대해 입을 열었다.

"너를 낳은 건 그 인간하고는 상관없는 일이야."

오랜 침묵을 깨고 입을 연 엄마는 내가 완벽하게 엄마의 소유라는 것을 먼저 공표했다. '그 인간'은 첨부터 아이 따위는 바라지도 않았다. 그걸 모른 엄마가 바보 천치 등신이었다고 했다.

엄마가 일하는 봉제 공장에 재봉틀 수리 기사로 들락거렸던 아버지는 기계 다루는 솜씨가 좋았다고 했다. 농담도 잘했다. 여자들한테 인기가 많아서 아버지가 공장에 오는 날은 여자들이 자기 재봉틀을 먼저 봐 달라고 시샘을 부릴 정도였다. 엄마의 재봉틀은 고장이 잘 나지 않았다. 솜씨 좋은 미싱사는 재봉틀을 길들일 줄 안다고 했다. 큰 말썽이 아니면 잔고장쯤은 엄마도 고칠 수 있었다. 그런데도 아버지는 공장에 올 때마다 멀쩡한 엄마의 재봉틀이 고장 나지 않았나 살피는 척하면서 엄마에게 수작을 걸곤 했다.

엄마는 죽어도 먼저 아버지를 사랑하지 않았다고 했다. 그건 중요한 게 아닌데도 엄마는 그 사실을 명확하게 해 두려고 여러 번 못을 박았다. 열 번 찍어 안 넘어가는 나무가 어디 있느냐는 엄마의 변명에 나는 굳이 찬물을 끼얹고 싶지는 않았다. 아무렴 어떤가. 문제는 엄마가 나를 낳았다는 데 있었다. 엄마는 나를 가진 뒤 아버지한테 말할까 말까 많이 망설였다고 했다. 보통 남자들은 아이를 가졌다고 하면 지레 겁부터 먹는 습성이 있다고 했다. 엄마의 예상대로 애를 가졌다고 말하자 아버지의 표정이 이상하게 변하더라고 했다.

"왜?"

느릿느릿 힘겹게 이야기하는 엄마에게 내가 물었다.

"결혼할 마음의 준비도 안 됐고, 모아 둔 돈 한 푼 없고, 하고 싶은 것도 많다나. 내가 그때 알아봤어. 바람둥이 기질을. 그 인간은 그때 오토바이에 미쳐 있었어. 사글세 사는 주제에 근사한 오토바이 한 대 장만하는 데 그렇게 열을 올리더라고. 오토바이 꽁무니에 여자들 달고 신 나게 달리면서 놀고 싶었나 보지 뭐."

"그래서 내 얘길 안 했단 말야?"

"했어. 근데도 끝까지 결혼하잔 소린 안 하더라."

어이가 없었다. 스물일곱의 아버지는 정말 오토바이 한 대 때문에 나와 엄마를 버릴 수밖에 없었는지…… 아버지가 엄마와 나를 버리고 무책임하게 떠나 버렸다는 건 명백한 사실이지만, 어쩌면 그 속엔 내가 알 수 없는 진실이 숨어 있을 수도 있다.

아버지가 우리를 버리고 떠났다는 사실은 엄마의 일방적인 이야기일 뿐이었다. 그것이 진실인지를 알려면 아버지의 얘기도 들어야 하지만, 아버지는 만날 수조차 없다. 아버지에 대해서 내가 뭔가를 더 물어보려고 하면 엄마는 바쁘다거나 피곤하다는 식으로 말을 잘라 버렸다.

하긴, 내가 기억하는 한 엄마는 늘 바빴다. 아침부터 밤늦게까지, 월요일부터 토요일까지, 심지어 어떤 땐 일요일과 공휴일에도 일하느라 바빴다. 엄마의 머릿속엔 오로지 '공장'밖에 없었다. 엄마의 머릿속에서 쉬지 않고 밤낮 돌아가는 재봉틀은 지치지도, 고장 나지도 않았다. 엄마는 연백 할머니 말처럼 둘째가라면 서러울 대한민국 최고의 '미싱사'였다. 재봉틀 앞에만 앉으면 엄마는 살아서 펄떡이는 먹이를 물어뜯는 포식자처럼 날쌔고 물러섬이 없었다. 엄마의 재봉틀 소리는 매끄러우면서도 힘찼다. 이제껏 우리 공장을 거쳐 간 수많은 미싱사들이 있었지만 엄마를 능가한 사람은 아무도 없었다.

남자 대신 재봉틀을 끌어안고 살았다는 엄마에겐 당연히 '그 인간'보다 재봉틀에 대해서 할 말이 더 많을지도 모른다. 하지만, 내가 궁금한 건 아버지이지 재봉틀이 아니었다.

사실, 아버지 얘기를 연백 할머니에게 듣게 되리라곤 전혀 생각지도 않았다.

"옛날엔 시골에서 올라와서 가진 것 없는 처녀 총각들이 결혼식도 못 올리고 살림을 시작하는 일이 흔했지. 니 아버지도 일찍 도시로 올라와서 혼자 기술 배우고 그 기술로 벌어먹고 사는 사람이었잖네. 젊은 사람들이 서로서로 보태 가면서 몸 비비고 사는 게 내 눈에는 이뻐 보이더니만."

"근데 할머니, 우리 아빠 왜 떠났어?"

"그야 모르지. 나야 제삼자 아이니."

"그걸 왜 몰라? 숨기면서 연애한 것도 다 알아봤다면서."

"한 이불 덮고 자는 부부 속은 옆에 있는 시옴마이도 모른다는데, 내가 남녀 속을 어째 알간?"

결정적인 부분에서 할머니는 모른다고 입을 싹 닫아 버렸다. 기운이 쭉 빠지면서 김이 팍 샜다. 기대한 대답은 아니었지만, 할머니는 내가 갈수록 아버지를 닮아 간다는 말을 덤으로 했다.

내 골격은 가늘고 길었다. 눈 코 입도 대체로 얄팍했다. 머리카락은 가는 직모에다 먹는 만큼 살도 잘 붙지 않는 체질이었다. 아버지는 피부가 희고, 생긴 게 야리야리했다는 할머니의 말을 듣자 나도 모르게 기분이 이상해졌다. 엄마는 다갈색 피부에 키가 작았다. 그렇다고 못생긴 얼굴은 아니었다. 코가 오뚝하고 입매가 곧아서 고집이 세 보이긴 하지만 말이다. 외할머니도 나를 보자 대뜸 "지 애빌 닮았나 보네."라고 중얼거렸다. 한 번도 보지 못한 나의 아버지란 사람을 외할머니는 나를 보면서 짐작했다는 얘기였다.

나를 낳고 나서 엄마는 거의 집과 인연을 끊고 살았다. 엄마는 웬만해선 문경 산골짝에 있는 외갓집에 잘 가지 않는다. 내가 외할머니를 본 건, 초등학교 3학년 여름방학 때였다. 고막을 찌르는 매미 울음소리와 외할머니를 붙들고 울던 엄마의 울음소리가 생생하다. 외할머니가 초상났느냐고 그만 울라고 소리쳐도 엄마는 울음을 그치지 않았다. 외할아버지는 시퍼렇게 간 작두를 외양간 앞에 내다 놓고 미간을 잔뜩 찌푸린 채 소여물을 썰었다. 작두가 터지게 집어넣은 볏짚이 작두날에 썩둑썩둑 잘려 나가는 소리가 무서웠다. 엄마는 다시는 집에 찾아오지 않을 거라고 외할머니에게 소리쳤다. 아비 없는 자식 낳은 딸년이 두고두고 동네 우세스러워서 아직도 수건으로 얼굴을 가리고 다닌다는 외할머니는 측은한 눈으로 바라보며 내 머리를 쓰다듬었다.

열일곱 살의 생일은 이제껏 내가 보낸 그 어떤 생일보다 긴 하루였다. 엄마가 사 준 만년필을 책상 서랍에 넣어 두고 잠자리에 들었다. 그때까지도 연백 할머니가 거실에서 엄마와 얘기를 나누는지 간간이 말소리가 들렸다.

그날 꿈에서 육중한 교도소 철문 앞에 서서 두부를 먹고 있는 사람을 보았다. 아버지였다. 그 앞엔 얼굴이 보이지 않는 그림자가 어른거렸는데, 그건 두부를 들고 아버지를 찾아간 나였다. 기분 나쁜 꿈은 아니었다. 잠에서 깨 한동안 멍한 채 누워 있었다. 한 번도 만나 본 적 없는 아버지에게도 나와 같은 열일곱 살의 인생이 있었을 것이다.

3
금남의 집

　여자애는 우리 집으로 올라가는 두 번째 계단에 앉아 있었
다. 쌍꺼풀이 없는 눈은 크지도 작지도 않았다. 턱 선까지 가
지런하게 내려온 단발머리에 속눈썹이 짙었다. 여자애는 앞으
로 흘러내리는 머리칼을 쓸어 넘기며 천천히 눈을 깜빡였다.
웃는 듯하면서도 우는 듯한, 슬퍼 보이는 눈이었다. 똘이 만화
방에서 나올 때부터 계단에 앉아 있는 여자애가 눈에 띄었다.
새 학기가 시작되면 만화는 졸업이다. 만화방에 앉아서도 며
칠 남지 않은 고등학교 입학식 날이 하루하루 다가오는 것만
생각하면 가슴이 답답했다.
　여자애는 빨간색에 남색이 섞인 체크무늬 모직 치마에 올
이 굵은 회색 스웨터를 입고 있었다. 두 손으로 무릎을 감싼
여자애는 한 마리의 작은 비둘기 같았다. 몇 걸음 다가가자

여자애와 나 사이의 거리는 완전히 좁혀졌다. 내가 다가가는
데도 여자애는 꼼짝도 하지 않았다. 나는 여자애 앞에 우뚝
멈춰 섰다. 여자애의 눈이 천천히 깜빡였다. 나를 보고 있는
것 같지는 않았다. 내 등 뒤에 뭐가 있는가 싶어 나는 반사적
으로 뒤를 돌아보았다. 롯데 미용실엔 난희 엄마가 파마를 말
고 있었다.

내가 바투 다가섰을 때 여자애가 꾸물거리듯 느리게 몸을
일으켰다. 여자애와 나는 숨소리가 들릴 만큼 가까운 거리에
서 서로 마주보는 꼴이 되었다. 여자애는 나를 빤히 쳐다보는
것 같았지만, 여전히 헛것을 보는 눈빛이었다.

"비켜!"

나도 모르게 볼멘소리가 툭 튀어 나갔다. 여자애의 속눈썹
이 파르르 떨렸다. 금방이라도 촉촉한 눈에서 눈물이 뚝 떨어
질 것 같았다. 자동차가 지나가는 소리에 힐끔 뒤를 돌아다본
사이 여자애는 미안하다는 말도 없이 나를 비켜 계단을 내려
섰다.

우리 동네에서는 본 적이 없는 얼굴이었다. 내 또래인 것도
같은데 학생 같지는 않았다. 헛것을 보는 듯한 눈빛에, 비쩍
마른 어깨에 걸쳐진 올 굵은 스웨터 때문인지 속은 헐렁하게
비어 있을 것 같았다. 여자애에게선 마른 햇볕 냄새가 났다.
매연 섞인 도시의 햇볕과는 다른, 뜨겁게 달군 돌이나 화로에
서 구워 낸 감자 같은 냄새. 시장통 쪽으로 걸어가는 여자애

의 뒷모습을 물끄러미 바라보는데 이상하게 가슴이 쿵쿵 뛰었다. 한 번만 더 얼굴을 봤으면 싶은 아쉬움까지 일었다. 그런데 왜 우리 집 계단에 앉아 있었을까?

여자애를 다시 본 건 반찬 심부름을 간 시장에서였다. 우리 동네 시장은 서울 시내 웬만한 시장에는 명함도 못 내밀 만큼 꾀죄죄하고 볼품없다. 지붕을 씌워 놓은 시장통은 거대한 소라 속처럼 어둠침침했다. 입구에서 시장통을 한 바퀴 빙 돌아 다시 입구로 나오는 데 채 5분도 걸리지 않았다. 오른쪽으로 돌면 소금 가게, 곡물 가게, 방앗간, 젓갈 가게 따위들이, 중간쯤엔 시장 상인들이 이용하는 공중 화장실이 있었다. 화장실 뒤로 이불 가게, 한복 가게, 옷 가게, 그릇 가게, 순댓국집, 대폿집 따위들이 이어졌다. 단단하게 다져진 흙바닥 길은 속으로 꼬여 들어가 손금처럼 이어진 통로들로 연결된다.

여자애는 영자 누나 옆에 바싹 붙어 있었다. 조그만 손지갑을 든 영자 누나는 생선 가게 아저씨가 꽝꽝 언 동태를 갈고리로 떼어 내 토막 치는 걸 지켜보고 있었다. 혹시나 여자애가 콩나물 파는 할머니 앞에 서 있는 나를 알아볼까 봐 옆으로 몸을 슬쩍 돌렸다. 할머니는 시루에서 콩나물을 한 주먹씩 뽑아 비닐봉지에 담으면서 시퍼렇게 언 입을 달싹거리며 뭐라고 중얼거렸다. 300원어치도 아니고 엄마는 식구가 없다는 이유로 콩나물은 꼭 200원어치만 사 오라고 시켰다. 심부름을 갈 사람이라곤 나밖에 없지만, 심부름이라고 다 같은 심부름

이 아니었다. 내가 제일 싫어하는 게 반찬거리 심부름이고 그
중에서도 제일 싫은 게 콩나물 심부름이었다. 남자 체면이 말
이 아니었다.

영자 누나가 동태를 담은 비닐봉지를 받아 여자애에게 건
넸다. 콩나물 할머니는 내가 내민 천 원짜리를 물기 묻은 손
으로 받아 전대에 넣고 동전을 한 움큼 꺼낸 다음 뭉쳐진 동
전에서 백 원짜리 여덟 개를 천천히 골라냈다. 생선 가게에
서 몸을 돌린 영자 누나가 이쪽을 훑어보았다. 나는 얼른 입
구 쪽으로 몸을 돌렸다. 이런, 거기엔 연백 할머니가 떡 버티
고 앉아 있었다. 영자 누나와 연백 할머니 모두 눈만 마주치
면 내 이름을 소리쳐 부를 사람들이었다. 잔돈을 세는 할머니
의 굼뜬 동작에 애가 바싹 탔다. 토요일이라 저녁 장을 보러
나온 사람들로 좁은 시장통이 북적거렸다. 다행히 영자 누나
는 나를 못 본 것 같았다. 잔돈을 받아 쥐자마자 사람들 틈을
빠져나왔다. 몇 미터 안 되는 거리를 뛰어오는 동안에도 뒷덜
미가 후끈거렸다.

엄마는 저녁 지을 생각은 않고 텔레비전을 틀어 놓고 누워
있었다.

"잔돈은 돼지 밥으로 줘라."

잔돈 800원을 내가 꿀꺽 삼키기라도 할까 봐 엄마는 잔돈
부터 챙겼다.

"우리 공장에 새로 사람이 왔어?"

나는 슬쩍 넘겨짚듯 물었다.

"봤어?"

내 예감이 맞았다.

"영자 누나랑 장 보는 것 같던데."

"으응, 미라 봤구나."

엄마는 텔레비전에 정신이 팔려 시큰둥하게 말했다.

"언제 왔어?"

"엊그제 올라왔어. 시키는 일이나 제대로 할는지 걱정이야."

"왜?"

"글쎄, 영자가 고향 동생이라고 데려왔는데 몸도 약한 거같고, 여느 애들처럼 똑떨어지는 데도 없고."

일을 시킬지, 안 시킬지는 두고 봐야겠다는 건지 엄마의 표정이 아리송했다.

"그래서 안 시키려고?"

"아유, 얘가 왜 않던 짓을 하고 그래? 시키고 말고는 엄마가알아서 할 일이지."

엄마는 나를 힐끔 올려다보곤 대꾸하기도 귀찮다는 듯 다시 텔레비전 화면으로 얼굴을 돌렸다. 텔레비전에 한 맺힌 귀신이라도 붙었는지, 아예 브라운관 속으로 빨려 들어갈 태세였다. 평일에는 열 시까지 잔업을 하고 들어와서도 청소하고빨래 돌리느라 바쁘게 움직이던 엄마는 토요일이면 푹 퍼져서 게으름만 부리려 들었다. 사다 놓은 콩나물이 언제 국이나 무침이 되어 밥상에 올라올지도 알 수 없었다.

내 방으로 건너오는데 '미라'라는 이름이 모래알처럼 입안에서 버석거렸다. 되바라진 난희와는 비교도 할 수 없을 정도로 가냘프고 헐거운 눈동자를 가진 아이. 마치 무덤 속 미라처럼 금방이라도 푸석하게 바스러져 버릴 것 같은 어감으로 그 여자애의 이름이 내 입속에서 굴러다녔다.

*

미라가 오면서 숙소 식구는 다섯 명이 되었다. 숙소는 시장통 한가운데 자리한 닭집 3층이었다. 커다란 무쇠 기름솥이 밖에 내걸린 닭집에서는 닭을 튀겨서 팔기도 하고 생닭을 도매로 팔기도 했다.

원래 2층과 3층은 편물 공장이었다. 편물 공장이 나가면서 2층은 간판도 없는 사무실이 들어와 있고, 3층은 방으로 꾸며 세를 놓은 것이었다. 복작거리는 시장통 안에, 그것도 공중에 덩그렇게 떠 있는 숙소는 여자들만 모여 사는 작은 방주 같았다. 닭집 한쪽 귀퉁이에 숙소로 올라가는 계단이 있었다. 계단은 컴컴하고 폭이 좁은 데다 2층에서 한 번 꺾이면서 더 가팔라졌다. 전등도 달려 있지 않아서 밤에는 손으로 벽을 짚고 더듬으면서 올라가야 했다.

출입문은 안으로 밀게 되어 있는 합판 문이었다. 출입문과 지붕 사이의 틈에 걸려 있는 줄을 당기면 안에서 열쇠가 딸려 나왔다. 문을 열면 길쯤한 사각형의 한쪽 각을 쳐 낸 것처럼 비스듬하게 기운 공간이 나타났다. 기운 구석 자리에 수도가 박혀 있고 시멘트 벽엔 냄비와 프라이팬 같은 큰 그릇들과 문 없는 찬장이 걸려 있었다. 수돗가 주변엔 벽돌을 돋워 세면도 구들을 올려놓았다.

세 개의 방은 나란히 붙어 있었다. 조각 널을 끼워 맞춘 마루 밑엔 두 개의 연탄아궁이가 있었다. 바깥에서 보면 방문이 세 개로 되어 있지만 어느 방문을 열고 들어가도 상관없었다. 안으로 들어서면 세 개의 방은 문턱도 없이 접이식 주름문 두 개로 나눠 놓은 기다란 하나의 방이었다. 공장 누나들 소원은 방 하나 얻을 수 있는 돈을 벌어서 숙소에서 독립하는 거였다. 숙소에서 독립을 한다는 건 우리 공장을 그만둔다는 말이기도 했다. 대개 방을 얻으면 우리 공장보다 더 큰 공장으로 옮기거나 다른 일을 찾았다. 그때마다 엄마는 사람 쓰기가 상전 모시는 것만큼이나 어렵다고 했다.

얼마 전까지만 하더라도 내 마음대로 누나들의 숙소를 드나들었다. 아무도 내가 숙소에 드나드는 걸 이상하게 생각하지 않았다. 누나들의 숙소는 내가 이용할 수 있는 별관 같은 공간이었다. 그런 공간에서 쫓겨난 건 어디까지나 나 혼자만 드나들 수 있다는 암묵적인 룰을 깨고 태균을 끌어들인 탓이었다.

지난 겨울방학 때 태균은 우리 집을 거점으로 롯데 미용실 앞에서 알짱거리며 난희에게 자신의 존재를 드러내려 했다. 몇 번 난희와 분식집이며 빵집에서 만나기도 했지만, 난희는 단물만 쏙 빼먹고 태균에겐 거만하게 톡톡 쏘아 대기만 했다. 그래도 녀석은 빙그레 웃으며 아무렇지도 않게 받아들였다.

"그냥 저러는 거지 인마. 자기도 속으론 은근히 좋으면서 튕기는 거야."

녀석의 터무니없는 자신감이 가소로웠다. 난희가 되바라지고 까지긴 했지만 그리 호락호락한 애는 아니었다.

태균은 누나들 숙소에서 뒹구는 것도 환장하게 좋아했다. 집에서 여자 냄새라곤 자기 엄마 냄새밖엔 맡아 보지 못한 녀석이니 여자들이라면 아주 사족을 못 썼다. 한번 숙소 맛을 본 태균은 걸핏하면 숙소에서 놀자고 나를 꼬드겼다. 나 혼자 숙소에서 뒹굴 때는 아무 문제가 없었다. 말하자면 숙소는 나 이외의 그 어떤 남자도 발을 들여놓은 적이 없는, '금남의 집'이었다. 녀석은 숙소에 들어설 때면 향유를 쏟아부어 놓은 것 같은 향기로운 냄새가 난다고 코부터 벌름댔다. 방에 걸린 빨랫줄의 팬티를 집어 들고 킁킁댈 때는 미친놈! 소리가 절로 나왔다. 그래도 녀석을 끌어들인 이상 어쩔 수 없었다. 표 나지 않게, 흔적도 없이 사용할밖에.

숙소에는 여자들이 좋아할 만한 책들이 다양하게 구비되

어 있었다. 한 달에 두 번, 일요일에 바퀴 달린 커다란 비닐 가방을 끌고 아줌마가 숙소를 찾아왔다. 책을 빌려 주는 아줌마였다. 그 아줌마의 가방 속에는 세계 명작 전집류의 따분하고 두꺼운 책도 있었지만, 심심풀이로 가볍게 읽기 편하고 재미있는 책들이 가득했다. 읽고 싶은 책의 목록만 대면 다음번에 그 책을 가지고 왔다. 말하자면 이동식 만능 대여점이었다. 누나들은 '러브 스토리'나 한창 잘나가는 시드니 셀던의 추리 소설들, 시리즈로 나온 '하이틴 로맨스'나 '영원히 잊지 못할 첫사랑' 따위의 체험 수기를 좋아했다. 누나들은 겉표지에 손때가 가맣게 묻어서 너덜너덜해진 책들을 돌려 가면서 읽고, 수기 책에서 본 죽음도 마다하지 않는 사랑을 자신들도 한번 해 봤으면 소원이 없겠다는 독후감을 털어놓기도 했다.

하이틴 로맨스를 집어든 태균은 표지에 쪽쪽 입을 맞췄다. 표지엔 축축하게 젖은 긴 속눈썹과 뇌쇄적인 눈빛을 가진 빨간 입술의 여자가 그려져 있었다. 책 속에 등장하는 여주인공 나나를 형상화해 놓은 것 같았다. 나는 이미 읽은 책이었다. 미국의 고등학생들 사랑 얘기였다. 남녀 주인공 둘이 벌이는 적나라한 섹스 묘사는 '빨간 책'보다 훨씬 대담했다. 한참 책장을 넘기던 태균은 끼룩거리는 이상한 소리로 웃었다.

"야, 그림도 아닌 것이 사람을 흥분시키기는 첨이네. 여기 한번 읽어 봐, 죽여."

녀석이 펼쳐 놓은 부분의 문장 몇 줄에는 누군가 밑줄을 그어 놓은 흔적이 희미하게 남아 있었다. 배를 깔고 엎드려 아랫도리를 방바닥에 짓뭉개던 태균은 느닷없이 배를 확 뒤집으며 천장을 향해 두 팔을 높이 뻗어 책을 쳐들었다.

"야, 이러다 팬티 다 젖으면 어쩌냐?"

녀석이 낄낄거렸다. 오, 그런 일이 일어나선 안 되지. 신성한 누나들 방을 더럽혀서는.

녀석은 인상을 잔뜩 찡그린 채 애써 욕정을 누르고 있는 게 분명했다. 나는 녀석에게 말하지 않았다. 지금 네가 하는 짓을 나 혼자서 수십 번도 더 했다고.

우리는 주름 문을 하나씩 열어젖히고 이 방 저 방을 뒹굴었다. 방은 누나들의 취향과 성격에 따라 꾸며져 있었다. 세 개의 방에 하나씩 놓인 비키니장도 색깔과 무늬들이 다 달랐다. 비키니장 옆엔 앉은뱅이책상이 하나씩 놓여 있었다. 각각의 책상 위에는 앙증맞은 인형들과 갖가지 모양의 화장품들이 조르르 놓여 있었다. 태균은 화장품 뚜껑을 열고 코를 갖다 대며 으음, 소리 내어 향기를 음미하기도 했다.

"오, 이 누나 진짜 죽인다. 애교가 철철 넘치는 얼굴이, 꼬리깨나 치게 생겼는데."

애숙이 누나의 사진을 들여다보며 녀석은 탄성을 질렀다. 애숙이 누나는 앉은뱅이책상 거의 절반을 자기 사진으로 장식해 놓았다. 통통하게 살이 붙은 몸매에다 야들야들한 이목구비, 긴 생머리를 어깨까지 쫙 펼친 인물 사진은 계절별로,

포즈별로 거울 가장자리에 빈틈없이 붙어 있었다. 눈을 반쯤 감은 채 앞으로 도톰한 입술을 쭉 내민 사진을 뽑아 태균은 쪽 소리 나게 입을 맞추었다. 아주 흡족한 얼굴로 말이다.

"딱, 우리 형수님감이네. 태창이 형이 나랑 취향이 비슷하거든. 소개해 주면 아마 놀라 기절초풍할 거다. 이 세상 모든 군인들의 비애가 뭔지 아냐?"

녀석이 호들갑을 떨며 내게 물었다.

녀석이 하려는 말이 뭔지 대충은 짐작이 갔다. 태균의 큰형인 태창이 형은 강원도 전방에 배치된, 갓 이등병 딱지를 뗀 육군 병사였다.

"군인한텐 총이 아니라 여자를 안겨 줘야 돼. 그러면 모든 군인들은 스트레스 없이 국방의 의무를 완전무결하게 완수할 거야. 비극이지."

녀석은 제법 철학자적인 고뇌를 담은 듯한 표정으로 지껄였다.

"태창이 형 애인 있잖아. 군대 가기 전에 같이 놀던 여자들이 한 다스는 됐다며?"

여자들하고 돌아다니는 꼴이 한심스러워 보다 못한 아버지가 태창이 형을 군대에 처넣어 버렸다고 말한 건 태균이었다.

"그건 과거지, 인마. 군바리 기다리면서 정절을 지킬 여자들은 아니거든. 그러니까 애숙이 누날 소개해 주면 우리 형 사기가 아마 하늘을 찌를 거다."

"됐어. 애숙이 누난 안 돼."

나는 찬물을 끼얹듯 단호하게 말했다. 어, 이 녀석 봐라, 하는 눈으로 태균이 나를 쳐다보았다.

애숙이 누나에겐 애인이 있었다. 펜팔로 사귄 남자였다. 잡지책 뒷면 '펜팔 구함'이라는 주소록에서 골라잡은 남자는 해군 하사였다. 누나의 펜팔용 가명은 강애희였다. 나는 숙소를 드나들면서 몇 번이나 해군 하사에게서 온 편지를 가로채 그것을 미끼로 애숙이 누나에게 빵을 얻어먹었다. 사실은 빵을 얻어먹는 것보다 편지를 받기 위해 애를 태우는 애숙이 누나를 골려 먹는 재미가 더 쏠쏠했다.

녀석과 내가 얌전한 짓거리들만 하면서 숙소에서 논 건 아니었다. 부엌 창문들을 활짝 열어 놓고 수돗가에 쪼그리고 앉아 담배를 피우는 맛은 고소했다. 쌀도 씻고 빨래도 하고, 반찬도 만들고 온갖 것을 다 해결하는 복합적인 기능을 하는 곳이 수돗가였다. 수돗가는 누나들이 오줌을 누는 장소이기도 했다. 내가 놀러 와서 방 안에 버젓이 있을 때도 누나들은 거침없이 수돗가에 쪼그려 앉아 볼일을 보기도 했다.

"내다보지 마!"

오줌을 누는 누나가 소리치면 세 방 중의 어느 한 방에선가 낄낄거리며 화답했다.

"냄새 안 나게 물 많이 끼얹어라."

그렇게 화답하는 누나도 작은 볼일을 보는 데 수돗가를 이용하는 게 틀림없었다. 방문은 열 수 없었지만 나는 뿌연 간 유리에 얼비치는 누나들의 알궁둥이를 훔쳐봤다.

우리 역시 그랬다. 쪼그리고 앉아서 담배만 피우는 게 아니라 수챗구멍 한가운데를 정조준한 채 오줌도 싸면서 낄낄거렸다. 코앞에 빤히 내려다보이는 공중변소에서 올라오는 지린내에 섞여 콩인지 깨인지를 볶는 냄새에, 1층에서 들척지근한 닭기름 냄새까지 올라왔다. 우리의 소소한 즐거움 중의 하나였던 담배로 인해 결국엔 덜미를 잡힐 때까지 녀석과 쏠쏠하게 재미를 누렸다.

화근은 수챗구멍에 걸린 담배꽁초였다. 애숙이 누나는 수챗구멍에다 대고 오줌을 누려다 그것을 발견했을 것이다. 그렇지 않고서야 수챗구멍을 그렇게 골똘히 들여다볼 일도 없었을 거고, 물에 씻겨 내려가다 수챗구멍 가장자리에 걸린 꽁초를 발견하지 못했을 것이다.

"전부터 내가 어딘가 좀 수상쩍다 생각했었지."

애숙이 누나의 닦달에 실토를 한 건 나였고, 우리의 행각을 엄마에게 고발 조치 못 하게 힘을 쓴 건 화끈한 무진이 누나였다. 무진이 누나는 크는 남자애들이 그럴 수도 있지 뭐, 라고 내 편을 들어줬다. 그럼에도 불구하고 '외간 남자'를 끌어들인 건 용서할 수 없다는 듯 숙소 이용 자격을 완전히 박탈해 버렸다.

그 일이 있은 후, 출입문의 끈을 아무리 잡아당겨도 그 끝

60

에 대롱거리며 매달려 있어야 할 열쇠는 온데간데없었다.

이제 내 맘대로 누나들의 숙소를 들락거리던 좋은 시절은 다 갔다. 말하자면 미라라는 애가 궁금해도 그 근처엔 얼씬도 못한다는 거였다.

공장의 작업 시작 시간은 여덟 시였다. 엄마는 누나들보다 10분쯤 일찍 내려갔다. 중학생도 고등학생도 아닌 어정쩡한 시간마저 맘 편히 쉬는 것도 못 봐주겠다는 듯 엄마는 내게 아침부터 잔소리를 퍼부어 대고 나갔다. 빨리 일어나라, 별모레면 고등학생인데 빈둥거릴 시간이 어딨니……. 귀에 솜이라도 틀어막고 싶었다. 하지만 엄마가 나가고 나면 집 안은 물속에 잠긴 듯이 고요해졌다.

일곱 시 오십 분이면 다섯 명의 여자들이 조르르 지하 공장으로 들어가는 걸 창문을 통해 볼 수 있었다. 미라는 회색 스웨터 대신 모자가 달린 점퍼를 입고 있었다. 꽁무니에 붙은 미라가 맨 나중에 사라졌다. 행여 미라가 우리 집 쪽을 쳐다보면 어쩌나 했는데, 미라는 늘 고개를 푹 숙인 채였다.

아홉 시쯤 되자 롯데 미용실의 셔터 올라가는 소리가 들렸다. 난희는 뒤통수에 눈이 달렸는지 셔터를 올리다 말고 고개를 돌려 우리 집 쪽을 빤히 쳐다보았다.

"사람 노릇 하느라고 아침부터 고생이네."

나는 혼잣말로 중얼거렸다. 애꿎은 매니큐어를 발톱에 바르다가 혼나고, 일하는 엄마 옆에서 알짱거리면서 롯드로 자기

머리를 못살게 괴롭히는 게 난희의 주특기였다. 하긴 난희의 꿈이 헤어 디자이너라니 그 꿈을 키우기엔 자기 집 미용실보다 더 좋은 데도 없을 것이다. 일단 실습 조건이 완벽하니까 말이다. 롯데 미용실의 세 딸들 중에서 가장 골칫거리가 막내인 난희였다.

미용실 문을 연 난희는 바닥에 비질부터 했다. 등허리를 구부린 난희의 짧은 치마 아래로 허벅지가 보일 듯 말 듯 했다. 편물로 만든 넓적한 머리띠를 두른 난희는 마치 미용실에서 일하는 어린 직원 같았다.

열 시 정각, 공장이 쉬는 시간이었다. 10분 동안에 누나들은 화장실도 가고 커피도 마시고, 밖에 나와 공중전화 부스에서 전화도 걸었다. 혹시나 했던 내 예감이 들어맞았다. 우리 집 두 번째 계단에 미라가 앉아 있었다. 창문 열리는 소리가 났을 텐데도 미라는 귀먹은 것처럼 꼼짝도 하지 않았다. 미라의 등판은 작고 여렸다. 벌써 사흘째 미라는 오전 쉬는 시간마다 계단에 앉아 있었다.

일을 시켜 본 엄마는 미라에 대해 이렇게 말했다.

"글쎄, 애가 말이 없어. 시키는 일은 곧잘 하는데 종일 입도 뻥끗 안 해. 어떨 땐 개가 옆에 있는지도 모르겠다니까."

그리고 엄마는 영자 누나가 엄마에게 귀띔해 줬다는 얘기를 내게 들려주었다.

"아버지랑 단둘이 살았다더라. 엄마는 개가 열 살 땐가 동생만 데리고 집을 나갔고. 아버지가 상이군인에 형편없는 주정뱅이였단다. 그랬겠지. 술 먹고 패니까 여자가 집을 나갔겠지. 근데 그 아비라는 작자가 농약을 먹고 거품 물고 죽었다는 거 아냐. 그것도 딸 앞에서. 그 일 있고 나서 저리 됐는지, 영자 얘기로는 공부도 꽤 잘하고 똑똑한 아이였다는데, 남은 몇 달은 학교도 가다 말다 하다가 겨우 중학교 졸업은 했대. 아무튼 고아나 한가지다. 참, 옛날이나 지금이나 사람 사는 거 기막힌 일이 어디 한두 가지니. 그 얘길 안 들었으면 어디 데리고나 있겠니. 공장 사정도 어려운데 골치만 아프지."

엄마 얘기를 듣고 나니까 미라의 헐거워 보이는 눈빛이 떠올랐다. 그 애 몸에서 나는 듯했던 마른 햇볕 냄새까지도.

*

숙소에서 단합 대회를 하기로 했다.

엄마는 1층 닭집에서 통닭 두 마리를 사면서, 나에게는 술과 음료수를 사 오라고 시켰다. 비닐봉지를 양손에 들고 숙소로 올라가는데 나도 모르게 휘파람이 나왔다. 출입 금지 명령이 떨어지고는 처음이었다. 얼마 전까지 마음대로 드나들던 곳인데 전혀 다른 곳의 문을 열고 들어서는 기분이었다. 어두운 계단을 더듬어 올라가 문고리를 잡자 가슴에서 북소리가 울렸다. 나도 모르게 귓불이 달아오르고 비닐봉지를 잡은 손가락까지 뜨거워지는 느낌이었다.

　주름 문을 활짝 열어 세 개의 방을 하나로 튼 공간에 일곱 사람이 빙 둘러 앉았다. 나는 엄마 옆에 앉았고, 엄마 건너 애숙이 누나, 그 옆에 영자 누나와 미라, 내 맞은편에 숙자 누나와 무진이 누나가 나란히 앉았다. 미라는 처음 보았을 때 입고 있던 빨강과 남색이 섞인 체크무늬 치마에 스웨터를 입고 있었다.

　"사장님요, 얼릉 잔 채우고 건배하입시더."

　무진이 누나가 소주병의 뚜껑을 땄다. 억센 경상도 사투리를 쓰는 무진이 누나는 목소리가 걸걸한 게 남자 같았다. 다들 자기 무릎 앞에 놓인 술잔에 소주나 맥주를 채웠다. 내 잔에는 무진이 누나가 사이다를 따라 주었고, 미라의 잔에는 영자 누나가 사이다를 따랐다.

　엄마가 미라를 위해 건배를 했다. 건배를 한 뒤에는 첫 잔을 쭉 빨아들이듯 마셨다. 엄마는 술을 잘 마셨다. 기분 내서 먹기 시작하면 한 병은 물 마시듯 했고, 두 병째엔 얼굴에 홍조가 돌면서 혀가 꼬부라지기 시작해서 횡설수설하다가 마지막 한 잔에 앞으로 폭 고꾸라지는 게 술버릇이었다.

　엄마와 대적할 사람은 내 앞에 앉은 무진이 누나뿐이었다. 책상다리를 하고 앉은 무진이 누나는 소주를 홀짝홀짝 마시면서 미라와 나를 번갈아 쳐다보았다. 또 무슨 꿍꿍인가 싶어 나는 가슴이 조마조마했다. 지난번 나의 악행을 엄마 앞에서

64

쫙 풀어 놓기라도 하는 날에는? 도둑이 제 발 저리듯이 나는 순간 무진이 누나의 눈을 피했다.

"주오, 니 오늘 쯤 이상타. 똥 마려운 강아지처럼 와 그라는데? 미라하고 내외하느라꼬 그라나?"

무진이 누나가 나를 빤히 쳐다보며 눈을 찔끔거렸다. 그 말에 폭소가 터졌다. 웃지 않는 건 미라뿐이었다. 두 손을 무릎에 얹은 채 동그랗게 몸을 말고 있던 미라는 귓불까지 빨갛게 물들었다.

"또 발동 걸렸다. 가만있는 미라는 왜 건드리는데?"

"가만 앉아 있는 내가 어떻게 미라를 건드리노? 니는 눈이 어데 달렸나?"

영자 누나 말에 무진이 누나가 농담을 했다.

"우리 미라, 오늘 같은 날 마이 묵거라."

무진이 누나가 내 앞에 있는 닭다리를 들고 미라 앞으로 팔을 길게 뻗쳤다. 미라가 받기엔 턱도 없는 거리였다.

"팔 빠진다. 챙겨 줄 때 묵거라. 고래 얌전만 빼 갖고는 국물도 못 얻어먹는데이."

무진이 누나가 억지를 부리자 숙자 누나가 닭다리를 받아미라에게 건넸다. 미라는 닭다리를 두 손으로 쥐고 조심스럽게 뜯어 먹었다.

"미라는 너무 말이 없어서 탈이다. 일할 때도 그렇고, 밥 먹을 때도 그렇고. 그래서 힘든 공장 일을 어째 견디려고. 남들

하고 섞여서 웃을 줄도 알고, 마음에 둔 것 있으면 털어 버릴 줄도 알아야 덜 서럽지."

엄마 말에 미라의 눈가가 볼그족족해졌다. 나는 미라와 눈이 마주칠까 봐 얼른 눈을 내리깔았다. 미라를 타박하는 엄마가 야속했다.

엄마는 벌써 소주를 다섯 잔이나 마셨다. 닭고기는 입에도 대지 않았다. 나는 엄마가 이 자리에서 소싯적 타령을 늘어놓을까 봐 걱정이었다. 미싱사가 되기까지 험난했던 엄마의 소싯적은 육십이 되어도 변하지 않을 거였다. 그건 엄마를 엄마이게 하는 무기 같은 거였다. 나는 엄마가 그때 얘기를 꺼낼 때가 가장 창피했다. 엄마가 미싱사인 게 창피한 게 아니라 그 얘기밖엔 할 게 없는 엄마가 창피했다. 연백 할머니 말처럼 봉제 공장에선 재봉질을 최고로 잘하는 사람이 잘난 사람이었다. 엄마만큼 그 말을 굳게 믿는 사람도 없었다. 내게 엄마의 그 믿음을 깨 줄 재간은 없었다. 여기서 여차하면 '그 인간' 얘기까지 불쑥 쏟아져 나올까 봐 가슴이 조마조마하기도 했다. 나를 주눅 들게 하고, 존재마저 희미하게 만드는 '아버지'란 사람 말이다. 평소엔 '그 인간' '그' 자도 안 꺼낼 엄마도 술에는 못 당했다.

술잔이 돌고 돌았다. 좌중을 휘어잡는 무진이 누나의 농담에 폭소는 파도를 타듯 올라갔다 내려갔다 했다. 다들 정신없이 웃는데, 미라는 얼굴만 붉혔다. 미라의 목소리가 듣고 싶었지만, 미라는 엄마 말대로 입도 뻥긋하지 않았다. 엄마는 나에게 얼른 먹고 일어서라고 눈짓을 했다.

나는 엄마 눈치를 보면서 사이다만 축냈다. 사이다 방울이 입속에서 파, 하고 터질 때 혀끝이 돌돌 말리는 것 같았다. 이상한 갈증이었다. 누나들이 마시는 소주가 슬쩍 마시고 싶기도 했다. 미라가 어느 순간 슬그머니 자리에서 일어났다. 화제가 다른 데로 흐르자 이젠 아무도 미라에게 신경 쓰지 않았다. 나도 그 자리에 있으나 마나 한 존재였다. 미라가 나가고 얼마 뒤에 나도 일어섰다.

"그래, 넌 얼릉 집에 가라. 여자들은 여자들만의 이야기가 있능기라."

무진이 누나가 나를 쫓아내듯 손을 휘저었다. 나도 더 이상 미라가 없는 자리엔 미련 없었다.

미라는 과일 가게 앞 평상에 앉아 있었다. 왕대포 집에서 흘러나온 불빛이 동그랗게 미라를 비추었다. 미라는 다리를 꼬고 앉아 턱을 괸 채 자신의 발끝에 눈을 맞추고 있었다. 나는 시장통의 지붕을 떠받치고 있는 둥근 기둥 뒤에 바싹 붙어 섰다. 아무렇지도 않은 듯 그 앞을 지나갈 수도 있었다. 어차피 집으로 가려면 그 앞을 지나갈 수밖에 없으니까. 그런데 발걸음이 떨어지지 않았다. 내가 지나가도 눈썹 하나 까딱하지 않고, 개가 지나가는지 고양이가 지나가는지 관심도 없을 거였다. 태균이라면 넙죽 다가가서 무슨 꼼수를 부려서라도 자기가 좋아하는 여자한테는 말을 걸었을 것이다. 되든 안 되든 일단 말부터 걸고 보자는 게 여자들을 대하는 녀석의 전술이니까.

그때 무슨 소린가가 들렸다. 미라가 앉아 있는 맞은편 생선가게 매대 밑에서 고양이 한 마리가 대가리를 쳐들고 나왔다. 고양이가 아니라 귀신이 지나가도 눈길 한 번 안 줄 것 같던 미라가 천천히 몸을 구부리더니 한 손을 뻗쳤다. 그러곤 아랫입술을 말고 혀를 굴려 아이를 어르는 듯한 옹알이 소리를 냈다. 가르랑거리던 고양이가 눈치를 보며 슬금슬금 미라 앞으로 다가갔다. 미라는 평상에서 내려와 고양이를 덥석 안더니 무릎 위에 올려놓았다. 그러곤 고양이의 머리와 목덜미를 쓰다듬었다. 두려움도 없이 능숙한 손놀림이었다.

"나비야, 넌 왜 이 밤에 돌아다니냐."

가늘게 떨리는 목소리였다.

"내가 누군지 알아? 미라야, 미라."

미라는 고양이와 눈을 맞추고 천천히 미라, 라고 자신의 이름을 두 번 말했다. 고양이가 입을 쩍 벌리고 혓바닥으로 수염을 핥으면서 가르랑거렸다. 생선 비린내만 실컷 맡고 생선 가시 하나 못 주워 먹은 듯 놈의 울음소리는 신경질적이었다.

"배고프제. 내가 갖고 나온 것이 암것도 없는디."

혹시 벙어리는 아닐까 염려했던 것과는 달리 미라는 술술 말도 잘했다.

"나비야, 너 집 나왔냐? 뭣 땜시? 나는 집에 가고 싶어야. 우리 집은 텅 비어 있을 턴디, 그 집서 기다려야 할 사람도 있는디."

미라가 한숨을 폭 내쉬었다.

"근디, 널 만나니 참 좋다. 우리 집에도 너 같은 놈이 있어야. 나랑 오랫동안 같이 산 놈인디, 쩌그 대밭으로 들어가서 생쥐도 물어 오고 집 앞 뻘게서 생선 대가리도 주서 오고. 갸는 못 하는 게 없는 재주꾼인디. 너는 할 줄 아는 게 뭐냐?"

나도 모르게 쿡 웃음이 났다. 억양에 사투리가 남아 있는 영자 누나 말투도 생각나고, 영자 누나가 말한 고향 풍경도 떠올랐다.

영자 누나 고향은 바닷가와 멀지 않은 동네라고 했다. 대여섯 가구씩 모여 있는 동네는 대밭 천지여서 바닷바람에 댓잎들이 한꺼번에 쓸릴 때면 비 오는 소리처럼 들린다고 했다. 마루 끝에 앉으면 앞집 마루 벽에 달아 놓은 거울에 햇빛이 반사되어 반짝거리고, 뒷집 뒤란에 매달린 누런 시래기도 보이고, 장독대도 보인다고 했다. 영자 누나 앞집이나 옆집, 뒷집 중에 하나가 미라네 집일지도 몰랐다.

"우리 담에 또 만나면 잊어뿔들 말고 아는 체하고 살자. 외로운께."

미라가 소리 내어 웃으며 고양이의 콧등에 자신의 콧등을 대고 비볐다. 고양이가 허리를 배틀며 격렬한 몸짓을 했다. 미

라는 앙칼지게 소리 지르는 고양이를 품에 꼭 껴안았다가 바
닥에 내려놓았다. 고양이가 생선 매대 밑으로 쪼르륵 달아났
다. 미라가 갑자기 내가 서 있는 기둥 쪽을 빤히 쳐다보더니
순간적으로 몸을 움찔거렸다. 기둥 뒤에서 고개만 내 빼고 쳐
다보는 나를 발견한 것 같았다.

'꼴이 이게 뭐야. 사나이 체면에!'

나는 침을 꼴까닥 삼키며 미라 앞으로 나섰다. 내 뒤에서
보이지 않는 손이 등을 떠미는 것 같았다. 엉거주춤 자리에서
일어선 미라가 두 손으로 얼굴을 폭 감쌌다. 이제껏 자기가
한 얘기를 누군가 엿들었을 거라고 생각하니 부끄러운 모양
이었다.

"어두운데 빨리 들어가. 여기 있으면 시장 경비 아저씨들이
뭐라고 해."

내 말에 몇 걸음 떼던 미라가 갑자기 돌아섰다. 그러고는
기어들어 가는 목소리로 말했다.

"고마워."

*

"고마워."라는 미라의 한마디에 나는 들떴다. 그 말만 생각
하면 온갖 감정들이 춤을 추면서 내 마음속을 들락거렸다. 미
라는 역시나 나의 기대를 배반하지 않았다. 분명 나를 생각하

고 있었던 게 틀림없었다. 미라의 "고마워."라는 말은 수백 가지로 변주가 가능한 음악처럼 내 귀를 울리고 심장 박동을 불규칙하게 만들었다. 아무 때고 그 생각만 하면 나도 모르게 실실 웃음이 나왔다. 그래서 태균이 나에게 무슨 말인가를 건넸을 때 전혀 알아듣지 못했다.

"야, 너 돌았냐? 내가 하는 말이 웃겼어?"

"뭐라고 했는데?"

"왜, 하기 싫으냐?"

미끈거리는 코팅 종이로 만든 전단지를 한 아름 안은 태균이 어정쩡한 폼으로 서 있는 내게 전단지를 한 뭉치 안겼다.

"이거 돌리면 얼마 줄 건데?"

"그거야 내 몫을 반으로 나누는 거지, 인마."

우리는 남대문시장 입구에 서 있었다. 바야흐로 낼모레면 신학기가 시작되는 3월이었다. 인도는 넘쳐 나는 사람들로 북적거렸다. 중요한 일이 있다고 녀석이 전화를 걸어 나를 불러낼 때는 설마 이런 일을 시킬 줄은 몰랐다. 4절지 규격의 전단지는 꽤 묵직했다. 며칠 조용하다 했더니 그럼 그렇지, 사나흘을 못 버티고 나를 찾아 대는 녀석에게서 왜 소식이 없나 궁금했었다.

"확실하게 주는 거지?"

"속고만 살았냐. 나도 공짜로는 이런 일 안 해."

태균은 "못 믿겠으면 아버지에게 가서 물어볼까?" 하고 엄지 손가락을 세워 가게가 있는 방향을 가리켰다. 태균의 아버지가 하는 화장품 가게는 안경점들이 몰려 있는 남대문시장 안쪽 골목에 있었다. 아모레, 쥬단학, 쥬리아, 웬만한 화장품 회사 제품은 다 취급하는 꽤 큰 도소매 가게였다.

나는 태균이 시범으로 보여 주는 것을 뻣뻣하게 서서 바라보았다. 녀석은 길 한가운데 두 다리를 쩍 벌리고 서서 앞에서 오는 사람에게 손을 쑥 내밀었다. 전단지를 받은 행인은 쓱 훑어보더니 주머니에 구겨 넣고 지나갔다. 걸음을 멈추지 않고 지나가는 사람의 손에도 태균은 재빠르게 전단지를 건넸고, 등 뒤에서 오는 사람도 놓치지 않고 몸을 돌려 가면서 전단지를 건넸다. 한두 번 해 본 솜씨가 아니었다. 하긴 아버지가 남대문시장에서 화장품 장사만 20년 가까이 했으니 전단지 돌리는 일 따위야 골백번도 더 해 봤을 거다. 녀석의 돈주머니가 화수분처럼 마르지 않았던 까닭이 바로 이거였다.

옆에서 구경만 하고 있는데도 어지러웠다. 벌써 바닥에는 태균이 나눠 준 전단지가 울긋불긋하게 떨어져 있었다. '봄맞이 대바겐세일'이라고 큼지막하게 박힌 글자에는 발자국이 찍히고, 꾸깃꾸깃하게 말려서 공처럼 굴러다니는 전단지도 보였다. 녀석은 구겨지지 않은 말짱한 전단지를 주워 먼지를 털며 내게 다가왔다.

"난 이쪽에서 할 테니까 너는 저쪽, 명동으로 갈라지는 다음 블록에서 하든가 아니면 네가 이 자리에서 하든가 선택해.

둘이 붙어 있으면 안 돼. 아까 봤지? 눈앞에서 버리고 가는 전단지는 주워서 되도록 쓸 만한 건 다시 써야 해. 우리 아버지 눈에 띄면 일부러 버렸다고 생각하실지도 몰라."

　10분쯤 태균을 지켜본 다음 나는 명동 입구까지 걸어갔다. 가는 길에도 수없이 많은 사람들이 스쳐 갔지만 품에 안은 전단지 한 장 건네지 못했다. 녀석의 말로는 세 시간이면 500장쯤은 금방 돌리고도 남는다고 했다. 끝나고 가 볼 데가 있다고 했다.

　명동 입구는 남대문시장보다 사람들이 훨씬 많았다. 남대문시장 쪽이 분당 열 장을 돌릴 수 있다면 명동 입구는 두 배는 돌릴 수 있을 정도로 눈알이 핑핑 돌게 사람들로 북적거렸다. 길 한가운데서 입술을 꾹 깨물고 눈을 질끈 감는 심정으로 두 다리를 벌리고 섰다. 지나가는 사람들에게 어깨가 부딪혔다. 인상을 찌푸리며 눈치를 주는 사람도 있었다. 첫 번째 전단지는 무사히 건너갔다. 두 번째, 세 번째, 네 번째……. 내가 보는 앞에서 바로 바닥에 버리는 사람도 있고, 아예 주머니에 손을 찔러 넣은 채 나를 피해 가는 사람도 있었다. 앞뒤 양쪽을 겨냥하며 능수능란하게 하던 태균의 노하우는 그냥 터득된 게 아니었다. 이러다간 세 시간이 아니라 내일까지 돌려도 다 못 돌릴 것 같았다. 행인들의 얼굴을 쳐다보며 받을 만한 사람이 누굴까 골라내느라 열 사람 지나가면 겨우 두세 사람에게 전단지를 내미는 꼴이었다.

"무조건 내미는 거야. 천 장 돌려서 백 명이 훑어보기라도 하면 다행이니까. 어차피 확률은 10분의 1도 안 돼."

태균이 짚어 주던 주의 사항이 그때야 떠올랐다.

팔뚝에 쌓여 있는 전단지를 보면 시간이 겁 없이 가는 것 같았고, 상점 쇼윈도에 걸린 시계를 쳐다보면 시간이 엿가락처럼 길게 늘어져서 초침 하나가 겨우 움직이는 것처럼 보였다. 쿵쾅거리는 음악 소리와 손님을 부르는 마이크 소리로 귀청이 얼얼했다. 조그만 박스 위에 올라서서 가게 안으로 들어서는 사람마다 쪼아보듯 쳐다보고 있는 보세 가게 점원과 눈이 마주치자 나는 얼른 고개를 돌렸다.

한 시간이 지나자 겨우 오기 비슷한 자신감이 생겼다. 그때 내 앞에 이마까지 잠기도록 챙 모자를 푹 눌러쓴 아줌마가 나처럼 두 다리를 쩍 벌리고 섰다. 붉고 강렬한 색감의 점퍼를 입은 아줌마는 엉덩이에 화려한 꽃무늬가 그려진 패딩 바지를 입고 있었다. 탄탄하게 살이 오른 엉덩이가 눈앞에서 알짱거렸다. 아줌마는 나보다 다섯 걸음쯤 앞에 서 있었다. 하얀 면장갑을 낀 손으로 능숙하게 명함 크기의 뭔가를 돌렸다. 내 앞에서 오는 손님들을 꽃무늬 엉덩이가 전부 채 갔다. 명함을 받은 사람들은 내가 나눠 주는 전단지 따위는 아예 받으려고도 하지 않았다. 꽃무늬 엉덩이가 뿌린 명함은 금세 길바닥에 너저분하게 깔렸다.

'급전 필요하신 분! 무담보로 왕래 시 즉시 빌려드림!'

큼지막하게 박힌 활자 밑에 깨알 같은 글씨들이 빽빽하게 박혀 있었다. 나는 꽃무늬 엉덩이와 등을 지고 섰다. 현장에서 몸으로, 저절로 터득하게 되는 이 놀라운 순발력. 순간 나는 막다른 골목에 몰린 쥐처럼 이를 악물었다.

꽃무늬 엉덩이는 한 시간쯤 영업을 하다가 사라졌다. 나는 한숨을 길게 내쉬고 다시 앞뒤로 몸을 돌려 가며 전단지를 돌리기 시작했다. 태균이 말한 세 시간이 하루처럼 길었다. 허벅지가 빽빽하게 결리고 발바닥에선 쥐가 나고, 연속해서 내민 한쪽 팔도 쥐가 오르는 것 같았다. 벌써 오후 네 시가 넘어서고 있었다. 점심시간이 지난 지 한참 뒤라 배에서 꼬르륵거리는 소리가 났다. 한 번도 길거리 노동을 경험해 본 적이 없는 내겐 최악의 노동이었다. 차라리 삽을 들고 공사장에 가서 땅을 파거나 벽돌을 나르는 일이 훨씬 속 편할 것 같았다.

태균이 걸어오는 게 보였다. 전단지는 아직 반도 더 남아 있었다. 녀석은 가뿐하게 빈손이었다. 나는 녀석에게 전단지의 반을 덜어 넘겨줬다.

"이럴 줄 알았지. 내가 여기 서 있었으면 한 시간 안에 다 돌렸을 거다."

녀석이 투덜거렸다.

전단지를 겨우 다 돌리고 나서 무작정 태균을 따라갔다. 일 끝내고 가 볼 데가 있다던 곳이 세운상가였다. 녀석은 바지 주머니에 손을 찌른 채 상가 곳곳을 훑고 다녔다. 전자기타를 보기 위해서였다.

"웬 전자기타?"

"시대에 뒤처질 순 없잖아. 요즘 록 밴드가 대세 아니냐. 들국화 봐라. 한 방에 팍 뜬 거. 보컬도 좋지만, 조덕환의 광적인 기타 솜씨가 환상이거든. 작은형이 그러는데 뭐든 자기 무기 하나쯤은 계발해야 된다고 했어. 그 말씀을 듣고 내가 은총을 받지 않았냐. 적당히 용돈 모이면 그땐 아버지한테 사바사바 해서 전자기타 한 놈 장만해야지. 두고 봐. 그날이 머지않았어."

흥! 나도 모르게 콧방귀가 나오려는 걸 간신히 참았다. 태평이 형 말이라면 물인지 불인지 가리지도 못하면서 느닷없이 전자기타에 비수같이 꽂혔을 것이다. 일반 기타도 제대로 만져 보지 못한 주제에, 조덕환의 광적인 기타 솜씨가 어떻다고? 태평이 형이 낡은 기타를 들고 흥얼거리는 즉흥 연주곡을 듣고는 순간적으로 속에서 뭔가가 울컥 치솟았겠지.

태평이 형은 이 세상에서 못하는 것이 없다고 스스로 믿고 있는 우물 안의 천재였다. 태평이 형이 가끔 우리의 방문을 축하하는 의미로 그 자리에서 즉흥적으로 불러 주는 노래는 어딘가 묘한 데가 있긴 했다. 악보 그릴 줄은 모르는지, 기타로 음을 골라 한 번 부르고 나면 다음에는 절대로 같은 노래는 부르지 않았다.

"요새 태평이 형, 전자기타 연구하나?"

76

"내가 맨날 형만 따라 하는 아류 줄 아냐? 우리 형은 아무나 흉내 낼 수 있는 사람이고? 그래 봬도 아이큐가 150이 넘는 천재야 인마."

녀석은 어깨를 으쓱거렸다. 아니라고 발뺌해도 녀석이 지껄이는 소리의 반은 태평이 형의 입을 대변하는 거라고 봐도 크게 틀리지 않았다. 녀석의 꿈은 사흘도 못 가 뒤집어질 것이다. 여자를 스타일별로 구분해서 환장하는 그 눈만 태균의 것이었다.

세상과 담을 쌓고 캐비닛 속에 숨듯 자기 속에 들어앉은 태평이 형은 세상과 결별한 지 1년이 되어 가고 있었다. 태평이 형을 본 지도 한 달쯤 지났으니 지금쯤은 턱수염이 1센티미터는 더 길게 자랐을지도 모른다.

녀석과 상가 2층으로 올라갔다. 세고비아, 두꺼비, 야마하, 아세아를 쭉 훑어봤다. 전자기타 가격도 관심 있게 보았는데 하루에 세 시간씩 1년을 꼬박 전단지만 돌려도 겨우 살까 말까 한 가격이었다.

"사지도 않을 거면 가. 괜히 폼 잡고 돌아다니지 말고."

배에선 자꾸 꾸르륵거리는 소리가 나고 발은 질질 끌렸다. 날은 어두워졌고, 집에 가고 싶은 생각밖엔 없었다. 녀석은 내 성화에 못 이겨 그냥 나오는 척했지만, 애초에 기타를 살 생각은 없어 보였다.

우리는 상가 뒤쪽에 있는 허름한 국숫집 문을 열고 들어갔다. 냄비국수가 나오자 순식간에 밑바닥에 가라앉은 고춧가루 찌꺼기까지 싹싹 핥았다. 국숫집에서 나와서는 잠바 주머니에 손을 푹 찌른 채 어깨를 잔뜩 움츠리고 걸었다. 잠바 깃을 세워도 몸이 덜덜 떨렸다. 겨우 뜨거운 국수 한 그릇으로 어두워진 2월의 추위를 견디기엔 역부족이었다. 나는 틈을 봐서 태균에게 미라 얘기를 하려던 생각을 버렸다. 함부로 녀석에게 미라 얘기를 하고 싶지 않았다.

집으로 돌아와 몸이 풀리자 몽환처럼 기타 소리가 들렸다. 나는 다리를 꼬고 앉아 기타를 품에 끌어안고 연주하는 장면을 상상했다.

'너의 침묵에 메마른 나의 입술……'

미라가 턱을 괴고 앉아 나를 빤히 쳐다보는 장면은 생각만 해도 짜릿했다.

4
태평의 대우주론

태균은 우리가 같은 반이 된 걸 대단한 운명이라 허풍을 떨었다. 그 운명에 덧대어, 3월 한 달 동안 담임에게 너희는 이제 고등학생이다, 대학 가려면 제대로 공부해야 한다, 어쩌구 저쩌구 하는 세뇌를 당할 때마다 태균은 벌써 자신의 인생이 너덜너덜해진 것 같다고 한탄했다.

"마귀할멈 말이야. 골 때리지 않아?"

녀석이 한쪽 팔꿈치로 내 옆구리를 쿡 찌르며 물었다.

"뭐가?"

"뭐긴 짜샤, 쓸 만한 놈들은 벌써 점찍어 놓은 게 눈에 딱 보이잖아. 암내를 폴폴 풍기면서."

종례 시간에 마귀할멈이 '성적만큼 대접 받는다.'고 한 말에 흥분한 모양이었다. 언제는 뭐 안 그랬나? 성적순으로 인격이

정해지는 게 학생의 신분인데.

마귀할멈은 서른세 살 노처녀인 우리 반 담임이었다. 마귀할멈의 담당 과목은 수학. 아침저녁으로 보는 것만 해도 지겨워 죽겠는데 일주일에 수업이 네 시간이나 들어 있었다. 판서를 하다가 갑자기 돌아보며 "조용히 해!"라고 소리를 지를 때, 한동안 다물었던 입에서 터져 나오는 목소리가 가성으로 올라가면서 눈썹이 꿈틀거리는 게 딱 마귀할멈 캐릭터였다. 거기다 종례 시간엔 구질구질한 온갖 잔소리가 장난이 아니었다. 더군다나 마귀할멈은 드러내 놓고 공부 잘하는 놈과 못하는 놈을 차별했다. 잘하는 놈에겐 하염없이 애정 공세를 퍼부으며 아양을 떨었고, 별 볼 일 없는 놈들에겐 볼 장 다 봤다는 식으로 노골적으로 비웃기를 서슴지 않았다.

"야, 이제부터 시작인데 무슨 재미로 학교 다니냐."

나도 태균의 말에 백배 동감이었다. 하지만 이미 엎질러진 물이고 담 넘어간 공이었다. 나는 언제나 그래 왔듯이 눈에 띄지 않게, 희미한 그림자처럼 남은 고등학생 시절을 곱게 보내고 싶은 맘뿐이었다.

"언제는 우리가 재미있어서 학교 다녔냐."

"아, 이 기집애 같은 새끼. 좆도 모르면서."

녀석이 발부리에 걸린 돌멩이를 냅다 걷어차며 투덜거렸다.

"너, 뭐 꼴리는 일 있냐?"

나는 녀석의 표정을 살피며 물었다. 새로운 선생들에 대한 낯가림은 학기 초에 으레 있기 마련이었다. 그런데 여자라면 무조건 엎어지고 보는 태균이도 유독 여선생에게만은 알레르기 증상 같은 걸 보였다.

"그래, 꼴린다, 인마. 이것저것 할 거 없이 눈에 띄는 것마다 다 꼴려."

녀석이 못 먹을 걸 먹었나. 도시락까지 착실히 잘 들고 와서 꾸역꾸역 잘만 처먹는 걸 봤는데, 소화가 안 됐나.

신호등 앞에서 나는 잠시 갈등했다. 녀석을 달래 줄 건가, 모른 척하고 집으로 가 버릴 건가. 하굣길의 건널목은 등굣길의 건널목과는 전혀 다른 심리적인 갈등을 요구했다. 등굣길엔 앞뒤 생각할 겨를 없이 무조건 건너야 하지만, 하굣길의 건널목은 선택의 여지가 있었다. 집으로 곧장 갈 것인가, 옆으로 잠깐 샐 것인가.

"집에 무슨 일 있냐?"

"언제 우리 집에 일 없는 거 봤냐?"

오늘 녀석을 혼자 버려두고 가면 낼 아침엔 절교하자고 지랄할 것 같은 분위기였다. 녀석의 심사가 꼬였을 땐, 뭔가가 있다는 얘기이기도 했다. 녀석이 먼저 신호등이 바뀐 건널목으로 발을 디뎠고 3초쯤 망설인 끝에 나도 녀석의 뒤를 따랐다. 태평이 형을 본 지도 한참이나 되었다. 그렇다고 태평이 형이 나를 기다린다는 말은 아니었다. 받아 줄지 문전박대를 할지는 가 봐야 알았다.

태균이 자기 집에서는 맛보지 못하는 색다름을 우리 집에서 즐긴다고 하는 것처럼, 내가 우리 집과는 다른 색다름을 나름 맛볼 수 있는 곳이 태균의 집이다. 간단하게 말하자면 나는 비정상적인 가정에서 태어나 자랐고, 녀석은 보편적이고 전형적인 가정의 형태를 이룬 집에서 태어나 자랐다. 하지만 그건 어디까지나 외형적인, 말 그대로 아주 표면적인 분류일 뿐이다.

태균네 집에는 평범한 가정이라곤 할 수 없는 묘한 기류가 흘렀다. 그 묘한 기류를 형성하는 가장 큰 요소는 5년째 살림을 놓고 병석에 누워 있다는 그의 어머니였다. 나는 태균의 어머니가 잠옷 이외의 옷을 입고 있는 것을 본 적이 없다. 집 안에서 뭔가가 천천히 움직이는 기류가 느껴진다 싶어 주위를 살펴보면 태균의 어머니였다. 등판이 꾸깃꾸깃하고 팔소매와 바짓가랑이가 돌돌 말린 잠옷 차림이었다. 운동을 하는 건지 방과 마루를 천천히 가쁜 숨을 몰아쉬며 오갔다.

얼굴이 노랗게 떠 있는데도 불구하고 꽤 미인이었음을 한눈에 알 수 있었다. 쌍꺼풀이 진 큰 눈은 빛이 바랬지만 오똑하게 솟은 콧날은 도도하게 살아 있었다. 식구들이 아닌 다른 사람이 집 안에 들어와 있어도 태균의 어머니는 전혀 개의치 않았다. 내가 인사를 해도 무표정한 얼굴로 두어 번 눈을 껌뻑거리다 말 뿐이었다.

게다가 태평이 형은 또 어떻고. 태평이 형도 상태가 영 좋지 않았다. 태균의 말을 들어 보면 태평이 형은 어릴 때부터 부모님의 은총을 한 몸에 받고 자란 기대주였다. 여섯 살 때 태창이 형이 보던 『소년중앙』의 만화를 거꾸로 들고 줄줄 읽었을 만큼 영특했다고 한다. 옆에서 태창이 형이 만화를 소리 내어 몇 번 읽는 것을 듣고 통째 외워 버렸다는 거다. 뿐만 아니라 어머니를 닮아 귀티 나게 잘생겼다. 한 달씩 감지 않아 떡이 진 헤어스타일도 멋스럽게 보일 만큼 형은 준수한 외모를 자랑했다. 양치질을 하지 않아 누런 이똥이 끼기 시작한 것만 빼면 정말이지 아직도 봐줄 만했다.

그토록 천재적이고 준수한 태평이 형이 창고 같은 옥탑방에 스스로를 격리시킨 게 벌써 1년이 다 되어 가고 있었다. 태평이 형에겐 무슨 일이 있었던 걸까. 태균은 귀에다 손가락을 빙빙 돌려 가며 "한마디로 회까닥한 거지 뭐." 하고 말했다. 아이큐 150이 넘는 천재가 학교 성적은 겨우 전교 50등, 수업 시간에 하는 질문도 해괴하기 짝이 없는 엉뚱한 것들이어서 선생들도 기막혀하고, 동급생들과는 대화가 안 될 정도로 남의 말귀를 못 알아들었다고 했다. "학교 다닐 때 별명이 '또라이'였어." 태균의 말을 듣고 나는 설마 천재가 남의 말도 못 알아듣나? 의아해했다. 거기다가 지각을 밥 먹듯이 해서 이미 옐로 딱지를 받고 선생들에게도 찍힌 지 오래였다. 한마디로 학교에서는 골칫덩어리에다 친구 하나 없는 외톨이였다고 한다. 태평이 형은 세상과 섞여 살 수 없는 불운아였다. 말하자면, 그의 존재 가치를 알아주는 사람이 아무도 없다는 사실에 절망한 나머지 학교를 그만둬 버렸다.

태평이 형이 처음부터 옥탑방에 둥지를 튼 건 아니었다. 어머니 병간호며 자잘한 집안일을 도맡아 했다. 빨래를 널 때도 양말 한 짝까지 주름 없이 탁탁 펴서 널었고 빨래를 거둬 개는 솜씨도 일품이었다. 요리도 웬만큼 했다. 달걀말이는 거의 도사급이었고 김치볶음밥과 흰죽을 쑤는 솜씨도 어설픈 가정부 솜씨 못지않았다. 여자로 태어났으면 좋았을걸, 하고 태균이 아쉬움을 가질 즈음 집안일에 흥미를 잃은 태평이 형이 선언했다. 이대로 살다간 숨이 막혀 죽을 거야!

온갖 잡동사니들을 쌓아 놓던 창고 같은 옥탑방을 접수한 뒤부터 태평이 형은 본채로 내려오지 않았다. 형이 문밖으로 나서는 일은 오로지 세상이 모두 잠든 야밤, 똥을 싸기 위해 마당 한쪽 구석에 있는 화장실을 이용할 때뿐이었다. 태균은 옥탑방을 우주선이라 불렀다. 그것도 발사 가능성이 전혀 없는 폐우주선.

신호등을 건너 현대 목욕탕을 끼고 200미터쯤 걷자 태균네 집이 보였다.

대문을 들어서면서 나는 버릇처럼 옥탑방을 힐끔 올려다보았다. 옥탑방의 새시 문은 철벽처럼 꼭 닫혀 있지만 부엉이 같은 태평이 형의 두 눈이 우리를 지켜보고 있을 것이다.

태균네 집은 변함없었다. 대문 오른쪽에 붙은 바깥채 마루

앞에는 여자 구두 한 켤레가 놓여 있었다. 그 방에는 현대 목욕탕 때밀이 아줌마가 세 들어 살았다. 목욕탕 때밀이는 새벽 별을 보고 나가 밤별을 보고 퇴근하는 직업이라고 했다. 여태 드나들면서 얼굴은커녕 신발이 있는 것도 처음 보았다.

"딴 사람이 이사 왔어?"

태균에게 신발을 가리키며 물었다.

"아냐, 인마. 목욕탕 관뒀어."

태균이 인상을 찌푸리며 말했다.

녀석이 인상을 찌푸린 이유를 집 안에 들어서면서 알았다. 키가 작고 뚱뚱한, 암팡진 체구의 여자가 온 얼굴 근육을 일그러뜨리는 특이한 웃음으로 태균을 맞았다. 태균은 식탁 의자에 가방을 던져 놓고 냉장고에서 꺼낸 우유를 한 잔 벌컥벌컥 들이켜고 나에게도 마시겠느냐고 물었다.

"냉장고 문 오래 열어 두면 전기세 많이 먹어."

여자가 다가와 냉장고 문을 닫으며 잔소리를 했다. 태균은 들은 척도 않고 컵에 우유를 한 잔 따라 나에게 건네며 턱짓으로 방으로 들어가자는 신호를 보냈다.

"봤지?"

"뭘?"

"뭐긴. 암퇘지 같은 저 여자가 목욕탕 그 여자라니까. 이번 달부터 아버지가 월급 주면서 들어앉혔어. 집안일하고 엄마 돌보라니까 아주 제멋대로 휘젓고 다니신다. 잔소리까지 하고."

방으로 들어오자마자 침대에 벌러덩 드러누우며 태균이 격렬하게 씨부렁거렸다.

"수상쩍은 게 한두 가지가 아니란 말이야. 니가 보기엔 어때?"

녀석은 미간을 찌푸린 채 고개를 절레절레 흔들면서 내게 물었다.

"글쎄."

현대 목욕탕 여자는 예상보다 훨씬 젊었다. 젖통이 축 늘어져 출렁거리는 똥배에 닿아 있을 거라고 상상했던—연백 할머니와 목욕탕을 다닐 때 보아 왔던—것과는 달라도 완전히 달랐다. 통통하고 귀여운 분홍 돼지 저금통에 비유하면 꼭 맞을 인상이었다. 순간 어깨가 넓적하게 벌어진 체격에 인상이 곰 같은 태균의 아버지가 떠올랐다. 태균의 어머니처럼 날씬하고 도도하고 교양 있게 생긴 여자가 어떻게 태균의 아버지와 결혼하게 되었을까.

녀석의 말로는 아버지가 1년 내내 어머니를 쫓아다닌 결과라고 했다. 어머니는 아버지가 소주병을 깨서 팔목을 그으려는 찰나에 항복했는데, 1년 내내 쫓아다닌 아버지의 열정과 성실함에 후한 점수를 주었다고 했다. 태균의 아버지는 열일곱 살에 맨손으로 시골에서 상경해 남대문시장에서 잔뼈가 굵었고, 화장품 가게 사장이 된 자수성가형이었다. 태균은 '이 아버지는 말이다, 열일곱 살에⋯⋯.'로 시작되는 잔소리를 형들과 나란히 무릎 꿇고 앉아 귀에 딱지가 앉도록 듣고 자랐다고 했다. 아버지의 설교는 돈이 있어야 사람답게 살 수 있다는 요지였다. 그러니 돈밖에 모르는 아버지는 어떻게 공부 시켜야 하는지 몰라 천재인 태평이 형을 망친 거라고 했다.

"우리 엄만 진즉부터 암퇘지를 알아봤으면서 모르는 척하는 거라고."

나는 태균이 무슨 뜻으로 그런 말을 하는지 전혀 감이 안 잡혔다.

"여자의 직감은 무서운 거라고 형이 그러더라. 우리 엄마가 아버지한테 그랬대. 사람을 들이려면 이 여자 저 여자 말고 눈앞에 있는 사람 쓰라고. 그게 무슨 말이겠냐? 이미 엄만 뭘 알고 있다는 얘기 아니야?"

"그래서?"

"뭐가 그래서야. 어차피 엄마 돌아가시면 우리 아버진 한 달도 못 돼서 재혼할걸. 우리 할머니한테 들은 얘긴데 원래 금슬 좋았던 부부는 한쪽이 죽으면 혼자서는 못 산대. 우리 아버진 엄마밖에 모르잖아. 자식은 나 몰라라 하고. 아무튼 암퇘지가 엉덩이 흔들면서 우리 아버지한테 사장님, 사장님 할 때부터 알아봤어. 우리 엄마가 무슨 힘이 있냐? 맨날 아파서 골골거리는데. 우리가 학교에 가는지 오는지 신경 쓸 기력도 없는데. 아버지가 내놓고 암퇘지랑 바람을 피워도 아마 암퇘지 따귀 한 대 때릴 힘도 없을 거다."

마치 못 먹을 걸 먹은 것처럼 녀석의 표정은 사정없이 구겨
졌다.

*

태균과 달리 태평이 형은 말 그대로 태평이었다.

옥탑방은 곰팡내와 퀴퀴한 발 냄새 따위가 뒤범벅이 된 듯
한 묘한 냄새에 숨쉬기도 쉽지 않았다. 냄새만 아니라면 태평
이 형과 부둥켜안고 며칠 밤을 붙어 있어도 아무 걱정거리가
없지 싶었다. 걱정거리가 없는 태평이. 태균은 아버지가 무슨
선견지명으로 그런 이름을 지었는지 모르겠다고 했다.

태균이 한때 금남의 집을 유일하게 드나들었던 외부인이었
다면, 외부인이 금지된 형의 공간에 특별히 허락된 '인간'이
나였다. 하지만 형의 옥탑방이 언제나 열리는 건 아니었다. 형
의 일기는 장마철의 변덕스러운 날씨보다 더 고약했다. 아무
리 문을 두드려도 꼼짝하지 않을 때 태균은 지쳐서 내려간다
고 했다. 문 앞에 갖다 놓은 음식이랑 물은 문 앞에서 하룻밤
을 새울 때도 있다고 했다.

형은 발 디딜 틈 없이 난장판이 된 방 안에서 작업에 몰두
해 있었다. 어른 손바닥만 한 트랜지스터라디오는 낱낱이 분
해되어 조각조각 널려 있는데 오디오에선 존 레논의 노래가

흘러나오고 있었다. 스피커를 어디다 설치해 놓았는지 노래는 사방에서 흘러나오는 것처럼 들렸다.

태평이 형은 희대의 천재 가수 존 레논을 잃은 건 인류의 불행이라고 말했다. 천국도 없고, 지옥도 없는 세상을 상상해 봐. 너네들은 상상할 수 있겠냐? 존 레논이 노래하잖아. 천국이 없으면 지옥도 없고, 국경이 없으면 나라도 없고 당연히 전쟁도 없을 테고, 부자가 없으면 가난뱅이도 없을 거라고. 형이 존 레논에 대해 입을 열면 그 상상력이 어디로 튈지는 아무도 예측할 수 없었다. 존 레논이 광팬의 총격에 암살당했다는 얘기를 할 때는 암살자의 마음을 이해할 것 같다는 모호한 소리를 하기도 했다. 그로 인해서 존 레논의 천재성이 입증되었노라, 하고 우스꽝스러운 동작을 해 가며 야릇한 미소를 띨 때 태균과 나는 절레절레 고개를 흔들었다.

검정색의 고장 난 스피커 한쪽에 태균이 걸터앉고 나머지 하나에 내가 걸터앉았다. 형은 트랜지스터라디오를 오디오 스피커에 연결해 사운드의 성능을 격상시키는 작업을 하고 있다고 했다. 멀쩡한 오디오가 있는데, 볼품도 없는 트랜지스터라디오를 갖고 뭘 하겠다는 건지. 하긴 형다운 발상이었다. 그게 가능할지 불가능할지는 모르지만, 먹고 자고 오줌 싸는 것 외에 아무것도 하는 것 없는 형이 몇 날 며칠 매달린다면? 그럴 수도 있겠다!

형의 방은 출입문—벽의 구실을 더 많이 하긴 하지만—만

빼놓고 사방 벽이 물건들로 꽉 채워져 있었다. 출입문 맞은편 벽에는 기다란 책상이 있고 책상 위에는 무질서하게 책들이 쌓여 있었다. 마당 쪽으로 난 창문 밑에는 삐걱거리는 스프링 소리가 요란한 야전용 침대가 놓여 있었다. 형의 방을 차지하고 있는 물건들은 거의 고물 수준이었다. 지구본이 크기별로 세 개, 하나는 지축이 빠져 덜렁거리고, 다이얼이 고장 난 캐비닛, 테니스 라켓부터 손때가 가맣게 오른 야구 글러브와 실밥이 터진 야구공, 칠 벗겨진 세고비아 기타와 엘피판들, 굵직한 아령까지, 아마도 형의 머릿속엔 이보다 많은 종류의 잡동사니들이 쟁여져 있을 거였다.

그중에서도 형이 가장 애지중지하는 것은 수백 장은 될 것 같은 엘피판이었다. 엘피판은 태균의 아버지가 소장했던 것부터, 태창이 형과 친구들로부터 얻은 것, 형이 직접 사 모은 빽판까지 다양했다. 형이 음악에 조예가 깊어 남다른 애정을 갖고 모으는 것은 아니었다. 무조건 엘피판이라면 닥치는 대로 다 모았다. 나중에 엘피판으로 거대한 구조물을 만들어 보겠다는 게 태평이 형의 꿈이었다.

트랜지스터는 생각보다 조립이 잘되지 않는 모양이었다. 형은 후크 선장같이 한쪽 눈을 다 가린 앞머리를 입바람으로 후 불어 날리며 비로소 태균과 나를 쳐다보았다. 푹 꺼진 눈에선 광채가 났다.

"너는 요새 어떠냐?"

형이 내게 물었다. 오디오에선 〈이매진〉이 흘러나오고 있었다. 형은 단답형으로 대답하기 곤란한 포괄형 질문을 즐겨 썼다. 형의 질문에 뭐라고 답해야 하나.

"형은 진짜 어떻게 생각해?"

내가 잠시 생각하는 사이 태균이 물었다. 화가 난 듯 씩씩거리는 목소리였다.

"뭘 어떻게 생각해. 흐르는 대로 둬야지. 자식인 우리가 뭔 힘이 있냐?"

형도 태균이 묻는 의도를 정확하게 알고 있었다.

"형은 안 봐서 그렇지. 나는 매일 얼굴 봐야 하잖아. 하는 꼴이 가관이라니까. 그리고 저 여자, 엄마 돌아가시고 아버지하고 살겠다고 하면 그땐 어떡할 건데?"

"그래도 할 수 없고."

형의 눈빛은 여전히 광채로 빛났지만 대답은 시큰둥하기 이를 데 없었다.

"아이 씨. 형 혼자만 고상한 척 이럴래?"

"태균아!"

형이 나직이 한숨을 쉬며 타이르는 듯한 목소리로 아우를 불렀다.

"여기 우리 세 사람이 있어."

형이 방바닥에다 손가락으로 삼각형을 그리며 태균과 나를 힐끔 쳐다보았다.

"너하고 나는 같은 부모한테서 나고 자랐어. 그런데 주오는? 나와는 아무런 상관이 없지만 너로 인해서 주오하고 내가 연결이 된 거야. 사람살이는 얽히고설켜서 하나의 공동체를 이루며 살아가게 되어 있어. 그게 가장 일반적이니까. 그걸 고상한 말로 포장해 놓은 게 인간은 사회적 동물이다, 라는 명제야. 그런데 나처럼 옥탑방에서 이렇게 사는 삶도 있어. 어떠한 명제에도 예외가 있다는 얘기지. 뭐 관계를 억지로 끊는다고 끊어지는 건 아니지만, 일단은 내가 고유한 존재라는 걸 이렇게라도 표현해 보려고 노력하는 거지. 나는 나니까."

형은 손가락으로 그린 삼각형을 지우면서 천천히 다시 말했다.

"그런데 인간은 결국 혼자서 죽게 되어 있거든. 태어날 땐 어쩔 수 없이 아버지와 어머니를 통해서 태어나지만 완성은 혼자거든. 그걸 다시 정리하면, 인간은 사회적 동물이지만 결국엔 혼자 마지막을 장식해야 하는 고독한 존재라는 거지. 결과가 그런데 미구에 일어날 아버지의 일을 우리가 어떻게 할 수 없다는 거지. 우린 결국엔 아버지나 엄마를 떠나게 될 거 잖아. 그건 주오도 마찬가지고. 이 논리를 확장하면 인간은 별게 아니라는 데까지 나가. 동물이나 물고기나 나무나 바위나 인간도 단지 이 지구를 구성하는 하나의 구성 요소에 지나지 않는다는 거야. 아까도 들었잖아. 존 레논도 외치는 거. 존 레논은 결국 인간이 이기적으로 집착할수록 결코 평화롭게 살지 못한다는 얘길 하고 있는 거야. 경계가 없는 세상이란 결국 우리가 그리는 이상향이라는 거지. 내가 생각하기에 이매진은 대우주론과 맞닿는 사상이지. 인간은 개별로 존재하지만 결국은 다 하나라는 얘기도 돼. 너는 복잡해서 잘 못 알아듣겠지만, 이게 내가 생각하는 대우주론이야."

"맨날 궤변이야. 대우주론 좋아하네. 지금 엄마 얘기 하고 있는데 무슨 개뼈다귀 같은 소리냐구."

태균이 더는 참을 수 없다는 듯이 짜증을 왈칵 냈다.

형은 빙그레 웃었다. 앞머리가 흘러내려 한쪽 눈을 가렸다. 가소롭다는 표정이 역력했다. 형의 논리는 앞에서 들을 때는 그럴듯하다 못해 세상에! 소리가 나올 만큼 감동적인데 나중에 곰곰이 다시 생각해 보면 꼭 뭔가에 홀린 것같이 이상하다는 생각을 지울 수가 없었다.

"지금 엄마에게 중요한 건 니가 말하는 암퇘지가 아니고 엄마 자신이야. 엄마에게 우리가 해 줄 수 있는 일이 별로 없다는 게 안타깝지만 인정할 건 인정해야지. 나도 요새 머릿속이 복잡하다."

형의 눈빛이 우울하게 흐려졌다.

"아이 씨, 이 쓰레기들 좀 내다 버려. 성질 나 죽겠는데."

태균이 자리에서 벌떡 일어나더니 발부리에 걸린 라디오 부속품을 팍 차 버렸다. 빨간 플라스틱 라디오 뚜껑은 잡동사니가 쌓인 책상 밑으로 쑥 들어가 버렸다.

"사라질 건 때가 되면 다 사라진단다. 안달하지 마라, 아우야. 인간도 언젠간 죽을 수밖에 없는 유한한 존재라는 거고, 그래서 인간이 슬픔이라는 걸 아는 동물이잖냐. 너한테 타임캡슐 얘기한 적 있지? 시간은 붙잡아 둘 수 없어. 그래서 우리가 살다 간 시간을 표식으로 남기지 못해 안달한다는 거지. 그게 다 부질없는 욕망의 산물인데, 나는 저것들이 타임캡슐 속에 들어가 영원히 썩지 않기를 바라는 게 아니야. 나와 함께 언젠간 사라지길 원하지."

"그만하랬지. 진짜 또라이야?"

태균이 성질을 내며 나가 버렸다. 탕 소리를 내며 닫히는 문을 바라보며 형이 픽, 실소를 머금었다.

"자, 너도 나가 줘. 난 할 일이 많아."

형이 내게 정중하게 말했다. 옥탑방의 문이 닫히는 순간 나는 현실과 공상의 궤도 사이에 움푹 팬 도랑으로 발을 딛는 기분이었다.

*

태평이 형처럼 간단하게 이리 뒤집고, 저리 붙여서 인생을 대우주론으로 정리해 버리면 간단하겠지만, 태균은 너무나 평범해서 태평이 형을 이해할 수 없는 모양이었다. 그건 나도 마찬가지였다. 시간을 붙잡을 수 없다는 건 알겠는데, 그 욕

94

망 때문에 타임캡슐을 만드느니 어쩌니 하는 말도 이해는 하겠는데, 그게 지금 나하고 무슨 상관인가. 태평이 형을 만나면 뭔가에 홀려서 된통 뒤통수를 한 방 맞고 오는 기분이었다. 게다가 이마빡에 한두 개씩 솟기 시작하는 여드름처럼 내 마음에도 울룩불룩한 뽀루지가 돋아나 나를 혼란스럽게 했다.

태균은 생각보다 상태가 좋지 않았다. 학교에서도 늘 똥 밟은 얼굴로 시큰둥해하더니 일요일에는 느닷없이 나를 불러내 도서관에 가자고 했다.

태균과 내가 도서관에서 한 일은 지하 매점으로 내려가 우동 한 그릇을 사 먹고, 열람실에 자리가 비기를 기다려 겨우 자리를 차지한 다음, 각자 책상에 엎드려 한잠 잔 것뿐이었다. 웬일로 녀석이 도서관 타령을 하나 했더니, 집은 답답하고, 밖에 나와도 아무것도 하고 싶은 것이 없어서였다고 했다. 녀석은 허전한가 보았다. 나도 허전했다. 일요일엔 우리 집에도 엄마가 떡하니 버티고 있고, 숙소엔 누나들이 지키고 있을 테고……. 갈 데가 있을 것 같은 일요일인데 정작 갈 데가 아무 데도 없었다. 태균은 느닷없이 책을 보조 가방에 쑤셔 넣더니 남산 구경이나 가자고 했다.

"집엔 안 가고?"

"암퇘지가 눈앞에서 오락가락하는 게 꼴불견이어서 집에서 나왔는데, 내가 뭐하러 이 시간에 집에 들어가냐?"

도서관에서 길을 건너 숲길을 타면 곧바로 남산으로 오르는 지름길이었다.

　남산은 외지인들에게는 볼만한 산인지 몰라도 내게는 한낱 '똥산'에 불과했다. 일찍이 연백 할머니와 뒷동산처럼 오르내린 후, 머리가 점점 굵어 가면서는 철모를 때의 감흥은 사라지고 없었다. 케이블카가 닿는 팔각정이나 높이 솟은 타워는 말할 것도 없었다. 중앙 분수대 앞에 우뚝 버티고 선 국립중앙도서관이라든지, 식물원, 안중근 의사 기념관, 백범 동상이 있는 광장, 남산에 산재한 수많은 구조물들과 건물, 그 낱낱의 것들이 모두 따분하고 지겨운 풍경일 뿐이었다.

　남산에서 최고의 구경거리는 사람이었다. 바야흐로 꽃피는 봄이었다. 푸른 숲엔 왕벚나무 꽃이 한창이고, 꽃구경 나온 사람들은 꽃보다 더 알록달록했다.

　태균과 나는 책 몇 권 담기지 않은 헐렁한 가방을 한쪽 어깨에 비끄러매고 어슬렁거리며 오르막길을 올랐다. 땅거미가 스멀거리며 내리고 있었다.

　"난희는 끊었냐? 안 궁금해?"

　심란해하는 녀석을 쿡 찔러 보았다.

　"세상천지에 널린 게 반은 여자다."

　녀석의 반응은 의외였다. 나도 요즘은 난희 코빼기도 보기 힘들었다. 눈앞에서 알짱거릴 땐 몰랐는데, 안 보이니까 궁금해서 신경이 근질거렸다.

　남산 타워가 있는 광장은 꽤 부산스러웠다. 여기저기 쪽의

자를 놓고 앉은 화가들이 마지막 손님을 잡으려는 듯 주위를 두리번거렸다. 그들은 무질서하게 앉은 것처럼 보였지만, 적당한 거리를 두고 마름모 꼴의 구도를 형성하고 있었다. 4B연필을 입에 물고 묵상에 잠긴 듯 보이는 사람, 손님을 앉혀 놓고 열심히 작업에 몰두한 사람도 있었다. 태균과 나는 그들 한가운데를 가로지르면서 캔버스와 쪽의자에 정물처럼 앉아 있는 사람들을 힐끔거렸다.

내가 미라를 발견한 건, 태균이 바지 주머니에 손을 찔러 넣은 채 한 화가의 작업을 관심 있는 척 들여다보고 있을 때였다. 미라는 수염을 기다랗게 기른 꾀죄죄한 사내 앞에 앉아 있었다. 턱을 약간 쳐들고, 두 손은 무릎을 감싼 치마폭에 내려놓고, 어디를 보는지 알 수 없는 눈빛으로 정면을 보고 있었다. 나는 화가 등 뒤로 다가가며 미라에게서 눈을 떼지 않았다. 나를 알아본 미라의 눈동자가 약간 흔들렸다. 이젤 위에 펼쳐 놓은 도화지에는 미라의 얼굴 윤곽이 잡혀 있었다. 얼굴선은 볼 부분에서 약간 넓어졌다가 턱 쪽으로 내려갈수록 각이 형성되었다. 화가의 손길에 의해 코가 자리를 잡고 있는 중이었다. 말랑할 것 같은 코는 삐친 선처럼 얼굴 중앙에서 왼쪽으로 뻗치면서 도톰하게 파인 인중과 연결되었다. 어깨에 닿을락 말락 하는 단발머리와 어깨선이 만나는 지점에서 화가는 약간 손을 떨었다. 명암이 들어가지 않은 홑 선의 미라는 혼이 없는 사물처럼 신비스러워 보였다.

4B연필을 든 화가의 손짓이나 고갯짓을 따라 나도 모르게 어깨가 기울었다. 미라는 의식하지 못할지도 모르겠지만, 미라는 왼손 엄지로 오른손 엄지 손톱을 비비고 있었다. 우리 집 두 번째 계단에 앉아 무언가를 바라보던 모습 그대로였다.

윤곽에 명암을 가하기 시작할 무렵 땅바닥에 전기선을 길게 늘여서 연결한 백열등에 불이 들어오기 시작했다. 타워에도 불이 들어왔다. 서서히 먹빛에 잠겨 들던 도화지 속 미라의 눈동자가 맑아졌다. 내 옆구리를 툭 치는 느낌에 고개를 돌렸더니 태균이 옆에 서 있었다.

"뭘 봐? 가자."

자기가 보고 싶은 건 다 봤는지 녀석은 쓸데없이 뭘 이런 걸 구경하고 있느냐며 채근했다. 어둠이 깃드는 4월의 저녁은 쌀쌀했다. 칼라가 둥근 블라우스를 입은 미라의 좁은 어깨가 떨리고 있었다. 나는 카디건을 안 걸치고 온 것을 뼈저리게 후회했다.

"자, 이제 거의 다 끝나 가요. 잠깐만 참아요."

화가는 4B연필을 든 손을 높이 들어 올리며 말했다.

스케치하는 손놀림이 빨라지기 시작했다. 가는 선들이 굵게, 어둡거나 세밀하게 덧칠해지고 명암이 또렷하게 살아나면서 미라의 얼굴에도 조금씩 의식이 들어오기 시작했다. 나는 화가가 그리는 초상에서 미라의 숨소리를 들을 수 있었다. 옅은 콧김을 뿜으며 서서히 벌어질 것 같은 입매, 꿈틀거릴 듯한 눈썹, 눈동자의 초점이 살아났다. 하지만 미라의 얼굴은 창백했고, 눈빛은 슬펐다.

"아는 애야?"

나는 반사적으로 고개를 끄덕였다.

"누군데?"

"공장에 새로 온 애."

"그래? 난 또 누구라고."

태균은 금방 관심을 거뒀다. 녀석의 얼굴엔 김이 빠져도 한참 빠진다는 표정이 역력했다.

화가는 그림을 다 그린 후 4B연필을 귀에 꽂고 그림을 이젤에서 빼냈다. 미라가 자리에서 일어나 천천히 화가 곁으로 다가왔다. 그림을 받아 든 미라의 입가에 희미한 웃음이 번졌다. 완성된 그림 속의 미라는 실재보다 더 생생했다.

"나이롱 환쟁이들. 여기 있는 화가들은 다 저렇게 그리더라. 실물하고 하나도 안 닮았잖아."

그 자리를 떠나면서 태균이 괜히 툴툴거렸다. 너는 뭘 제대로 볼 줄 모른다고 한마디 해 주고 싶었지만 녀석에게 신경쓸 겨를이 없었다.

"여긴 혼자 올라왔어?"

내 말에 미라가 고개를 끄덕이며 희미한 웃음으로 대답했다. 미라는 그림을 돌돌 말아 한 손에 쥐고 천천히 내 옆에서 걷기 시작했다. 우리는 팔각정을 지나 돌계단을 타고 중앙 분수대 쪽으로 내려왔다. 태균은 두어 발 앞서 내려가고 있었다. 미라가 자기 타입의 여자였다면 옆에서 엉너리를 치며 환심을 사려고 할 텐데 그것마저 귀찮은지 성큼성큼 앞서 내려가는 품새가 세상사 다 재미없어하는 것처럼 보였다.

결국 녀석을 중앙 분수대 어름에서 잃어버렸다. 어차피 산을 내려가서는 녀석과 내가 갈 길도 달랐다. 나는 생각지도 않게 미라의 보호자가 된 심정이었다. 미라는 내게 말 한마디 걸지 않았다. 사실 나도 말 붙이기가 쉽지는 않았다. 내가 말을 붙이면 '응'이나 '아니'라고 간단하게 답했다. 초상화가 마음에 드느냐고 묻자 응, 남산엔 처음이냐는 말에도 응, 혼자 무섭지 않으냐는 말엔 아니, 같이 올 사람이 없었느냐는 물음엔 응, 이런 식이었다.

"저쪽으로 가면 동물 우리가 있어."

동물 우리는 남산 1호 매점 옆에 있었다. 동물 우리는 단출했다. 원숭이 두 마리가 살고 있는 우리에 다다르자 미라의 표정에 호기심이 어렸다. 사람을 보자 원숭이들은 철창 앞으로 바싹 다가왔다. 미라는 겁도 없이 철창 앞으로 다가섰다. 원숭이가 긴 팔을 뻗었다. 미라에게 먹을 걸 달라는 눈치였다. 녀석들의 발밑에는 뭉개진 사과 찌꺼기와 과자 부스러기들이 널려 있었다. 미라가 움찔하며 한 발 물러섰다. 그러자 한 녀석이 성깔을 부리며 입술을 까뒤집고 괴상한 소리를 내질렀다. 빈손으로 온 구경꾼이 맘에 안 드는 모양이었다.

원숭이 우리 옆으로 자리를 옮겼다. 암수 공작 두 마리가 지푸라기와 똥이 더럽게 엉긴 바닥을 느릿느릿 걷고 있었다. 꽁지가 짧은 놈이 암컷이고 긴 놈이 수컷이었다. 수컷 공작은 아무 때나 꽁지깃을 펼치지 않았다. 수컷 공작이 꽁지깃을 펴는 걸 보려면 운이 좋아야 했다. 암컷에게 발정이 난 녀석이 잔뜩 달아올라 있을 때, 그 타이밍을 잘 맞춰야 했다. 나는 실없이 수컷을 향해 휘파람을 불었다. 녀석이 부리로 땅을 쪼다가 나를 흘끔 쳐다보았다. 애를 태우면 혹시 꽁지깃을 펴려나? 깔락깔락 혓바닥으로 소리를 내 보았지만 소용없었다. 녀석은 전혀 흥분하지 않았다. 게다가 암컷이 날개를 파닥거리며 횃대 위에 올라앉자 녀석도 암컷을 따라 횃대 위에 올라앉았다. 멍청한 두 녀석 때문에 애가 바싹 달았다.

"수컷이 꽁지깃을 펴면 정말 볼만한데. 다음에 기회가 되면 보여 줄게."

나는 마치 내 의지로 수컷의 깃을 맘대로 펼쳐 보일 수 있는 것처럼 말했다.

매점 아주머니가 밖으로 나와 함석으로 된 덮개를 가져다 문을 닫았다. 매점 불이 꺼진 후에도 우리는 가로등이 켜진 매점 앞 의자에 앉아 공작 우리를 쳐다보았다. 미라는 공작에게서 눈을 떼지 않았다. 마치 공작이 깃을 펴기를 기다리고 있는 듯했다. 공작이 꽁지깃을 편다면 이제껏 내가 남산에서 보낸 그 어떤 날들보다 남산이 화려하게 빛날 거였다. 남산에 처음 올라온 미라에게 뭔가 행운의 선물을 줄 수 있으면 좋았을 텐데……. 내 마음은 아랑곳없이 공작은 횃대 위에 축 늘어져 꼼짝도 하지 않았다.

5
콜드크림과 티슈

엄마가 화장하는 날이 많아졌다. 아침 먹고 후딱 공장에 내려가 작업 준비하기 바쁘더니 요즘엔 거울 앞에 엉덩이를 뭉개고 앉아 입을 헤벌린 채 눈썹을 그리고 루주를 발랐다. 화장한 얼굴이 훨씬 생기 있어 보이긴 했다.

엄마의 꿈은 명동에 조그만 양품점을 내는 거였다. 서너 평짜리 가게에 엄마가 직접 만든 옷도 걸어 놓고 단골을 상대로 맞춤옷 장사를 하는 것. 내가 어릴 적만 해도 엄마는 공장 이모들 앞에서 그 꿈에 대해 자주 얘기했었다. 일테면 엄마의 과거지사를 죽 늘어놓으면서 말이다.

"내가 첨엔 양장점에 취직을 했었거든. 그게 열일곱 살 때야. 그땐 쪽가위도 함부로 못 만지게 했어. 1년 내내 바닥에 널린 천 쪼가리 쓸고 연탄 갈고, 손님 오면 커피 시중까지 온갖 잠심부름을 다 했지. 그땐 커피가 얼마나 귀한 물건이었게. 재봉 선생이랑 손님이랑 커피 마시면서 나한텐 한 방울도 마셔 보라고 권하지 않더라. 양장점 안쪽에 있는 작업실에서 재봉 선생이 바느질을 했는데 성질이 얼마나 파르르한지 눈만 흡떠도 내가 뭘 잘못했나 싶어 절로 오금이 접히더라니까. 미싱은 뭐 쉽게 가르쳐 준 줄 알아? 기레빠시*에 스티치 몇 줄 박는 것도 1년이나 지나서야 가르쳐 주더라. 한번은 선생이 보는 앞에서 미싱을 하다가 너무 긴장해서 천 잡은 손가락을 안 빼고 발판을 밟는 바람에 검지 손톱에 미싱 바늘이 푹 박힌 거야. 그땐 아픈 줄도 몰랐어. 엉겁결에 발판에서 발을 뗐는데 미싱 바늘이 쑥 빠지면서 피가 퐁퐁 솟는 거야."

엄마의 오른손 검지 손톱엔 우툴두툴하게 구멍이 메워진 흔적이 남아 있었다. 엄마는 아예 손톱이 빠져 버리고 다시 나면 모를까 볼 때마다 그때 일이 생각난다고 했다. 재봉틀에 관한 한 엄마의 과거지사는 줄줄이 알사탕처럼 아무리 늘어 놓아도 끝날 줄을 몰랐다.

"먹여 주고 입혀 준다는 핑계로 월급도 제대로 못 받고 일했어. 그때 내가 뭘 알기나 했나. 빨리 기술 배워서 나도 재봉 선생처럼 유명한 사람이 돼야겠단 생각뿐이었지. 서러우니까 그 생각밖엔 안 들었어."

* 자투리 천

열일곱 소녀였던 엄마는 가게 골방에서 먹고 자면서 기술을 배웠다고 했다. 일요일에도 가게에 손님이 오기 때문에 쉴 수 없었다. 명절에는 집에도 가지 못했다. 성공해서, 돈 많이 벌면 그땐 떳떳하게 찾아갈 거라고 이를 악물었다고 했다.

　"나도 참 미련했어. 거기 쿡 처박혀서 일하느라 다른 세상이 있는 줄도 모르고. 다른 세상도 있다는 걸 일찍부터 깨달았다면 진즉에 미싱은 걷어차 버렸을 텐데. 일이 년 지나고 조금씩 나한테 일이 주어지는데 그땐 그게 그렇게 좋을 수가 없었어. 인정을 받는 거니까. 쥐꼬리만 한 월급으로 겨우 저축만 조금 하면서 옷도 안 사 입고 버텼어. 얼굴에 찍어 바를 크림 하나 안 사 썼지. 화장도 스무 살이 넘어서야 시작했는데, 남이 하는 거 보고 따라서 찍어 발랐지."

　엄마는 깔깔깔 웃었다. 웃는 눈초리에 눈물이 몰리면 엄마는 검지로 눈물을 콕콕 찍어 냈다. 내가 태어나기 전의 엄마를 상상해 보았지만 잘 떠오르지 않았다. 공장 이모들과 술잔을 놓고 앉은 엄마도 한때는 열일곱 살의 소녀였다는 것도.

　엄마는 이모들 앞에선 강한 척했지만 혼자 텔레비전 연속극을 보면서 잘 울었다. 시련에 빠진 젊은 여자가 모함을 받아 주인집에서 쫓겨나거나 돈 많은 남자한테 차인 여자가 거리를 방황하는 장면에서 훌쩍거렸다. 마치 엄마가 주인공이 된 듯 착각하고 있는 게 분명했다. 나는 어릴 때처럼 "엄마 왜 울어?" 묻는 대신 모른 척 눈감아 주거나 슬쩍 자리를 피해 버린다. 굳이 왜 우느냐고 묻지 않아도 엄마가 우는 이유를 대충은 알 만큼 나도 철이 들었기 때문이다.

어쨌든 명동의 금싸라기 땅에다 아담한 양품점을 열고 싶다던 엄마의 야무진 꿈은 물거품이 된 지 오래였다. 남대문시장에 유리문 달린 가게 하나 내는 걸로 그 꿈을 일보 후퇴시켰던 엄마는 이제 꿈이란 말마저 잊어버린 지도 오래였다.

꿈은 접었지만 엄마는 이 바닥을 떠나지 못하고 지금도 지겹도록 원청 공장에서 재단해 온 기성복을 만들어 납품하기 바빴다. 청바지가 들어오면 청바지만 몇백 장, 잠바나 기지바지가 들어오면 그것만 몇백 장씩……. 엄마가 만든 죠다쉬나 프로스펙서 가짜 상표를 붙인 제품들은 남대문시장으로 흘러가 좌판에서 한 장에 몇천 원에 팔려 나가기도 했다.

엄마의 재봉 솜씨는 과연 연백 할머니가 말한 대로 손이 안 보일 정도로 고수의 경지에 올랐다. 잠바의 앞판과 뒤판만 박는 누나, 팔소매만 박는 누나, 밑단의 시보리*만 돌리는 누나, 모자만 다는 누나. 각자가 맡은 일을 해서 앞으로 옆으로 넘기면 재단된 천 쪼가리 한 장 한 장이 붙어서 금세 한 벌의 옷이 완성되었다. 마무리로 앞섶을 대는 가장 어려운 공정은 엄마 몫이었다. 엄마와 일손을 맞추기 위해 누나들은 진땀을 빼면서 재봉틀에 고개를 처박고 일했다.

---

* 옷소매 따위를 조여 주는 단

엄마가 꿈을 접는 데 가장 큰 변수로 작용한 건 나였다. 나를 낳지만 않았다면 엄마는 그깟 배신쯤이야 아무렴 어때, 하고 쭉 양품점의 꿈을 키웠거나 엄마의 꿈을 밀어 줄 남자를 만났을지도 모른다.

엄마는 이제 고작 마흔 살이었다. 게다가 별 쓸모가 없을 것 같은 아들 하나가 딸린 과부. 하지만 과부라고 다 같은 과부는 아니었다. 예전에 연백 할머니가 숙청에도 급이 다르다고 했듯이 과부도 급이 다 달랐다. 일테면 연백 할머니처럼 삼팔선에 생이별을 당해 남편이 죽었는지 살았는지도 모르는 생과부, 난희네 엄마처럼 없어도 그만인 남편이 어느 날 갑자기 죽어 버려서 진짜 과부가 된 과부, 우리 엄마처럼 결혼식도 못 올리고 혼인신고도 못 한 이쪽도 저쪽도 아닌 미혼모 과부. 내가 분류할 수 있는 과부는 일단 그 세 종류였다. 남편이나 아내가 있는 사람도 이혼하고 다시 결혼하는 마당에 우리 엄마가 결혼하는 데는 아무 지장도 없다고 말한 건 난희였다.

"너네 엄마가 다른 남자와 또 결혼한다면 넌 기분이 좋겠냐?"

어이없는 말에 내가 물었다.

"우리 엄마도 못 할 거야 없지만, 지긋지긋하다고 안 할걸. 하지만 너네 엄만 결혼식도 안 올렸다면서. 우리 엄마 말은 남편도 없이 너 낳아 키운 너네 엄마가 무서운 사람이라고 하더라. 그 나이에 결혼할 생각도 안 하고."

하여튼 사람 속 긁는 얘기만 골라 했다. 난희 말대로 나의
모친이 결혼을 꿈꾼다면? 이제 와서 자식은 아랑곳없이 결혼
하겠다고 나서면? 한 번도 심각하게 생각해 본 적이 없었다.
아버지가 암퇘지와 그렇고 그런 관계라고 태균이 씩씩거리
며 분노할 때도 강 건너 불구경처럼 나한텐 전혀 심각한 문제
로 다가오지 않았다. 그런데 느닷없이 화장이 잦아진 엄마를
보는 순간 뭔가가 내 뒤통수를 퍽 소리 나게 때리고 지나가는
것 같았다.

"맨날 바쁘다면서 화장은 왜 해? 내려가서 일하다 끝나면
곧바로 집에 올라올 거면서."

화장을 하는 엄마에게 심통을 부렸다. 입술을 그리다 말고
엄마는 거울 속에서 나를 빤히 바라봤다.

"나는 화장하면 누가 잡아가니? 외롭고 인생살이 따분해서
한다, 왜."

엄마는 내 눈치를 보기는커녕 노골적으로 받아쳤다.

"남자 생겼어?"

엄마가 강하게 쏘면 나도 속공으로 되받아쳐야 한다. 나를
아직도 눈치코치도 없는 아홉 살짜리로 생각하면 곤란할 텐
데. 바야흐로 내 가슴도 불타고 있는데 거기다 기름까지 확
부으면 곤란한데…….

"요새 새로 일감 가져오는 그 아저씨 때문이야?"

나름대로 짚어 본 거였다. 엄마는 얼마 전까지 조그만 회사의 일감을 줄곧 가져다 했다. 장 씨라는 공장장이 우리 공장 담당자였다. 키가 작달막한 장 공장장은 애가 셋 딸린 홀아비였다. 엄마보다 나이도 훨씬 많았다. 장 공장장이 황 사장님, 하고 엄마를 부를 때 보면 얼굴이 볼그족족하게 물들면서 나이에 맞지 않게 부끄럼도 타는 것 같았다. 공장 누나들도 장 공장장이 사장님한테 홀딱 반해서 무지무지 잘해 준다고 농담을 했다. 그래도 엄마는 눈도 깜짝하지 않았다. 일 외에 다른 얘기를 꺼내면 엄마는 쌀쌀맞게 일 얘기만 하고 농담도 붙여 주지 않았다.

그런데 이번에 거래처를 바꾸면서 엄마는 달라졌다. 장 공장장이 드나들 때는 농담은커녕 화장도 않던 엄마가 화장에 신경을 쓰기 시작했다. 여자만 직감이 발달한 게 아니라 남자의 직감도 무서운 법이다. 새로운 거래처의 담당자는 장 공장장과는 달리 키가 크고 호리호리했다. 곱슬머린지 파마머린지 머리는 고불거리고 눈은 가늘게 쌍꺼풀이 졌다. 게다가 나이도 엄마보다 어리면 어렸지 많아 보이지 않았다.

"누구, 양 주임?"

엄마가 헛바람 빠지는 소리로 웃으며 되물었다.

"그래. 그 양아치같이 생긴 남자."

나가는 김에 세게 나갔다.

"얘가 별걸 다 신경 쓰고 그러네. 내가 양 주임 보고 일하는 줄 아니? 대성 어패럴이야. 거기 일은 아무한테나 주는 줄 아니? 내가 양 주임한테 겨우 끈 대서 얻어 낸 일감이야. 그러니 내가 양 주임한테 절을 해도 모자랄 판이다."

엄마도 세게 나갔다.

"일하는 거하고 화장하고 무슨 상관이야? 꼭 그 남자한테 잘 보이려고 그러는 것처럼. 속 보이게."

나는 쐐기를 박고 싶었다. 갑자기 변해 가는 엄마를 감당할 자신이 없어서였다.

"내가 뭐 남한테 잘 보이려고 이러는 줄 아니? 함부로 무시당하지 않으려고 이러는 거지."

엄마도 결코 만만치 않았다.

대성 어패럴 일을 하게 되면서 엄마는 토요일의 외출도 전보다 잦았다. 난희는 우리 엄마가 자기네 미용실에 들러 가끔 머리를 하고 간다고 했다.

"우리 엄만 늘 같은 파마머리야."

"고데하러 오신 거였어. 고데는 머리 감으면 다시 파마머리 되거든. 넌 그런 것도 모르냐?"

미장원집 딸과 봉제 공장집 아들이 다른 점이 뭔데. 너는 시보리 돌리는 게 뭔 줄 알아? 가위로 청바지 입술 따는 게 뭔지 알아? 치사하게 그런 걸로 따지고 싶지는 않았다. 중요한 건 엄마가 고데를 하고 나간 날 밤에 나는 엄마의 머리가 바뀐 사실을 몰랐다는 거다. 아침에 본 엄마의 머리는 파마머리가 덥수룩하게 헝클어져 있었으니까.

"야, 황주오. 너 생각보다 쩨쩨하고 시시하다. 너네 엄만 맨날 공장에서 미싱만 돌리고 미장원에 머리하러 오지 말란 법이라도 있냐? 너네 엄마도 여자야. 꼬부랑 할머니가 되도 멋부리고 싶은 게 여자라고 그러더라. 근데 너네 엄만 아직 팔팔하잖아."

난희는 되레 나를 호되게 꾸짖듯이 말했다.

"여자는 마흔이 진짜 최고 절정이래. 40대 과부는 푹 삶은 호박하고 같아서 그냥 푹 들어간대."

혼자서 무슨 상상을 하는 건지, 갑자기 난희가 쿡쿡거리며 웃기까지 했다. 나는 한심한 눈으로 난희를 쳐다보았다.

"그런 얘긴 어디서 들었냐?"

태연을 가장한 척 쏴 주었지만 얼굴이 화끈거렸다. 난희가 시치미를 뚝 떼고 조잘거렸다.

"기본 상식이야. 우리 미장원에 널린 게 잡지책이잖아. 별의별 얘기들 다 있어. 아줌마들이 괜히 코 빠뜨리고 그런 거 뒤적거리는 줄 아니? 아줌마들은 내가 옆에 있어도 아예 대놓고 얘기해. 아줌마가 무슨 뜻인 줄이나 아냐? 뻔뻔함의 동의어야. 이 멍청아!"

확, 순간적으로 손이 올라갔지만 참았다.

"계집애가 못 하는 말이 없어. 말이면 다인 줄 아냐?"

"뭐, 계집애?"

"됐다, 됐어. 체면 구겨지니까 그만하자."

마음 같아선 난희의 버르장머리를 고쳐 놓고 싶지만, 그동안 코앞에서 이웃하고 지낸 토박이로서의 우정을 생각해서 내가 이 정도에서 참기로 했다. 참는 게 남는 거니까.

*

"이럴 때는 꼭 뒤통수 맞은 기분이다."

엄마는 기운이 쭉 빠져 밥 먹을 힘도 없다고 했다. 앞뒤 꼬리 다 자르고 몸통만 뱉어 놓은 말이 썰렁한 집 안을 맴돌았다. 엄마와 단둘이지만 둘이서 오순도순 식탁에 마주하고 앉는 일은 그리 많지 않았다. 엄마는 저녁을 먹은 후에도 잔업을 하러 내려가기 때문에 저녁 시간도 늘 빠듯했다. 그런데 엄마는 공장엔 내려갈 생각도 하지 않았다.

나는 모른 척 밥만 퍼먹었다. 양 주임이라는 남자가 걸려서 요즘 계속해서 엄마의 심리적인 변화를 관찰하고 있는 중이었다. 엄마가 꺼내 놓은 말의 진위를 나름대로 가늠해 보느라 입속에 든 밥알이 따로따로 놀았다.

"영자가 그만둔단다."

엄마 입에서 나온 말은 뜻밖이었다. '이번엔 엄마도 잘해서 결혼할 생각이다.'라는 말이 굴러떨어졌더라면 아마 밥알이 아니라 혓바닥을 깨물었을 것이다. 하지만 나도 느닷없이 뒤통수를 맞는 기분이었다.

"마음의 준비를 할 시간은 줘야 할 거 아니니."

내가 할 뻔했던 말을 엄마가 대신했다.

"왜 그만둔대요?"

"다른 데 일자릴 잡은 거지. 그동안 일언반구도 없었다가 느닷없이 코앞에 닥쳐서야 그만두겠다고 하면 난 어쩌란 말이니. 사람이 쉽게 구해지는 것도 아니고 새로 시작한 일도 이제 막 들어오기 시작했는데. 대성 어패럴 같은 큰 공장은 일도 까다롭고, 납기도 어기면 안 되는 줄 뻔히 알면서. 당장 영자 자리가 비면 공정도 엉기는데……."

엄마는 속이 꽤나 상하는 모양이었다. 요즘은 여름옷을 만드느라 한창 바빴다. 옷은 한 계절 앞서가기 때문에 봄부터 여름옷을 만들었다.

나도 기분이 영 좋지 않았다. 영자 누나를 믿고 우리 공장으로 온 미라도 그만둘 수 있다는 말이었다. 방정맞게도 '미라는요?'라는 말이 목구멍까지 올라왔지만 설썹은 밥알과 함께 꿀꺽 삼켰다. 일단은 삼키고 사태를 더 들어 봐야 했다.

"다른 공장으로 간대요?"

엄마 속을 긁지 않으려고 차분하게 물었다.

"동대문 상가에 있는 옷 가게로 간단다. 영자 걔가 그래도 서울에 뒤 봐줄 친척이 있잖아."

그럼 잘 풀린 거였다. 여태까지 우리 공장에 있던 누나들은 대부분 미모사를 나가면 좀 더 큰 공장엘 가거나 다방에 취직하기도 했다. 황 사장, 고민이 늘어졌겠다. 영자 누나는 무진이 누나와 짝을 이뤄 미싱도 곧잘 했고, 엄마가 믿었는데.

엄마는 숟가락을 놓으며 한숨을 쉬었다. 속이 타기는 나도 마찬가지였다. 마음 같아선 누나들 숙소로 단박에 뛰어 올라가 내막을 샅샅이 알아보고 싶었지만 내가 참견할 일이 아니었다.

"그래서 어떡할 건데요?"

"뭘 어떡해. 더 나은 데로 간다는데 내가 말릴 수 있니. 넌 신경 쓰지 말고 니 할 일이나 해."

엄마는 신경질을 내며 자리에서 일어났다. 이렇게 얘기하다 말 거면 차라리 말을 꺼내지를 말든가, 잘 나가다 막판엔 꼭 사람 기분을 잡쳤다.

답답한 마음에 나는 밖으로 나왔다. 어슬렁거리며 시장통을 한 바퀴 돌았다. 공중변소 앞에서 숙소를 올려다봤다. 다른 때 같으면 일할 시간이라 불이 꺼져 있어야 할 숙소에 불이 환하게 켜져 있었다. 맥없이 닭집 다락방만 쳐다보다 시장통을 나왔다.

집으로 올라가는 계단에 우두커니 앉아 있었다. 바닥 비질을 끝낸 난희 엄마가 허리를 두드리며 세면실로 들어갔다. 빈 어항 속 같은 롯데 미용실에서 오른쪽으로 고개를 돌리자 희망 교회로 들어가는 입구가 보였다. 지나가는 사람들이 나를 흘끔거리며 쳐다봤지만 내 눈엔 동굴 같은 교회 입구밖엔 보이지 않았다. 초점이 맺히지 않는 지점에서 지나가는 사물들은 그저 헛것에 지나지 않았다. 수많은 헛것들이 지나갔다. 자동차와 배달 자전거, 오토바이와 사람들……. 예전에 미라가 이 자리에 앉아 바라보았던 것도 누군가가 불쑥 올라올 것 같은 저 검은 희망 교회 입구가 아니었을까.

그런데 뜻밖에도 동굴 속에서 난희가 불쑥 나타났다. 난희는 얇은 잠바 주머니에 두 손을 찌른 채 잠바에 달린 모자를 푹 뒤집어쓰고 있었다. 뭐라고 입을 떼려는 순간 난희는 잽싸게 똘이 만화방 코너를 돌아 사라졌다. 숲 속에서 나온 다람쥐가 꼬리를 감추듯 재빠르고 돌연한 몸놀림이었다.

난희가 교회에 다닐 리는 없는데……. 예배도 없는 평일 저녁에, 일요일에도 교인이라곤 고작 몇 명밖에 안 되는 희망 교회에 난희가 무슨 볼일로? 헛것을 본 게 아닌가 의심스러울 정도였다.

멍한 채 앉아 있는 사이 날이 완전히 어두워졌다. 상점들의 불빛이 도드라지고 간판 불이 번쩍거리며 돌아갔다. 나는 한동안 그 자리에서 일어날 생각도 못 하고 앉아 있었다. 이상하게도 희망 교회 입구에서 등장할 다음 사람이 미라일지도 모른다는 엉뚱한 상상에 사로잡혀서 말이다. 하지만 아무리 기다려도 희망 교회에선 개미 새끼 한 마리 나타나지 않았다.

나는 108계단을 뚜벅뚜벅 걸어 내려갔다. 이상하게 우울한 기분에 사로잡혀 4월은 가장 잔인한 달, 죽은 땅에서 라일락을 키워 내고, 하는 시라도 읊조리고 싶은 밤이었다. 그러고 보니 어느 집 담장에선가 라일락 꽃 냄새가 나는 것도 같았다. 그런데 왜 4월을 잔인하다고 하는지 모르겠다. 나는 괜히 심술부리듯 발부리에 닿는 돌을 툭툭 걷어찼다. 돌멩이가 또르륵 굴러가는 걸 멍하니 보고 있는데 이번엔 난희가 연백 할머니네 집에서 불쑥 대문을 열고 나왔다. 희망 교회에서 나오는 난희를 봤을 때처럼 이건 뭐지? 싶었다.

"야, 니가 왜 거기서 나와?"

나보다 난희가 되레 깜짝 놀라는 눈치였다.

"왜, 난 할머니네 집에 놀러 가면 안 돼?"

하긴 난희가 연백 할머니를 모르는 것도 아니고, 내 허락을 받아야 하는 것도 아니니까, 난희 말이 틀린 건 아니었다.

"그냥 이상해서 그렇지. 너 아까 희망 교회엔 왜 갔어?"

"나 미행하니? 왜 남이 움직이는 동선을 다 꿰고 있어? 나한테 뭐 볼일 있어?"

헉, 말문이 막히면 기가 차는지, 기가 차면 말문이 막히는지 모르겠지만 두 박자가 기가 막히게 맞아떨어졌다. 난희가 아무 말 못 하고 서 있는 내 어깨를 툭 치며 나를 비껴갔다. 나는 몇 걸음 쫓아가서 난희 어깨를 잡아챘다.

"아, 왜?"

난희가 내 얼굴 앞으로 턱을 바싹 쳐들었다. 난희의 어깨를 잡아챈 건 난데, 난희에게 잡힌 꼬락서니가 됐다. 그런데 왜냐고 묻는 말에 대답할 말까지 없다니.

"나한테 궁금한 게 많다 이거지? 그럼 나중에 알려 줄게. 너 하는 거 봐서."

이건 웬 뚱딴지같은 소리? 뭘 나중에 알려 준다는 거고, 내가 어떻게 해야 알려 준다는 건지, 통 모를 소리만 지껄였다.

"할머니 집에 왜 갔었냐고?"

"나 바빠. 안 그래도 골치 아파 죽겠는데 괜히 툭 튀어나와선 사람 귀찮게 하고 그래. 넌 그런 재주밖에 없냐?"

난희는 가볍게 내 손아귀에서 빠져나가더니 토끼처럼 촐랑촐랑 뛰어 눈앞에서 사라졌다.

이런 걸 두고 황당하다고 해야 하나. 괜히 과장해서 사람 궁금하게 만들어 놓은 게 누군데. 분명 뭔가가 있는 것 같은데 그게 뭔지는 아무리 생각해도 짚이는 게 없었다.

*

영자 누나는 송별 파티도 없이 떠났다.

미싱사 급구 ○명
경력자 우대. 기숙사 완비
가족같이 일할 사람 구함

엄마는 새 구인 광고를 만들어 붙였다. 잠도 안 잘 생각인지, 밤늦게 내려가 보면 엄마 혼자 일하고 있을 때도 있었다. 드륵 득득 드르륵 득득. 근심거리가 있을 때나, 히스테리가 시작될 때 엄마의 재봉틀 소리는 유연하지 않고 거칠게 '득득'거렸다.

영자 누나가 떠난 뒤 시장통 안의 고바우 식당에서 회식을 가졌다. 미라가 영자 누나를 따라 미모사를 떠났다면 어쩔 뻔했나. 미라는 내 앞에 얌전히 앉아 있었다. 엄마는 다른 날보다 천천히 마셨지만 소주 한 병을 혼자서 다 비웠다. 나와 미라는 사이다를 한 병 나누어 마셨다. 엄마는 앞으로 새 사람이 들어올 때까지 고생되더라도 열심히 하자고 했다. 미라는 상추에 한쪽이 까맣게 탄 고기 조각을 올려놓고 밥도 한 숟갈 퍼서 동그랗게 말아 입에 넣었다. 그새 머리가 자란 미라는 꽃무늬 손수건으로 머리를 묶고 있었다. 입을 동그랗게 벌리고 상추쌈을 밀어 넣을 때 입안에서 파득거리듯 떨리고 있는 발간 목젖이 보였다.

미라는 다 구워진 고기가 자기 앞으로 쌓이자 내 앞으로 한 조각씩 젓가락으로 옮겨 놓았다. 나는 미라의 잔에 사이다를 따라 주었다. 내 잔에는 미라가 사이다를 따랐다. 기포가 뽀글거리며 올라오는 컵을 들어 사이다를 한 모금 넘길 때 간지러운 기침이 터져 나왔다. 나는 엄마가 마시는 소주잔의 맑은 소주를 흘겨보았다. 지금 내게 필요한 건 사이다가 아니라 소주였다. 사이다를 마시던 미라가 나처럼 기침을 해 댔다.

"미라도 딴생각하지 말고 열심히 하면 곧 미싱도 가르쳐 주고 월급도 올려 줄게. 시다*도 미싱사 못지않게 중요한 사람이야. 너 없어 봐라, 손이 떠서 일을 매끄럽게 할 수 있나."

엄마는 술잔을 내려놓으며 미라에게 다짐을 두었다.

얼굴이 새빨개진 미라가 고개를 끄덕였다. 하여튼 황 사장 사람 부리는 솜씨 한번 빛났다. 첨에는 미라가 못마땅해서 일을 시킬까 말까 골머리를 앓는 것 같더니 영자 누나가 떠나자 사람 단속부터 했다. 하긴 나도 엄마의 말에 안도의 숨을 몰래 내쉬었다. 나한텐 미라가 영자 누나를 따라가지 않고 내 앞에 앉아 있다는 사실이 중요했다.

엄마는 소주를 한 잔 마실 때마다 고기 조각을 하나씩 집어 먹었다. 그 자리에서 상추쌈을 먹지 않는 건 엄마뿐이었다. 엄마의 얼굴은 누렇게 떠 보였다. 화장이 덕지덕지 밀려난 눈 밑에는 잔주름들이 보였다. 콧잔등은 기름기로 번들거렸다. 피곤이 묻은 얼굴로 엄마는 카, 소리를 내며 소주를 들이켰다.

술에 적당히 취해 집으로 돌아온 엄마는 거울 앞에 앉아 한동안 가만히 거울 속을 들여다보았다. 그리고 아주 천천히 손목에 걸고 있던 굵은 고무줄로 머리카락을 한데 쓸어 모아 질

---

* 아랫일, 허드렛일이나 그 일을 하는 사람을 뜻하는 일본어 시타바타라키(下働き:したばたらき)에서 파생된 시다바리의 줄임말로, 흔히 온갖 뒤치다꺼리를 도맡는 보조를 지칭한다.

끈 묶었다. 머리를 묶고 난 다음 콜드크림의 뚜껑을 열었다. 손가락으로 크림을 푹푹 찍어 얼굴 여기저기에 묻혀 놓고 양손으로 볼부터 문지르기 시작했다. 양쪽 볼과 이마, 콧등으로 내려온 손가락은 인중을 지나 턱까지 닿았다. 엄마는 오래오래 콜드크림을 문질렀다. 그런 다음에는 동작을 멈추고 화장 찌꺼기와 번들거리는 기름으로 범벅이 된 얼굴을 멍한 눈으로 들여다보았다. 마음속에 뒤엉킨 묵은 감정의 찌꺼기들까지 올라온 듯 엄마의 얼굴은 10년은 더 늙어 보였다. 다시 한 번 엄마는 어깨가 내려앉을 정도로 한숨을 푹 내쉬었다. 그러곤 천천히 오른손을 뻗어 분홍색 티슈를 푹푹 뽑아냈다. 돈 아까워 두루마리 화장지로 화장을 지우던 엄마가 티슈를 쓰기 시작한 것도 얼마 되지 않았다. 콜드크림 역시 50원짜리 동전만큼 덜어서 아껴 가며 썼다. 저렇게 아까운 줄 모르고 콜드크림을 듬뿍듬뿍 덜어 쓸 땐 마음이 심란하다는 표시였다. 여러 장 뽑은 티슈를 손가락 사이에 끼운 엄마는 이마부터 차례대로 천천히 콜드크림을 닦아 내기 시작했다.

6
롯데 미용실 딸들

한둘씩 모여들던 사람들이 롯데 미용실 입구를 봉쇄하듯 꽉 막아섰다. 길 가던 사람들도 멈춰 서고, 차들은 속도를 늦춘 채 털털거리며 지나갔다. 빽빽한 사람들 틈 사이로 고개를 들이밀고 엉덩이를 쭉 내 뺀 채 구경하는 사람도 있었다.

"에이 퉤, 더러운 년. 꼴 난 돈 잘 처먹고 자알 살아 봐라. 얼마나 잘 사나 어디 두고 보자."

구불구불한 파마머리를 밤색으로 물들인 여자의 얼굴은 거의 만신창이가 되어 있었다. 칼자국이 선명한 쌍꺼풀 아래 인조 속눈썹은 한쪽만 붙어 있었다. 난희 엄마는 짧은 파마머리가 수세미처럼 엉긴 꼴을 하고 씩씩거렸다. 여자는 기가 막혀 죽을 것 같은 얼굴을 하고 악을 쓰며 소리를 질렀다.

"이 여자가, 정말. 보자 보자 하니까 눈에 뵈는 게 없어? 내가 여기 아니면 갈 데가 없어서 단골 도장 찍은 줄 알아? 단골 장사라는 게 뭔데?"

"단골? 너는 너 같은 년을 단골이라고 부르냐? 외상 장부 만들어 놓고 주머니 빌 때만 와서 술 처먹고, 돈 있을 땐 다른 데 가서 술 처먹는 손님을 단골이라 부르냐. 야야, 너 같은 단골은 트럭으로 실어다 줘도 싫다. 파마 약에 손톱 빠지면서 머리 말고 살았지만 파마값 떼먹으려는 별난 년은 처음이다."

다시 한 번 멱살 드잡이가 일어나기 일보 직전이었다. 두 여자는 약이 잔뜩 오른 고양이들처럼 눈에 불을 켜고 으르렁거렸다. 싸움은 절정이 지난 지 꽤 되었지만 불길은 꺼질 줄을 몰랐다. 미용 의자 두 개는 구석에 처박혀 뒹굴고 미용 용구를 담아 두는 바구니와 여자가 들고 있던 목욕 바구니가 엎어져 난장판이었다. 얼마나 모질고 독하게 드잡이를 했는지 안 봐도 뻔했다.

"야, 지금 술 파는 년이라고 사람 무시하냐? 네년은 뭐가 달라서? 먹고사는 건 다 똑같지."

"흥, 똑같아? 내가 사내들 단물 빼먹고 사는 네년이랑 어떻게 똑같아? 아가리는 삐뚤어져도 말은 바로 하랬다고……."

그러고 보니 많이 본 듯하면서도 누군지 생각이 날 듯 말 듯 하던 여자는 여왕벌 주점 마담이었다. 전파사와 철물점, 지물포와 담뱃가게, 중국집이 죽 이어지는 시장 앞 도로가에 있는 술집이었다. 동그란 아크릴 간판에 주홍빛 불이 들어오는

122

저녁에도 안은 전혀 볼 수 없는 곳이었다. 창문도 없고, 오로지 회색 시멘트 벽으로만 마감된 건물에 출입문만 있는 이상한 술집이었다.

"그래, 이년아. 나는 그러고 산다 왜? 내가 그러고 사는 데 네년이 뭐 보태 준 거 있어?"

허리를 비틀어 소리를 지르며 마담이 난희 엄마에게 달려들듯 대들었다. 목청이 찢어질 듯한 소리가 가게의 유리창을 흔들었다. 마담은 난희 엄마보다 야들야들하고 호리호리했지만 난희 엄마 깡다구에 결코 뒤지지 않았다. 깡다구라면 난희 엄마의 통뼈를 당할 사람이 없다고 생각했는데 역시 어디에나 적수는 있는 법이었다.

"왜, 사람 치려고? 쳐 볼 테면 어디 한번 쳐 봐. 나도 편하게 드러누워서 남이 떠 넣어 주는 밥 좀 받아먹어 보게."

난희 엄마가 옆으로 슬쩍 몸을 피해 가며 악을 써 댔다.

"비켜요! 아줌마 비켜 주세요!"

그때 겹겹이 에워싼 철통같은 사람들을 뚫고 난희가 등장했다. 난희는 책가방을 소파 한쪽에 던져 놓고 몸서리를 치듯 부르르 몸을 떨었다. 그러곤 엄마를 한번 쳐다보더니 마담을 향해 돌아섰다.

"아줌마도 그만하시고 가세요. 저기 사람들 구경하는 거 안 보여요?"

상황은 난희가 나타남으로써 새로운 국면으로 접어들었다.

난희에게 길을 터 주었던 사람들은 어느새 뚫린 길을 메우고 다시 가게 앞을 에워쌌다. 난희가 사람들 속에 섞여 있는 나를 발견할까 싶어 난희의 시선이 닿지 않는 쪽으로 얼른 몸을 틀었다. 사내자식이 숨어서 싸움 구경이나 하고 있다고 느닷없는 불똥이 나한테까지 날아올까 봐 몸이 움찔했다. 하지만 싸움이란 애 어른 할 것 없이 흥미진진한 구경거리였다. 아무도 두 여자의 싸움에 끼어들지 않았지만 눈들은 반짝반짝 빛났다.

"내가 자식 앞에서 더 험한 꼴 보이기 싫어 이쯤에서 참는다. 재수 없으니 나가 그만."

난희 엄마가 돌아서려는 순간 마담이 머리채를 잡으려고 다시 달려들었다. 그때 난희가 자기 엄마를 잡고 늘어졌고, 구경꾼 하나가 미용실 안으로 들어가 여왕벌 마담을 끌다시피 밖으로 데리고 나왔다. 모세의 지팡이에 홍해가 갈라지듯 길이 뚫렸다.

"아니 버젓이 장부에 있는 걸 보고도 시치미를 딱 떼. 파마하고 묵은 외상값 일이 년씩 봐주는 데는 아마 세상천지에 나밖엔 없을 거다. 저런 년 머리해 주고, 눈썹 뽑아 주고, 손톱 소지해 준 내가 밑 빠진 년이지."

난희 엄마는 미용실 바닥에 흩어져 있는 목욕 용구들을 밖으로 하나씩 내던졌다. 맥 빠진 구경꾼들이 난데없이 날아오는 물건을 피해 하나둘씩 흩어졌다.

집으로 돌아온 나는 창문으로 롯데 미용실을 지켜보았다. 난희는 넘어진 의자를 일으켜 세우고 쪼그려 앉아 파마 용구들을 하나씩 주워 담고 비질을 했다. 미용실 앞은 썰물이 진 것처럼 조용했다. 평소와 다름없이 차들이 오가고 배달 자전거와 장을 보러 나온 사람들이 오갔지만 여느 날의 늦은 오후와 달리 롯데 미용실은 쓸쓸해 보였다.

사실 롯데 미용실에서 벌어지는 이런 소동은 전혀 낯선 일이 아니었다. 난희 아버지가 살아 있을 때는 심심하면 한 번씩 벌어지던 일이었으니까.

난희 아버지는 직업도 없이 집에서 빈둥거리면서 미용실 셔터만 열고 닫았다. 귀밑머리가 허옇게 변해 가는 남편을 이것 해라, 저것 해라 부려먹는다고 난희 할머니는 꿍알꿍알 잔소리를 해 댔다. 아들이 마누라 손발 노릇 하는 꼴은 죽어도 못 보겠다는 거였다.

"저 때문에 이 사람이 사람 구실을 못 한다고요? 제가 미용실 문이나 닫으면서 살라고 했어요? 허이고 어머니! 동네 사람들이 그 소리 들으면 제가 아주 애 아빠를 여태껏 부려 먹으면서 산 줄 알겠어요."

난희 엄마도 시어머니 말에 한마디도 그냥 넘어가는 법이 없었다. 대낮에 미용실에서 여자들이 수다를 떨고 있으면 난희 할머니가 나와서 발로 바닥을 탁탁 쳐 가면서 여자들을 내쫓았다.

"여기는 영업하는 데예요. 아니 이러고 놀다가 머리도 하고 그러는 거지. 제가 일하는 거 하루 이틀 보셨어요."

"됐다 이년아. 잘난 네년 덕에 밥 얻어먹고 살자니 내 신세도 고달프다."

"어머닌 무슨 말씀을 그렇게 하세요."

"왜, 내가 못 할 말 했냐? 아들 하나 못 낳아 준 게, 멀쩡한 서방 손발 묶어 놓고도 뭘 잘했다고. 아주 시에미를 똥 친 막대기로 알고, 지 서방을 아구찜 쪄 먹듯이 한대니까."

일이 이쯤 되었을 때 꼭 난희 아버지가 대미를 장식하듯 술에 취해 나타나 미용실을 한바탕 뒤집어 놨다. 사실 술을 너무 많이 먹어서 그렇지 난희 아버지도 뜯어보면 꽤 괜찮은 미남자였다. 게다가 젊었을 때는 고시 공부도 한 적이 있다는 머리 좋은 사람이었다. 난희 할머니가 며느리를 하찮은 미용사라고 무시하는 데는 그런 배경이 있었다.

불행하게도 난희 아버지는 술을 먹고 비탈길을 내려오다가 뒤에서 덮친 트럭에 치여 3년 전에 돌아가셨고, 난희 할머니는 지난해 돌아가셨다. 난희 할머니는 새벽에 화장실에 가다가 마당에서 쓰러졌다. 갑자기 뇌의 혈관이 터진 거라고 했다. 난희 할머니는 병석에 누워서도 돌아가실 때까지 아들 잡아먹은 년이라고 며느리를 들들 볶았다.

아무튼 난희 엄마는 시어머니의 무시에도 주눅 들지 않았다. 온 동네 사람들이 다 부러워하는 딸 경희 누나가 있기 때문이었다. 경희 누나야말로 우리 동네에 뜨르르하게 소문난 인재였다. 우리 동네서도 흔치 않은 기록에 올라간 서울대생. 초중고, 학교를 다니는 내내 줄곧 1등만 했다는 전설의 인물이기도 했다.

"쟤가 바로 롯데 미용실 큰딸이라네. 1등만 한다는 애."

사람들이 경희 누나 얘길 하면 괜히 내가 우쭐해지곤 했다.

중학교에 입학하기 전에 경희 누나에게 잠깐 비밀 과외를 받은 적이 있었다. 엄마가 난희와 붙여서 수학과 영어를 봐 달라고 부탁했다. 고등학생인 누나는 우리가 묻는 건 뭐든 척척 답했다. 하나를 물으면 셋, 넷까지 알기 쉽게 설명했다. 경희 누나는 뭐랄까, 미모사의 누나들과는 다른 위엄이 있었다. 멋을 부리기는커녕 공부하는 데 방해가 된다고 이발소에서 깎은 것 같은 머리를 하고 다녔지만 함부로 할 수 없는 뭔가가 있었다. 난희도 경희 누나 앞에선 고분고분했다.

나는 전교 1등만 하는 누나의 꿈이 궁금했다. 난희 엄마가 원하는 판사나 검사, 의사가 되고도 남을 것 같았다. 그런데 누나의 대답은 의외였다.

"세계 일주를 하는 게 꿈이야. 이 세상이 어떻게 생겼는지, 어떤 사람들이 어떻게 살고 있는지 그게 제일 궁금하거든. 그 속에서 내가 하고 싶은 일이 뭔지 찾고 싶어."

대학에 들어가는 건 그 꿈을 위한 거고, 꿈은 준비하면서 기다릴 줄 아는 사람이 이룰 수 있다고 누나는 덧붙였다.

"넌 그런 게 궁금하지 않니?"

경희 누나는 정말로 꿈을 꾸듯이 볼펜을 턱밑에 대고 고개를 까딱거려 가며 나한테 물었다. 그때 경희 누나가 묻는 말에 뭐라고 대답했는지는 생각나지 않지만, 아무도 나한테 저런 멋진 말을 해 준 사람이 없었다.

이럴 때, 경희 누나가 롯데 미용실에 떡 버티고 있었다면 여왕벌 마담이 함부로 난희 엄마에게 대들진 못했을 텐데……, 경희 누나라면 이런 일이 벌어지지 않도록 두 사람의 싸움을 막았을지도 모른다는 생각이 들었다. 그런데 요즘은 누나 얼굴을 통 볼 수가 없었다.

바닥을 다 쓸고 난 난희는 대걸레를 물에 축여 바닥을 닦기 시작했다. 간간이 쪼그려 앉아 멍하니 있다가 일어났다. 소동 현장은 난희 손에 의해 말끔히 정리되었다. 지나가는 사람들도 더 이상 롯데 미용실에 관심을 두지 않았다. 미용실이라곤 롯데 미용실밖에 모르는 우리 엄마가 이 싸움을 구경했더라면 뭐라고 했을지 모르지만, 우리 공장 사람들은 근무시간에 밖에서 일어나는 일에 대해선 도통 몰랐다. 오로지 재봉틀에 매달려 드르륵거리며 일만 열심히 할 뿐이었다.

*

여왕벌 마담과 한바탕 소동이 있고 나서 난희를 딱 맞닥뜨린 건 중간고사가 끝나던 날이었다. 그러니까 중간고사 기간에 롯데 미용실에서 그 소동이 있었다는 거다. 그렇지 않았다면 그 싸움을 구경하는 행운은 없었을 거다. 난희가 이런 내 얘길 들으면 잡아 죽이려 들 일이겠지만.

태균과 나는 108계단을 어슬렁거리며 올라가고 있었다. 우리는 고등학생이 되어 본 첫 시험에 그리 큰 의미를 두지는 않았다. 어차피 우리는 악착같이 성적에 매달리는 타입도, 수재도 아니었다.

성적의 핵심은 등수라는 걸 모르지 않지만, 마귀할멈의 집착은 가히 도를 지나쳤다. 달리 마귀할멈이 아니었다. 시험이 끝난 종례 시간은 그야말로 살벌했다. 마귀할멈은 곧바로 수학에서 최악의 점수를 받은 서두환을 조용히 호명했다. 수업 시간도 아닌데 말이다.

"각하! 시험 보시느라고 애쓰셨습니다."

여기저기서 쿡쿡 웃음이 터졌다. 오로지 단 한 사람, 서두환만 황당한 표정으로 마귀할멈을 바라보았다.

덩치는 산만 한 녀석이 숫기도 없어서 궁지에 몰리거나 다급할 땐 말을 더듬는 버릇까지 있었다. 게다가 서두환은 매에 대한 말초신경이 몹시 예민해서 거의 공포에 가까운 강박증을 갖고 있었다. 마귀할멈의 손에 들린 짧고 가는 교편이 곧 어떤 용도로 변용이 될지 벌써 눈치를 챈 듯했다. 엉덩이 살이 의자 밖으로 삐져나온 녀석이 떨기 시작하자 책상이 떨그

럭거리는 소리를 냈다.

"너, 각하 얼굴에 똥칠할 일 있니. 최소한 그 이름값은 해얄 거 아냐. 안 그래 서두환?"

마귀할멈의 빈정대는 말투에 다시 한 번 웃음이 일었다. 칠판 윗벽에는 얇은 입매에 앞머리가 홀떡 까진 대통령 사진이 걸려 있었다. 단지 이름 두 글자가 같다는 이유로 서두환은 '각하'라는 별칭으로 불렸다.

"각하만 예외가 아니다. 앞으로 각오하길. 고등학교 첫 시험이 얼마나 중요한지 새삼스럽게 깨닫게 될 거다. 종합 집계가 나와서 우리 반이 3등 밖으로 나가면 그땐 단 한 놈도 무사하지 못할 거다."

마귀할멈이 한쪽 입술을 비틀어 올리자 교실은 싸늘하게 가라앉았다.

태균은 역시나 또라이들 때문에 나라 꼴이 말이 아니라고 했다. 누굴 지칭하는지 모르겠다. 진짜 각한지, 우리 반 각한지, 마귀할멈인지.

"누구?"

"누구긴 짜샤, 아방궁에 들어가서 각하한테 술 따르고 싶어 환장한 여자겠지."

우리는 낄낄거리면서 계단을 올랐다. 시험이 끝나고 나면 교과서를 쳐다보고 싶은 마음은 백 리 밖으로 달아났다. 그렇다고 열심히 한 공부도 아닌데, 어딘가 모르게 허전했다. 다음

130

시험 때가 돌아와 옆에 있는 녀석들이 공부에 슬슬 열을 올리는 걸 보기 전에는 시험에 대한 감각도 없이 하루하루가 흘러갈 거였다.

"너 요새 완전 딴 놈 같아. 개과천선이라도 했냐? 얌전히 살기로."

태균은 요즘 어딘가에 정신이 팔린 게 분명했다. 학교생활도 시큰둥했고, 시험이 끝났다고 좋아하는 것 같지도 않았다. 툭하면 난희가 어떻게 지내는지, 어떻게 하면 난희와 한번 엮여 볼까 촐랑대던 짓도 하지 않았다. 난희뿐만 아니라 태균이 그토록 찬양해 마지않는 타입의 여학생이 지나가도 전처럼 입을 헤벌리고 침을 흘리지도 않았다. 태균은 변화하는 감정의 순간순간에 열정적이었다. 단지 그 열정이 오래가지 못한다는 게 탈이었지만. 나는 태균의 그런 기질이 존경스러울 지경이었다.

"내가 요새 집에서 도 닦고 있잖냐."

점점. 태균은 한숨까지 쉬었다.

"언제는 암퇘지 때문에 집에 있기 싫다더니. 네가 집에 틀어박힌다고 태평이 형이 되는 건 아니잖아, 인마."

"그러게 말이다. 우리 아버지 말씀이 개과천선하는 게 가장 어렵단다. 내가 집구석에 틀어박혀 노는 거 보고 감탄하시더라. 태평이 형이 개과천선하기는 글렀다고 한탄하시고."

"그 아줌마는 잘 해 주냐?"

"완벽하다 완벽해. 아주 새엄마 노릇까지 나무랄 데가 없다. 근데 밥하고 빨래만 하는 게 아니라 매일 밤 내 꿈속에도 나타나신다."

"……?"

"너는 아마 내 맘을 모를 거다. 밤마다 꿈속에서 고군분투하는 내 심정. 내가 생각해도 내가 미친 건 아닌가 싶다."

녀석은 어깨를 흔들어 대며 이상한 소리로 웃었다. 아무래도 제정신이 아닌 것 같았다. 시험 때문에 스트레스를 받아서 그런 것 같지는 않았다. 기분이 더럽게 접혀 있는 녀석을 달고 가는 내 기분도 더럽긴 마찬가지였다. 그런데 하필이면 똘이 만화방 앞에서 송난희와 딱 마주쳤다.

"너네들은 아직도 붙어 다니냐?"

만화책을 품에 잔뜩 안은 난희가 빙글빙글 웃었다. 태균이 난희 품에 든 만화책을 건드린 게 화근이었다. 아직도 이런 걸 보냐, 하며 손을 뻗은 건데 난희가 태균의 손을 세차게 뿌리쳤다.

"왜 이러셔. 누구 몸에 함부로 손을 대고."

"어쭈, 넌 사람 안면을 그렇게 싹 뭉개냐. 우리, 친구 아니었어? 너무 오버한다."

쭉 찢어진 난희 눈초리가 위로 올라갔다.

"언제 우리가 친구 됐냐. 주오 정도 돼야 친구라고 할 수 있지. 넌 아무한테나 친구라고 들이대냐."

대화의 핀트가 이상하게 흘러간다 싶었다. 난희가 나한테 눈을 찡긋한 괴상한 현상이 벌어진 것도 순전히 둘이 하는 말장난의 여파였을 것이다.

"친구? 내가 보기엔 네가 문젠데. 너 주오한테 관심 있는 거 맞지? 그러면서 늘 주오 머리 꼭대기에서 놀려고 들고."

점점. 핑퐁 튀듯이 오가는 대화 속에서 내가 탁구공이 되어 이리저리 마구 튕겨지고 있었다.

"남의 일에 신경 끄셔. 내가 얘랑 놀든 안 놀든 네깐 게 무슨 상관인데."

난희의 케이오 승. 태균의 마빡이 일순 구겨졌고, 내 이마는 까닭 없이 달아오르고 있었다.

"야, 이 바보야. 넌 왜 이딴 애한테 질질 끌려다니냐?"

드디어 난희의 속공이 내 이마를 정면으로 빡 치고 튕겨 나갔다. 헛, 하고 하늘을 보고 혀를 찬 건 태균이었고, 난희는 보란 듯이 팩 돌아서서 엉덩이를 실룩거리며 미용실 안으로 쏙 들어가 버렸다. 졸지에 나만 완전 얼빠진 놈이 되어 버렸다.

"쟤, 너한테 관심 있는 거 맞네. 여자들은 꼭 저렇게 앙탈을 부리면서 관심을 나타내더라. 안 그러면 나를 왜 개차반 만들겠냐. 이 화창한 대낮에."

그러면서 녀석은 넌 좋겠다, 하고 내 어깨를 툭 쳤다. 녀석이 벌써 오지도 않은 더위를 먹었나. 저번에 연백 할머니네 집 앞에서 맞닥뜨렸을 때도 그랬고, 난희도 아닌 게 아니라

작년에 먹은 더위를 아직까지 달고 있는 게 틀림없었다. 근데 나한테 눈을 독하게 뜨고 한 소리 하던 난희의 성깔이 죽지 않고 살아 있는 게 그렇게 기분 나쁘지는 않았다. 난희가 난희다울 때는 엉망이 된 미용실을 대걸레로 닦다가 쪼그려 앉아 멍해 있을 때가 아니라 바로 이렇게 한 방 먹일 때라는 거. 그래도 역시 너무 과격해!

태균은 내 한쪽 어깨에 팔을 걸치고는 자기의 몸무게를 내 몸에 짐자루처럼 실어 흐느적거리며 걸었다. 마치 세상 다 산 놈처럼.

*

착각이나 환시가 아니었다. 미라가 희망 교회로 들어갔다. 나는 창턱에 두 팔을 올리고 팔뚝에 턱을 괸 채 나른한 시선으로 희망 교회 입구를 바라보고 있었다. 공장의 기계 소리는 멈추고, 늦잠을 실컷 자고 일어나 느긋하게 바라보는 일요일의 거리는 평화로웠다. 미라는 고바우 식당에서 삼겹살을 먹을 때처럼 꽃무늬 손수건으로 깡똥하게 머리를 묶고 있었다. 나는 내 눈을 의심했다.

늘 썰렁하기 그지없던 희망 교회 입구에는 젊은 목사가 서 있었다. 그는 왼쪽 손에 성경책을 들고 있었다. 목사는 똑바로 서 있어도 왼쪽 어깨가 5도쯤 기울었다. 자세히 보면 왼쪽 팔이 오른쪽 팔보다 짧았다. 그는 교회로 들어가는 사람들과 일일이 악수로 인사를 나누었다. 손을 잡고 흔들 때 그의 어깨도 한쪽으로만 흔들렸다. 빛바랜 남색 양복에 귀를 덮은 머리는 텁수룩하고 수염은 거칠했다.

10여 분 넘게 지켜보고 있었지만, 교회 안으로 들어간 사람은 몇 명 되지 않았다.

희망 교회는 목사가 여러 명에 신도가 수백 명이나 되는 해방 교회와는 비교도 안 되는 구멍가게였다. 나는 딱한 눈으로 롯데 미용실 지붕에 설치된 십자가를 바라보았다. 육중하게 치솟은 이등변 삼각형 꼴의 거대한 십자가 첨탑을 자랑하는 해방 교회에 비하면 아이스크림 막대기에 불과했다.

희망 교회라도 찾아가 속죄해야 할 의무가 있다면 그건 바로 나였다. 실망스럽기 그지없는 중간고사 성적표는 엄마에게 보여 주지도 않았다. 엄마가 공장 일로 바쁜 틈을 타, 엄마의 도장을 훔쳐 학부모 확인란에 찍었다. 모든 부모가 자신의 아들이나 딸이 1등만 하기를 원하는 것 같았다. 그건 상식적으로도 납득이 안 되는 이야기였다. 부모들이 바라는 대로 1등만 있다면 나머지 등수의 인간들은 다 뭐란 말인가.

교회로 몇 사람이 더 들어간 후, 목사도 안으로 들어갔다. 예배가 시작되는 모양이었다. 나는 멍한 얼굴로 창밖만 쳐다보았다. 애숙이 누나와 숙자 누나가 목욕 바구니를 들고 슬리퍼를 짤짤 끌며 시장통에서 나오는 게 보였다.

숙소의 일요일은 요란스레 몰려 목욕을 가고, 음식을 해 먹고, 혹은 데이트를 가거나 쇼핑을 가는 일들로 채워졌다. 예전의 언젠가는 말이다. 아무 때나 누나들 숙소로 올라가도 군것질거리와 재미난 이야깃거리들이 나를 기다리고 있었다. 누나들의 무릎을 베고 낮잠을 자기도 했고, 누나들은 나에게 스스럼없이 간지럼을 태웠다.

미라가 들어오고, 영자 누나가 떠난 뒤, 그 모든 일들은 그야말로 예전의 일이 되어 버렸다. 내 키가 자라고 코밑에 가슬가슬하니 수염이 돋아나고, 여드름이 솟고 변성기가 온 후, 누나들과는 완전 남남이 되어 버린 듯했다.

저녁을 먹은 후에도 나는 창문에 붙어 서 있었다. 미라는 저녁에도 교회에 갔다. 불이 환한 롯데 미용실엔 난희가 뒷정리를 하는 게 보였다. 지난번 여왕벌 마담과의 한판 싸움 때도 그랬지만, 난희는 요즘 들어 부쩍 철이 든 것 같았다. 롯데 미용실 불이 꺼지는 것을 보면서 나는 밖으로 나갔다. 난희는 셔터를 내리고 있었다. 난희 아버지가 생전에 충실히 다하지 못했던 '남편' 노릇을 확실히 대신하고 있었다. 셔터가 내려오는 요란한 소리에 묻혀 내가 다가오는 걸 느끼지 못했는지 난희는 뒤를 돌아보며 깜짝 놀라는 시늉을 했다.

우리는 셔터가 내려진 미용실 앞 계단에 앉았다.

공장 출입문에는 여전히 구인 광고가 붙어 있었다. 누런 박스 테이프로 사방을 빙 둘러 가며 고정해 놓은 구인 광고는 미모사라는 조그만 간판보다 봉제 공장이라는 것을 더 확실하게 알리는 역할을 했다. 어두워서 문구는 보이지 않았지만 외등 불빛에 구인 광고지가 뿌옇게 드러났다.

"너네 공장에 우리 또래 애 있지?"

느닷없이 난희가 물었다.

"미라?"

네가 그 앨 어떻게 아느냐는 듯이 나는 거의 반사적으로 되물었다.

"여기 희망 교회 다니더라. 첨엔 나보다 위인 줄 알았어. 나는 너네 공장에서 그런 애까지 일 시키는 줄 몰랐거든."

난희의 말이 묘하게 신경을 긁었다. 그 말 속엔 우리 엄마에 대한 은근한 비난이 들어 있었다.

"사실은 경희 언니도 봉제 공장 다녀."

내가 아무 말이 없자 난희가 재빨리 말했다. 나는 느닷없이 작대기에 맞은 개구리처럼 화들짝 놀랐다. 우리나라 최고의 국립대학에 다니는 누나가 무엇 때문에? 나는 너무 놀란 나머지 아무 말도 못했다.

"우리 언니 휴학한 지 꽤 됐어. 집에 안 들어온 지도."

난희가 한숨을 쉬며 말했다. 언제부턴가 경희 누나가 보이지 않았지만 나는 대학생이니까 바쁜가 보다 생각했을 뿐이었다. 하긴 경희 누나는 집에 있어도 미용실엔 거의 나오지 않았다.

"경희 누나가 왜 봉제 공장을 다녀?"

놀란 가슴을 진정시키며 물었다.

"몰라. 공장에서 할 일이 있대."

"너네 엄마도 알아?"

"알면 가만 놔두겠냐? 당장 쫓아가서 다리를 확 부러뜨려 끌고 올 텐데. 그런다고 따라올 언니도 아니지만. 고집이 무지 세거든. 필요한 일이 있을 때 나한테만 연락해. 내가 의리 하나는 끝내주잖아."

경희 누나가 다니는 봉제 공장과 우리 공장이 무슨 상관이냐고 묻고 싶은데, 공격이라도 하듯 난희가 다시 물었다.

"넌 너네 공장 다니는 누나들 불쌍하단 생각 한 번도 안 해 봤어?"

연이어 치고 들어오는 난희의 물음에 나는 다시 머리가 띵했다.

"우리 언니가 그러는데 지나치게 부려 먹는 건 착취래. 노동 착취."

어이가 없어 말도 안 나왔다. 그건 '삥'을 뜯거나 '갈취한다'는 말과는 근본적으로 다른, 고도로 세련된 급수 높은 도둑질이라는 말로 들렸다. 친구 녀석들 중에도 어리고 힘없어 보이는 아이들을 상대로 돈을 뜯는 애들이 있었다. 초짜들일 경우는 일이천 원 뜯어낸 돈으로 군것질을 하거나 담배를 사 피웠다. 한두 번 장난삼아 해 본 일에 양심의 가책을 느끼고 그만

두는 아이들과는 달리 조직적으로, 아예 '그 짓'을 하는 녀석들도 있었다. 하지만 그런 애들은 봐도 못 본 척했다. 그 세계는 우리 같은 애송이들이 터치할 수 없는 그들만의 힘과 서열이 존재하는 무서운 세계였다. 말하자면 난희의 입에서 나온 '착취'라는 말은 장난삼아 한두 번 돈을 뜯는 아이들과는 차원이 다른, 조직적인 서열과 힘을 가진 아이들이 하는 '그 짓'과 같은 말로 들렸다.

"그럼, 우리 엄마가 누나들을 착취해 먹고 있다는 말이야?"

흥분이 가라앉지 않아 내 목소리가 커졌다.

"네 엄마가 그렇다는 게 아니라 너네 공장을 예로 들면 그렇다는 거야."

난희는 한손으로 턱을 받친 채 태연하게 말꼬리를 돌렸다.

"왜 우리 공장을 예로 드는데? 누가 그런 말을 했는데?"

"왜 버럭버럭 화를 내고 그래? 너네 엄마가 그렇다는 게 아니라 그냥 예로 들어서 그렇다는 건데."

지금 이게 화를 누를 상황인가? 당연히 월급을 주고 일을 시키는데, 누나들을 강제로 잡아다가 일을 시키는 것도 아닌데, 우리 엄마 혼자 잘 먹고 잘 사는 것도 아닌데……. 정말 어이가 없었다.

"공장에서 일하는 노동자들도 인간답게 살 권리가 있대. 근데 사장들은 맘대로 부려 먹는다는 거지. 일하는 시간도 잘지키지 않고 사람을 기계처럼 생각하고. 공장에서 만든 물건을 팔아서 그걸 일하는 사람들한테 공평하게 나눠 주는 게 아니라 사장이 대부분 다 가져가고 나머지만 겨우 나눠 준다는 거야. 그건 잘못된 거래."

난희는 마치 책을 읽듯 달달 읊었다. 우리 공장을 예로 들어 설명한다면 사장님이라는 소리를 듣는 우리 엄마는 나쁜 사람이라는 얘기밖엔 안 됐다. 우리 집은 부자가 아니어서 집도 공장도 세를 든 거였다. 엄마는 '쎄 빠지게' 일해도 누나들 월급 주기도 빠듯하다고 월급 때만 되면 한숨을 쉬었다. 나는 그 한숨을 마시면서 컸다. 하고 싶으면 더 지껄여 보라는 식으로 나는 잠자코 있었다.

"이건 되게 어려운 말인데…… 큰 공장에서 일감을 중간쯤의 공장으로 나눠 주잖아. 그리고 중간 공장에서는 너네 공장처럼 아주 작은 공장으로 일감을 나눠 주는 거고. 그러니깐, 너네 공장처럼 작은 공장에서 일하는 사람들은 이중 삼중으로 착취를 당하기가 쉽대. 결국 돈을 많이 버는 건 큰 공장인데, 착취를 당하기는 사장인 너네 엄마도 마찬가지래."

그러니까 결론은 사장인 우리 엄만 나쁜 사람이면서 돈까지 못 번다?

"경희 누나가 그래?"

내가 소리를 지르자 난희는 갑자기 입을 딱 닫았다.

잠깐 동안 침묵이 흘렀다. 차들이 지나가며 경적을 울리는 소리가 경찰 사이렌 소리만큼이나 느닷없이 크게 들렸다. 순환도로 비탈에서 우리 동네로 내려오는 길은 차선도 없고 너비도 다르고 곧지도 않았다. 물론 신호등 따위가 있을 리 없었다. 사람들은 자신들이 가고자 하는 방향대로 지그재그로, 대각선으로, 직선으로 길을 건너 시장 앞의 삼거리를 종횡무진 지나다녔다.

"너는 그게 말이 된다고 생각해?"

나는 분통이 터지는 걸 겨우 가라앉히며 물었다. 난희가 했던 말들은 모두 경희 누나 입에서 나온 말이었다. 누나가 왜 우리 공장을 빗대어 그런 식으로 공격하는지 이해할 수 없었다. 누나가 옆에 있다면 따져 묻고 싶은 심정이었다.

"뭐가?"

무슨 말이 더 듣고 싶으냐는 듯 눈을 말뚱거리며 난희가 되물었다.

이번엔 내가 입을 닫았다. 자존심이 짓뭉개진 비참한 기분이었다.

"나도 첨엔 말이 안 된다고 생각했지. 하지만 언니가 하는 말을 들어 보면 맞는 것 같아. 언니가 해방 교회를 예로 들면서 그랬거든. 예수가 더러운 말똥 냄새 나는 말구유에서 태어나서 십자가까지 진 건 고통받는 사람들을 구원하기 위해서라고. 근데 교회가 점점 커지면서 엄청난 힘을 가지고 큰 건물을 지으면서 부자들을 끌어들이고, 헌금을 많이 내는 사람들만 좋아한다는 거야. 결국엔 부자들끼리 어울려서 끼리끼리다 해 먹는다는 거지. 없는 사람들은 헌금만 갖다 바치게 하고. 그것도 착취라고 했어."

이번에도 난희는 물 흐르듯이 이야기를 죽죽 풀었다. 하긴 내가 말로 난희를 이겨 본 적은 한 번도 없었다.

"그럼 희망 교회는?"

희망 교회는 해방 교회와는 비교도 안 될 만큼 가난하고 작은 교회인 데다 목사님도 해방 교회 목사와는 덩치와 외모, 권위적인 모습으로 봐도 비교도 안 될 만큼 힘이 없고 비리비리했다.

"그야, 뭐. 교회라고 다 똑같은 건 아니지. 희망 교회 같은 교회만 있다면 우리 언니도 다 나쁜 건 아니라고 했어."

난희는 샐쭉해져서 대답했다.

"그래서, 너도 희망 교회 다니냐?"

"나는 나이롱이야. 가고 싶을 때만 가."

"잘못한 거 있을 땐 가서 빌고, 또 죄짓고?"

나는 배알이 틀려서 말이 배배 꼬여 나갔다.

"너, 말이 좀 이상하다. 재미있는 프로그램도 많아. 좀 있으면 야학 만들어서 일하느라 학교 못 다니는 애들 공부도 가르친대."

"경희 누나가 희망 교회 다니라고 시켰어? 경희 누난 착취당할 걸 뻔히 알면서 봉제 공장 다니고?"

물 만난 고기처럼 조잘대던 난희가 갑자기 이건 또 무슨 소리? 하는 표정으로 나를 쳐다보았다.

"명문대 다니는 누나가 봉제 공장 다니니까 좋아?"

내 속에서 뒤틀려 나오는 말들을 막을 수가 없었다. 생각 같아서는 난희가 조잘댄 만큼 나도 말로 되갚아 주고 싶었다.

"야, 우리 언니가 어디 봉제 공장 다닐 사람이야? 난 뭐 좋아서 이런 말 하는 줄 아니? 나도 무지 헷갈려. 언니가 공부 안 하고 공장 다닌다는 게 믿어지지 않기도 하고, 왜 그래야 하는지 걱정도 되고. 근데 너까지 사람 염장을 질러야 속이 시원해?"

분한 건 난데, 오히려 난희가 씩씩거렸다. 그렇겠지. 우리 공장을 빗대서 착취니 뭐니 얘기할 땐 경희 누나 말이 이해가 된다더니 경희 누나를 빗대니까 이해가 안 되겠지. 헷갈려서 사람 미치겠는 건 나도 마찬가지였다. 나중에 커다란 배낭을 메고 전 세계를 돌아다니는 게 꿈이라던 누나가, 이 세상이 어떻게 생겼는지, 어떤 사람들이 살고 있는지 그게 제일 궁금하다던 누나가 왜 봉제 공장에 다니느냔 말이다. 내게 그런 멋진 꿈을 얘기해 준 사람은 경희 누나밖에 없었는데…….

하긴 그럴 수도 있겠다. 천재의 두뇌를 가진 똑똑한 태평이 형이 하는 말이나 경희 누나가 했다는 말이나 들을 땐 그럴싸한데 다 듣고 나면 뭐가 뭔지 좀체 이해가 되지 않는 말들뿐이었다. 나도 이렇게 헷갈리는데 난희 따위가 제대로 이해했을 턱이 없지.

입을 꾹 다문 난희의 표정이 착잡해 보였다. 나도 더 이상 말하고 싶은 기분이 아니었다. 내가 정작 궁금했던 건, 미라였다. 희망 교회에 들어간 미라, 그 애를 기다리는 거였다. 우연히 마주친 것처럼 말이라도 한마디 붙여 보려고. 그동안 시험이다 뭐다 해서 공장이 어떻게 돌아가는지는 나도 몰랐다. 하지만 지금은 그럴 상황이 아니라는 것쯤 충분히 깨닫고도 남았다.

"너, 우리 언니 얘기 다른 데선 절대 하지 마라. 하여튼 일급비밀이야."

난희는 자리에서 발딱 일어서서 엉덩이를 탁탁 털었다.

"야, 송난희!"

왜? 하는 눈빛으로 난희가 나를 돌아보았다. 하지만 나는 난희의 눈을 뚫어질 듯 쳐다보면서도 결국은 말하지 못했다.

'우리 엄만 아무도 착취하지 않았어! 네깟 게 대체 뭘 안다고. 그저 열심히 일만 했을 뿐이야.'

*

날이 따뜻해지자 공장은 창문을 활짝 열어 놓고 작업했다. 학교에서 돌아오다 보면 길거리의 소음에 섞여 드르륵거리는 재봉틀 소리가 들렸다. 내가 학교에서 열심히 뺑이 치고 있을 시간에, 미라도 공장에서 열심히 뺑이 치고 있었다. 난희한테

144

서 착취니 여린 소녀니 하는 얘기를 들어서 그런지 몰라도 재봉틀 소리가 자꾸 내 양심을 긁어 대는 것 같았다. 그 얘기만 듣지 않았다면, 밤늦게까지 공장에서 나는 재봉틀 소리를 듣고도 마음이 불편하지 않았을 거다. 그건 어디까지나 엄마의 일이고, 내가 관여할 일이 아니니까. 그런데 문득문득 공장에서 나는 재봉틀 소리를 들을 때마다 난희가 말하던 '그 작고 연약한 소녀'라는 말이 가시처럼 목에 걸리는 기분이었다.

희망 교회도 그랬다. 미라가 희망 교회에 들어가는 걸 우연히 보지만 않았다면, 희망 교회 쪽은 신경도 쓰지 않았을 거다. 교인이 열 명이든 백 명이든 그건 내 알 바 아니니까.

희망 교회가 처음 들어왔을 때 목사 부부는 잔치를 한다며 가까운 이웃들을 초대했다. 롯데 미용실에 있던 할머니, 아줌마들, 시장통에서 장사를 하는 상인들도 몰려가서 국수를 얻어먹었다. 우리 집에는 앞치마를 걸친 사모님이 직접 찾아왔다. 공장 직원들과 함께 국수를 먹으러 오라고 했지만 엄마는 가지 않았다. 예수님을 믿으라고 하는 게 아니라, 이사 온 이웃이 베푸는 잔치다 생각하고 드시러 오라고 사모님이 몇 번이나 엄마에게 권했지만 엄마는 끝내 가지 않았다. 목사님이나 사모님은 친절한 동네 아저씨 아줌마 같았다. 사모님은 웃을 때 붉은 잇몸이 다 드러나도록 입을 크게 벌리고 활달하게 웃었다. 목사님도 사람 좋은 아저씨처럼 스스럼없이 사람들에게 말을 걸고 음식을 나르고 분주하게 움직였다. 잔치를 했던 그날엔 아마 모르긴 해도 희망 교회가 미어터졌을 것이다. 하지만 그때뿐, 희망 교회는 동네 아이들에게도 인기가 없었다.

그런 교회에 미라가 갔다. 잔업이 없는 수요일 저녁에도 교회에 갔다. 미라는 처음 왔을 때보다 훨씬 발랄하고 생기 있어 보였다. 짧은 팔 티셔츠에 청바지를 입고 꽃무늬 손수건으로 머리를 묶은 미라가 희망 교회로 들어가는 뒷모습을 보고 있으면 왠지 모를 배신감 같은 것이 울컥울컥 올라왔다. 하나님이 미라를 어떻게 하는 것도 아니고, 내가 신을 상대로 한판 붙을 입장도 아닌데 내게서 미라를 빼앗아 가는 것만 같은 느낌이 들었다. 공장에선 하루 종일 있어 봐야 말 몇 마디 얻어듣기도 힘들다는 미라가 희망 교회 사람들과 입을 맞춰 찬송가를 부르고, 박수를 치면서 웃는 생각을 하면 미라가 아닌 다른 사람이 되어 있을 것만 같았다.

7
오! 할렐루야

시장 앞 큰길을 따라 이태원으로 넘어가는 쭉 뻗은 골목엔
온갖 상점들이 몰려 있었다. 말하자면 우리 동네의 번화가였
다. 다방에 새로 생긴 레스토랑, 레코드 가게, 분식점, 문구점,
전파사 따위들이 계통도 없이 무질서하게 뒤섞여 빽빽하게
간판을 매달고 있었다. 레코드 가게 문밖에 내걸린 먼지를 뒤
집어쓴 스피커에선 언제나 음악이 흘러나왔다. 재즈, 팝송, 최
신 가요와 트로트, 영화 사운드트랙과 폴모리아 악단의 경음
악까지.

부슬비가 내리는 저녁, 레코드 가게에선 처음 듣는 팝송이
흘러나오고 있었다. 격렬한 템포로 반복되는 '잇츠 레이닝 맨,
할렐루야! 잇츠 레이닝 맨, 아멘'은 익숙한 듯하면서도 낯선
노래였다. 가느다란 빗방울이 바람을 타고 불이 환하게 켜진

유리문에 들러붙었다. 펑키 스타일의 파마머리에 검정 가죽잠바, 바짓단이 대걸레처럼 찢어진 청바지를 입은 레코드 가게 남자는 진열장에서 음반을 고르고 있었다. 〈모나코〉 같은 상송과는 비교도 안 되는, 환상적인 노래였다.

한 달 전에 애숙이 누나 부탁으로 이 레코드 가게에서 카세트테이프 앞뒷면을 전부 〈모나코〉로 녹음을 떠다 준 적이 있었다. 저음으로 착 깔리는 비장한 음색의 남자가 '모나코! 라 투미두 데어…….' 어쩌고저쩌고하는 내레이션을 토해 내면 파도 소리와 갈매기 울음소리를 타고 미성의 여자가 허밍으로 부르는 노래가 흘러나왔다. 파도 소리에 쓸리는 남자 베이스 목소리에 애숙이 누나는 '어머, 어머'를 연발했다. 조용필 노래만 나오면 악 소리를 지르며 쓰러지던 애숙이 누나가 〈모나코〉에 심취한 건 해군 하사가 모나코에 전지훈련을 가서 보냈다는 한 통의 엽서 때문이었다.

조국을 팔아 가며 우라지게 멋을 부린 엽서의 필체는 초등학교 3학년 수준의 매우 조악한 갈지자였다. 엽서는 '그리운 애희 씨에게'라고 되어 있었다. 엽서 앞면은 비취빛 바다에 반짝이는 모래밭, 바오밥나무만큼이나 거대한 둥치에 이파리를 치렁치렁 늘어뜨린 야자수 한 그루가 그려져 있었다. '그리운 애희 씨'를 만나기 위해 어쩌면 해군 하사는 지중해를 떠나 벌써 진해 앞바다에 도착해 있는지도 몰랐다. 무진이 누나는 애숙이 누나의 손에 들린 엽서를 낚아채 사투리를 심하게 섞어 가며 엽서를 짜르르 읊었다.

"야, 인자 드디어 애숙이 님이 온단다. 야단나 뿌렀네."

그날부터 애숙이 누나는 조용필을 배신하고, 해군 하사가
올 때까지 〈모나코〉만 끼고 살았다. '그대는 왜, 촛불을 키셨
나요?'를 흥얼거리던 애숙이 누나 입에선 모나코의 허밍이 끊
임없이 흘러나왔다. 하지만 모나코는 오래가지 못했다.

엽서가 오고 열흘쯤 지난 일요일, 해군 하사가 휴가를 받
아 드디어 서울로 왔다. 일요일 아침, 목욕을 갔다 온 애숙이
누나는 미장원에서 머리까지 만졌다. 일테면 해군 하사를 위
해 때 빼고 광내고, 열과 성을 다했다는 게 무진이 누나 말이
었다. 펜팔로 주고받은 사연 그 어디에도 애숙이 누나가 봉제
공장에서 일한다는 말을 한 적이 없기에 최소한 사무직 여직
원의 모양을 십분 발휘했다는 거였다.

"어이구, 문디. 남자를 뭐 인물 뜯어먹고 살 끼가."

해군 하사가 어떻게 생겼을지 궁금해하는 애숙이 누나에게
무진이 누나는 남자 인물은 아무짝에도 쓸모없는 거라고 했
다. 남자는 직장 든든하고 속정만 깊으면 그만이라고 했다. 하
지만 애숙이 누나의 주장은 낯선 사람들끼리 만나서 처음 보
는 게 인물이지, 그 사람 오장육부를 보고 좋아하는 건 아니
라고 했다.

빳빳하게 군복을 다려 입고 스프링을 장착한 군화에서 찰
랑거리는 소리를 내며 걸어오는 해군 하사를 보고 애숙이 누

나는 눈을 의심했다고 했다. 광택이 나는 백색 해군 세라복을 입은 남자는 짜리몽땅한 키에 얼굴은 거무튀튀했다. 게다가 움푹 꺼진 눈에 유독 툭 튀어나온 입술. 해군 하사를 묘사하던 애숙이 누나는 머리를 절레절레 흔들었다.

"완전 환상 속의 그대였다니까."

애숙이 누나는 안 봐서 그렇지, 봤으면 자신을 나쁘다고 말 못 한다고 침을 튀겼다. 애숙이 누나의 사진만 홀라당 가져가고 끝내 사진 한 장 부쳐 주지 않던 남자의 속셈을 진작부터 알아차렸어야 했는데, 완전히 사기를 당한 기분이었다고 했다. 내가 상상해 보건대, 해군 하사는 그 어떤 위험에도 굴하지 않는 저돌적인 멧돼지와 다름없이 보였을 것이다. 애숙이 누나가 질겁한 것도 무리는 아니었다. 평소 애숙이 누나가 자신의 이상형이라며 브로마이드를 걸어 놓은 남자 배우는 지적이면서도 달콤한 이미지였으니까.

"그래도 뭐, 불원천리 달려온 정성하고 그동안 정리를 생각해서 같이 짜장면은 먹고 헤어졌지."

해군 하사와 남산을 한 바퀴 돌고 온 애숙이 누나는 그 후로 그에게서 온 편지를 뜯어 보지조차 않았다. 카세트테이프 앞뒷면 가득 채웠던 〈모나코〉 역시 저만치 차 버리고 무정하게 배반했던 조용필에게로 돌아갔다.

나는 레코드 가게의 문을 열고 들어가 남자에게 다짜고짜 방금 틀어 놓은 노래를 녹음으로 떠 달라고 부탁했다.

"이 노래 가사나 알고 있는 거야?"

그의 눈빛엔 가소로워하는 빛이 역력했다. 그러곤 묻지도 않았는데 노랫말이 적힌 페이퍼를 내게 건네주며 히트한 지 얼마 안 된 따끈따끈한 최신 팝송이라고 말했다.

습도가 올라가고, 기압은 떨어지고, 오늘밤 열 시 반쯤 에 거리로 나가면 사상 처음으로 남자들이 비처럼 쏟아질 거라네. 할렐루야, 아멘!

이건 완전, 딱 애숙이 누나를 위해 만들어진 노래였다. 이번 야유회 때 들을 팝송 '짬뽕 테이프'를 부탁할 때 애숙이 누나가 그랬다. 아주 화끈한 걸로. 알았지?

야유회는 미모사의 연중 행사였다. 여자들이 우글우글 모여서 음식을 한 보따리씩 싸 들고 나가서 신 나게 하룻밤 놀고 오는 거였다. 올해는 남이섬으로 간다고 했다. 남이섬은 몇 년 전에도 한 번 갔다 온 곳이었다.

"넌 안 갈 거지?"

이건 또 무슨 뚱딴지같은 소리?

"당연히 나도 가야지. 보디가드로!"

"작년엔 그렇게 가자고 해도 안 간다고, 다 큰 아들놈을 끌고 다닌다고 난리를 친 게 누군데."

모르는 말씀. 작년의 나와 올해의 나를 그런 식으로 비교하면 섭하지.

"나 말고 보디가드 해 줄 사람 있어?"

"있다."

"양 주임?"

순간적으로 머리를 친 '양 주임'이 내 입에서 나가는 순간 엄마의 얼굴엔 당연하다는 듯한 빛이 어려 있었다.

"양 주임이 왜 우리 야유회를 따라가?"

내가 볼멘소리로 물었다.

"앞으로 오래 같이 일할 사람인데 같이 가 주겠다는 것만도 고맙지. 서로 간에 친목도 도모하고."

엄마는 뒤에서 호박씨를 까는 성격은 아니지만, 그게 엄마 진심의 전부는 아닐 거였다.

"그래서, 양 주임도 같이 남이섬으로 간다고?"

"그래, 양 주임이 봉고차 끌고 온대서 남이섬 가기로 했다."

나는 마흔 살 여자의 이 변화무쌍한 감정을 도저히 이해할 수 없었다. 도대체 막무가내식의 뚝심과 배포는 어디서 나오는 건가.

레코드 가게에서 '짬뽕 테이프'를 떠다 놓고 나서 나는 마음이 바빠졌다. 〈이루어질 수 없는 사랑〉의 악보를 외우는 건 고사하고 기타 한 번 제대로 만져 보지 못했으니, 미라를 위해 근사하게 노래를 불러 줄 절호의 기회는 폼도 못 잡아 보고 놓치게 생겼다. 나는 태균에게 급박하게 도움을 청했다.

"그걸 지금 당장 왜 배워야 하는 건데?"

태평이 형을 만나야 한다는 내 말에 녀석은 짜증부터 냈다. 녀석이 록의 대세와 들국화의 조덕환을 들먹이며 세운상가를 돌 때의 일을 까맣게 잊은 것쯤이야 익히 짐작하고 있었다. 나는 그때부터 나의 한 가지 꿈을 고이고이 키워 오고 있었다. 다만 기회와 시간이 없었을 뿐. 내가 그걸 왜 지금 당장 배워야 하는지 자초지종을 녀석에게 설명할 수는 없었다. 만약 그 전후 사정을 듣는다면 녀석은 내 뒤통수를 퍽 소리가 나게 갈길지도 몰랐다. 철없이 굴지 말고 철 좀 들라고.

태균은 내 말엔 아랑곳없이 혼자 썩썩 교문을 빠져나갔다. 녀석의 기분은 쭉 좋지 않았었다. 이번엔 꽤 오래가는 것 같았다. 한 가지 문제를 오래 붙잡고 자기를 괴롭힐 녀석이 아닌데 뭔가가 있는 게 분명했다. 나는 녀석의 뒤를 쫄쫄거리며 따라갔다. 급한 사람이 우물을 판다고, 어쨌든 지금은 태균에게 완전히 저자세로 기어야 했다.

"너 요새 진짜 이상해졌어."

"이상하긴 뭐가 이상해. 평소의 내가 원래 이렇거든?"

말은 그렇게 하면서도 표정은 잔뜩 굳어 있었다. 흥, 웃기고 있네. 평소에 네가 그렇게 조신한 구석이 있었다고? 우리 학급 아이들 55명을 불러 놓고 물어봐라, 코웃음을 칠 일이다.

인내는 쓰고 열매는 달다고 했다. 목적한 바를 이루기 위해 쉽게 포기해서는 안 된다. 나는 녀석의 뒤꽁무니를 바지런히 쫓아갔다. 그렇잖아도 내 머릿속도 복잡했다. 미라를 행복하게 해 주기 위한 일이 과연 이것뿐일까? 기타 연주를 하면서 노래를 불러 주면 행복해지는 걸까? 난희가 말한 것처럼 미라를 착취하고 있는 우리 엄마, 황 사장은 야유회로 공장 누나들이 행복해질 수 있다고 믿는 건가? 생각할수록 골머리만 아팠다. 일단은 내게 온 기회는 이번 야유회뿐이다. 머릿속의 복잡한 생각들을 털어 버리고 기껏 태균을 쫓아가긴 했는데, 철없는 꿈에 부푼 나의 낙관은 여지없이 박살났다.

변수를 생각하지 않았던 게 탈이었다. 그건 나로서도 어쩔 수 없는 난관이었다. 옥탑방으로 올라갔지만 태평이 형의 일기는 '매우 흐림'이었다. 형은 아무리 두들겨도 문을 열어 주지 않았다. 형은 요즘 '장마전선'이라고 태균이 심드렁하게 말했다.

"왜 말 안 해 줬어?"

"그건 나도 가 봐야 아니까. 우리 형 처음 겪냐?"

미라를 위한 나의 기타 연주는 물거품처럼 날아가 버렸다. 태균은 자기 방에 처박혀서 나를 배웅해 주지도 않았다. 녀석도 우울증에 시달리나? 집 안 공기가 깊은 물속에 잠긴 것처럼 무거웠다. 마당엔 태균의 엄마가 늘 몸에 감듯이 덮고 살던 꽃무늬 차렵이불이 널려 있었다. 암퇘지가 짧고 튼튼한 다리로 자근자근 밟아 구정물을 빼고 꽃 그림이 날아가게 빨아 널어놓은 이불에선 희미하게 소독약 냄새가 났다. 6월이

154

이렇게 슬픈 냄새가 나는 달인 줄은 태균의 집에서 처음 깨달았다.

*

토요일 오후, 양 주임이 봉고를 끌고 왔다. 엄마는 그를 보자 엄마답지 않게 코맹맹이 소리를 내며 이상한 소리로 웃었다. 엄마의 분위기가 예사롭지 않았다. 두껍게 화장을 하고 이번엔 마스카라까지 칠했다. 엄마의 화장대에 못 보던 화장품이 하나둘씩 늘어 가는 게 다 양 주임 때문이었나?

내가 인사를 하자 양 주임은 재수 없게 씩 웃었다.

"고등학생이라며? 여자 친구 꽤나 있게 생겼는데?"

말하는 것도 꼭 양아치 같았다. 그 말에 엄마는 속도 없이 기분이 좋은 모양이었다.

양 주임이 모는 봉고에 일곱 사람이 꽉 끼여 앉았다. 청량리에서 가평 가는 기차를 타면 훨씬 낭만도 있고 좋은데, 굳이 양 주임을 데려가는 엄마의 속셈을 모르겠다.

엄마는 조수석에 앉고 나는 엄마 뒷자리에 앉았다. 내 옆에는 애숙이 누나가 앉고 구석엔 미라가 앉았다. 뒷자리엔 무진이 누나와 새로 온 경진이 누나, 숙자 누나가 앉았다.

양 주임은 운전하는 내내 휘파람을 불었다. 토요일 오후라 청량리를 빠져나가는 데도 시간이 많이 걸렸다. 그는 운전석의 차창을 열어 놓고 라디오의 볼륨을 한껏 높였다. 미라는 고개를 차창에 기댄 채 끄덕끄덕 졸기 시작했다.

양 주임은 뱀가죽 문양의 커버를 씌워 놓은 운전대를 손으로 톡톡 치는 버릇이 있었다. 차가 막힐 때는 창틀에 한쪽 팔을 괴고 한 손으로 운전대를 톡톡 쳐 댔다. 그 소리가 귀에 거슬렸다. 그가 하는 짓은 다 재수 없었다. 엄마가 그에게 말을 걸거나 반응을 보일 때도 까닭 없이 화가 치솟았다.

가평에 도착해서 봉고를 주차장에 세워 놓고 섬으로 들어가는 배를 탔다. 섬은 바로 코앞이었다. 녹음이 우거진 녹색 섬이 동그랗게 떠 있었다. 미라는 말 한마디 하지 않고 강물을 바라보았다. 무릎까지 내려오는 반바지에 노란 티셔츠를 입고, 끈이 없는 흰색 운동화를 신고 있었다. 발이 아주 작아 보였다.

예전에도 그랬지만 배는 너무나 쉽게 섬에 닿았다. 배를 타고 강을 거슬러 올라 한 시간이나 두 시간쯤 내내 달려도 좋을 것 같았다. 그렇게 강을 달리다 보면 혹시 아는가? 다시는 돌아올 수 없는 섬에 당도할지.

섬에 도착하자마자 텐트를 치고 저녁을 준비하기 바빴다. 버너에 불판을 올려놓고 삼겹살을 구웠다. 어른들은 술을 마셨다. 양 주임은 야자나무가 그려진 푸른색 남방에 때 이르게 보이는 밀짚모자를 쓰고 있었다. 멋을 한껏 냈지만 촌스러웠다. 섬에 온 남자들 중에 양 주임처럼 촌티를 낸 사람은 아무도 없었다. 나는 눈살을 찌푸렸지만, 엄마는 멋있다고 치켜세웠다.

밥을 먹는 동안 날이 어두워졌다. 벌써부터 모닥불을 피워놓고 기타를 치면서 노래를 부르는 사람들도 있었다. 먼저 밥을 먹은 누나들은 짝을 지어 섬을 구경하러 나섰다. 미라도 누나들을 따라나섰다. 엄마와 무진이 누나, 양 주임은 소주를 마시고, 나는 뒤늦게 누나들을 찾아 나섰다. 엄마가 취해서 양 주임 무르팍을 베고 눕기라고 할까 봐 걱정됐지만 무진이 누나를 믿기로 했다.

미라만 아니었으면 이런 데는 돈을 줘도 안 따라왔을 것이다. 메타세쿼이아가 죽 늘어선 길을 걸으며 나는 돌멩이를 툭툭 차 댔다. 누나들은 사진을 찍고 있었다. 내가 다가가자 애숙이 누나가 카메라를 내밀었다. 뷰파인더에 잡힌 미라는 네 여자들 중에서 가장 키가 작았다. 얼굴도 작았고, 숙자 누나 어깨에 올려놓은 손도 작았다. 나는 남몰래 엿보듯 미라를 한참 동안이나 들여다보았다.

누나들은 끝이 아득한 우듬지를 향해 두 팔을 활짝 펼치기도 하고, 아름드리 나무둥치를 안고 빙그르르 돌기도 했다. 허리를 꼭 껴안은 채 걸어가는 연인들을 보며 여자들끼리인 자신들의 신세가 한심하다고 불평하기도 했다. 누나들을 따라다니는 내 신세는 더 기가 막혔다.

텐트 앞에는 술판이 무르익고 있었다. 엄마는 기분 좋게 취해 있었다. 양 주임의 어깨와 엄마의 어깨가 닿을락 말락 아슬아슬했다. 나는 심술을 참느라 이를 악물었다. 저 얄팍한 입술을 가진 사내의 꼬락서니라니. 내 아버지라는 남자도 저런 식으로 껄렁거리면서 엄마에게 수작을 걸었던 건가? 그럼 엄만 대체로 저런 사내들한테 홀라당 넘어갔다는 말인데, 그깟 놈의 자유를 위해, 셋방살이할 돈도 없는 주제에 오토바이를 타고 달리는 꿈을 꿨다는 내 아버지란 사내는, 지금 어디서 훨훨 날고 있는 건가? 불판에는 시커멓게 익은 고깃점이 남아 있었다. 오늘 같은 날은 딱 한 잔 해도 괜찮은데.

우리도 장작을 사 와서 모닥불을 피웠다. 모닥불을 피우고 난 다음부터는 술판이 더 화기애애해졌다.

"우리도 앗싸리하게 한번 놀아 보자."

무진이 누나 말에 애숙이 누나는 카세트를 틀어 놓고 몸을 흔들기 시작했다. 누가 먼저랄 것도 없었다. 나는 엄마가 양 주임 앞에서 술 취한 몸을 흐느적거리며 춤을 추는 '무안지경'을 보게 될까 봐 아슬아슬했다. 다행히 엄마는 구경만 했고, 양 주임도 다리를 벌리고 발발이 춤을 추는 추태는 보이지 않았다.

미라는 무진이 누나가 주는 술을 겁도 없이 홀짝홀짝 받아 마셨다. 나도 엄마 몰래 소주를 한 잔 마셨다. 술 마신 나를 보고 무진이 누나가 등을 떠밀었다. 나는 '짬뽕 테이프'에서 흘러나오는 팝송에 맞춰 브레이크 댄스를 췄다. 미라가 앞에 있다는 생각에 도무지 몸이 말을 듣지 않았다. 무진이 누나는 뻣뻣한 나무토막도 그만큼은 추겠다며 내 등짝을 때렸다. 카세트테이프에선 빠르고 격렬한 음악들이 무진장하게 쏟아졌다. 그 소란 통에 미라가 자리에서 일어나는 게 보였다. 미라는 휘청거리며 강가로 걸어갔다.

나는 오줌을 누러 가는 척하며 미라를 따라갔다. 미라는 강둑에 앉아 있었다. 나는 슬그머니 다가가 미라 옆에 앉았다. 이상하게 가슴이 두근거렸다. 강물은 보이지 않고 물소리만 가까이서 들렸다. 선착장엔 불이 꺼졌고 우리는 섬 안에 완전히 고립되었다. 강 건너 선착장 주변 식당과 여관 건물들에서 흘러내린 불빛이 강물에 닿아 강의 저편 가장자리가 반짝거렸다. 멀리서 누군가가 누군가의 이름을 부르는 소리가 들리고, 기타 소리와 노랫소리도 아득하게 들려왔다.

"사람이 죽으면 강을 건너간다던데……."

미라가 딸꾹질을 하면서 중얼거렸다. 나도 딸꾹질이 나오려고 해서 침을 꿀꺽 삼켰다.

"아버지가 미워도 죽기를 바라지는 않았어야. 아버지가 나하고 같이 죽자고 해도 나는 죽기는 싫었응께. 살아 있어야 엄마도 만나고 동생도 만나고……."

나는 돌멩이를 주워 물수제비를 떴다. 강 한가운데서 포르릉 새소리가 났다.

"아버지가 없는 집에서 혼자 잠을 잘 때마다 누가 찾아오는 꿈을 꿨당께. 아버지가 틀림없어야. 타박타박 발걸음 소리가 들려서 방문을 휙 열어 보면 마당엔 아무것도 없어야. 어떨 땐 커다란 말뚝이 마당 한가운데 박혀 있는 꿈도 꿨당께. 아무도 없는 우리 집에 말뚝만 있어야. 집에 있을 땐 자다가 새벽에 일어나서 문 열고 밖을 한참 내다봤는디……."

"지금도 그런 꿈을 꿔?"

"지금은 아무 생각도 없이 일만 항께 꿈도 덜 꿔."

미라의 목소리는 하늘하늘 늘어졌다.

"영자 언니가 가고 나는 혼자가 돼 부렀어. 자주 찾아온다 등만, 오지도 않고."

"영자 누나한테 전화해 봤어?"

"웃집은 바쁘고 시끄러워. 전화도 주인 눈치 보느라 잘 못 받어."

나는 두 번째 물수제비를 떴다. 손목을 덜 돌려서인지 돌멩이는 별다른 파문도 없이 풍덩 소리를 내며 떨어졌다.

"엄만 한 번도 못 만난 거야?"

"긍게 내가 여그 와 있제. 안 그라면 엄마 따라 살러 갔지."

미라의 말소리는 딸꾹딸꾹, 딸꾹질 소리에 끊겨 들렸다. 미라의 몸이 자꾸만 내게로 기울었다. 나는 잠바를 벗어 미라의 어깨에 걸쳐 주었다. 오래전부터 미라와 나는 이런 얘기를 주고받았던 것만 같은 생각이 들었다. 그동안 미라와 얘기 한번 제대로 나눈 적은 없지만, 말하지 않고도 서로에 대해 많

160

은 말들을 하고 지낸 사이처럼 말이다. 부드러운 밤공기에 실려 오는 물비린내 때문인지, 순진한 내 착각인지도 몰랐다.

미라를 우리 집 계단에서 처음 봤을 때 스쳐 갔던 감정들이 다시 살아났다. 처음인 것 같으면서도 낯설지 않은, 그러면서도 좀처럼 무엇인지 모를 것 같은 아스라한 기분. 미라를 도와주고 싶은데 내가 할 수 있는 게 뭔지 몰랐다. 미라가 내게 얼토당토않은 부탁이나 명령을 내려도 나는 그것을 향해 달려갈 수 있을 것 같았다. 아니, 달려가고 싶었다. 미라가 별이 갖고 싶다면 어릴 적에 본 동화책에서처럼 사다리를 그려 까마득한 창공을 향해 척 걸쳐 놓고 별 따는 시늉이라도 할 수 있었다. 나의 환상을 깨 버리듯 잠시 입을 다물고 있던 미라가 입을 열었다.

"엄마도 나처럼 우리 아버지가 강 건너 가는 꿈을 꾸까? 사람이 죽으면 강 건너 간다고 얘기해 준 건 엄마였는디, 아버지가 강 건너간 걸 알았으면 엄마가 날 찾아왔을 텐디."

딸꾹질하는 미라의 입에서 소주 냄새가 났다. 나는 미라의 어깨에 팔을 둘렀다. 미라가 내 겨드랑이에 얼굴을 파묻었다. 참았던 내 입에서도 딸꾹질이 났다.

"너 혼자 두고 간 아버지가 보고 싶어? 술 마시고 많이 괴롭혔다면서."

미라가 턱을 쳐들고 나를 쳐다보았다. 내가 하지도 않은 얘기를 너는 알고 있었구나, 하는 눈빛이었다. 하지만 미라는 이

내 내 겨드랑이를 다시 파고들며 고개를 떨어뜨렸다. 엿가락처럼 늘어지는 미라가 딸꾹질을 할 때마다 연한 소주 냄새가 났다. 내 겨드랑이에서 꼼지락거리는 미라의 체온밖엔 아무것도 느낄 수 없었다. 대답을 않고 한참 동안 가만히 있던 미라가 갑자기 훌쩍거리면서 울기 시작했다. 울면서 미라는 내 옷에 눈물이며 콧물을 잔뜩 묻혀 놓았다.

그날 밤, 미라는 코를 훌쩍거리면서 텐트에서 먼저 잠이 들었다. 애숙이 누나는 지치지도 않고 춤을 추었다. 카세트에서는 남자들이 벌레처럼 쏟아지고 있었다.

남자들이 비처럼 쏟아지고 있어요. 할렐루야.
남자들이 비처럼 쏟아지고 있어요. 아멘.
온갖 별난 남자들이 골고루 쏟아져요.
키 큰 남자, 금발의 남자, 흑인 남자, 마른 남자, 거친 남자, 터프한 남자, 힘센 남자, 인색한 남자.
오! 할렐루야, 오! 아멘.

애숙이 누나는 〈잇츠 레이닝 맨〉에 꽂혀 밤새도록 할렐루야 아멘을 외쳤다.

무진이 누나가 준 술을 받아 마시고 취한 나는 미라가 잠든 옆 텐트에 들어가 누웠다. 내 머리맡에도 온갖 남자들이 비처럼 쏟아졌다. 오토바이를 탄 남자, 트럭을 모는 남자, 수염 기

162

른 남자, 장발인 남자……. 나도 할렐루야 아멘을 외쳤다. 잠들지 않고 엄마와 미라를 지켜야 하는데 자꾸만 졸음이 쏟아졌다.

*

야유회의 후유증은 생각보다 컸다. 미라가 자꾸만 내 겨드랑이에서 꼼지락거리며 딸꾹질을 하고 있는 것 같았다.

야유회에서 돌아온 날 밤에는 꿈속에서 본드를 불었다. 커다란 구름 장화를 신고 하늘을 경중경중 걸어 다니는 기분이었다. 내 심장이 숭어처럼 힘차게 팔딱팔딱 뛰는 게 느껴졌다. 나는 잠옷 바지를 칡껍질처럼 쭈욱 벗겨 냈다. 팬티도 벗어 던졌다. 미역처럼 끈적거리는 것이 내 다리를 감았다. 미라가 인어공주로 변신해 있었다. 붉은 루주를 칠한 커다란 입밖에 보이지 않았다. 피에로 입처럼 커다란 미라의 입술은 카스텔라처럼 부드러웠다. 나는 미라의 입술을 빨면서 격렬하게 미라의 몸속으로 빨려 들어갔다. 미라는 가랑이가 없는 물고기였다. 수많은 비늘과 미끈거리는 점액으로 범벅이 된 커다란 입이 나를 쭉 빨아 당겼다. 온몸이 땀범벅이 되어 이불이 척척하게 될 때에야 나는 진이 빠져 사지를 쭉 뻗고 늘어졌다. 옷을 주워 입을 힘조차 남아 있지 않았다.

미라가 출근하는 것을 보지 못하고 학교에 가야 하는 것이

너무나도 고통스러웠다. 늦어도 일곱 시 오십 분에는 집을 나서야 했다. 여덟 시까지 교문을 통과하지 못하면 수업 시작종이 울릴 때까지 운동장을 돌거나 토끼뜀을 뛰어야 했다.

만화방 모퉁이에서 미라를 기다렸다. 늦게 출발하는 학생들이 108계단을 후닥닥 뛰어 내려가며 나를 힐끔거렸다. 누나들은 좀체 나오지 않았다. 피를 말리는 시간, 내 손목시계는 평소보다 빨리 가는 것 같았다. 째깍째깍, 쿵쿵쿵, 째깍째깍, 쿵쿵쿵. 일곱 시 오십삼 분에 초침이 겹쳐지는 순간 시장통에서 누나들이 쪼르르 나오는 것이 보였다. 미라는 꽁무니에 붙어서 따라 나왔다. 해말갛게 씻긴 얼굴, 오이비누 냄새가 날 것 같은 미라의 얼굴은 무척이나 평온해 보였다. 간밤에 미라에겐 아무 일도 없었던 모양이었다. 미라가 내 눈앞에 나타났다 사라진 시간은 20초 정도? 나는 몸을 돌려 뛰기 시작했다. 몸이 천근만근 무거웠다. 몸만큼 마음도 무거웠다. 다리가 후들거려 자꾸만 계단에서 굴러떨어질 것만 같았다.

교문에서부터 앞사람 허리를 잡고 앉은뱅이걸음으로 가다가 백 미터 토끼뜀, 다시 앉은뱅이걸음에서 토끼뜀을 반복했다. 이종 세트 벌칙이었다. 태균은 나보다 5분이나 늦게 대열에 합류했다. 녀석의 얼굴은 며칠 잠을 못 잔 사람처럼 누리끼리했다. 투덕투덕한 볼살에 '욕구불만'이라고 쓰여 있었다.

"요새도 밤마다 암퇘지가 네 꿈속으로 찾아오냐?"

나는 히죽거리며 태균에게 물었다. 언젠가 태균이 했던 말을 나도 이제야 이해할 수 있을 것 같았다.

"왜, 너도 누가 찾아오냐?"

헉헉 거친 숨을 쉬며 태균이 낄낄거렸다.

아침부터 벌을 받느라 땀을 쭉 빼고 나면 수업 시간은 연속 졸음이었다. 눈꺼풀이 저절로 내려왔다. 교문에서 선도부 주임에게 걸려서 벌은 벌대로 받고, 조례 시간엔 교실에 늦게 들어왔다고 마귀할멈에게 맞고, 수업 시간엔 존다고 대갈통에 분필이 꽂히고, 없는 기운에 몸은 늘어지고, 개운치 못한 정신에 말대꾸가 요상하다고 친구 녀석들과 시비가 붙고……. 머피의 법칙이 따로 없었다.

태균은 이틀 운동장을 돌더니 기어이 결석을 했다. 비어 있는 녀석의 자리는 푹 팬 웅덩이 같았다. 마귀할멈은 칠판에 적어 놓은 문제를 아이들에게 풀게 한 후 팔짱을 끼고 흙탕물을 뒤집어쓴 표정으로 빈자리를 노려보았다. 무단결석이라. 간이 배 밖으로 나오지 않은 한, 용서할 수 없다는 결의가 마귀할멈의 얼굴에 적나라하게 드러나 있었다.

이튿날도 태균은 학교에 나오지 않았다. 나는 우정에 대한 의무감으로 태균의 집을 찾아갔다. 녀석의 집도 깊게 팬 웅덩이 같았다. 나는 옥탑방을 한 번 올려다본 뒤, 안채 현관문을 열고 태균을 불렀다.

"오머, 태균이 친구구나?"

눈썰미 좋은 암돼지는 나를 금방 알아봤다. 움푹 팬 웅덩이 같은 그 집에서 유일하게 약동하는 인물이 그 여자였다. 암 돼지는 나를 태균의 방까지 친절하게 안내해 주었다. 여름 기운이 짱짱한데도 그 집은 방방마다 문들이 꼭꼭 닫혀 있었고, 서늘한 기운이 맴돌았다.

태균은 침대에 드러누워 눈만 말똥말똥하고 있었다. 내가 들어섰는데도 일어날 생각도 하지 않았다. 암돼지가 "뭐 먹을 거 줄까?" 하고 묻자 태균이 인상을 찡그리며 상관 말고 문이 나 닫으라고 했다.

"나도 태평이 형이랑 같은 증세야."

녀석은 대수롭지 않게 씨부렁거렸다. 그 말은, 자기도 이 부엌 안쪽 방에 자기를 가두겠다는 말이었다. 나는 기가 차서 헛웃음을 날렸다.

"그게 어디 말처럼 쉽냐? 니가 태평이 형도 아니고. 좀 있으면 좀이 쑤셔 못 있을걸?"

이틀 연속 운동장을 돌고 마귀할멈에게 손바닥까지 맞아 댔으니 사는 게 귀찮기도 하겠지.

"내 말이. 근데 틀어박혀 있으니까, 태평이 형이 이해가 간다. 지긋지긋한 이놈의 세상!"

다소 과장되어 보이긴 하지만 녀석은 삶의 의욕을 몽땅 잃어버린 표정이었다.

태균의 집에 머물렀던 한 시간 남짓, 녀석은 나마저도 귀찮아했다. 녀석과 그렇게 머쓱한 시간을 보내기도 처음이었다.

내일은 학교에서 보자, 하고 나왔지만 대꾸조차 하지 않았다.

다음 날, 태균은 시큰둥한 표정으로 학교에 나타났다. 마귀할멈은 녀석을 조용히 상담실로 불렀다. 일상과 일탈의 경계에 위태롭게 서 있는 제자에게 마귀할멈의 체벌은 불을 보듯 뻔했다. 약이 바짝 오른 마귀할멈의 표정으로 봐선 상당한 정신적 압력을 가하는 훈계를 듣고, 엉덩이가 작살날 줄 알았는데 태균은 아무 일도 없었던 듯 무사히 돌아왔다.

"마귀할멈이 뭐래?"

상담실에 다녀와 수업 준비를 하는 녀석에게 물었다.

"죽기 전의 소원이래. 우리 엄마가 하도 읍소하면서 간절히 청하길래 다시 나왔다."

녀석은 별일 아니라는 듯 동문서답이었다. 마귀할멈과 비밀 조약이라도 맺은 것처럼 실실 웃던 녀석이 "궁금해?" 하고 물었다.

"여자들 생리하는 거랑 똑같다고 그러더라."

녀석은 또 엉뚱한 소리였다.

"마귀할멈, 맨날 딱딱거리기나 할 줄 알았더니 의외로 말이 쬐끔 통하더라고. 여선생들이 다 거기서 거기잖냐. 근데 사태를 가만 보니까, 이건 아니다 싶더라고. 그래서 내가 쌩쇼를 좀 했지. 눈물까지 흘리면서."

"눈물? 네가 눈물을 흘렸다고?"

"서두를 딱 꺼내는데, 나도 모르게 저절로 눈물이 나더라고. 엄마가 얼마 안 있으면 돌아가시게 생겼는데 큰형은 군대가 있고, 아버진 딴 여자가 생긴 것 같고, 작은형은 옥탑방에 갇혀 살고, 집안일은 내가 도맡아 하는데, 갑자기 죽고 싶은 맘밖엔 안 들었다고 했지."

녀석은 낄낄거리며 웃었다.

"어쭈, 근데 그게 마귀할멈한테 먹히냐?"

"짜식, 여자들은 약한 데가 있어. 텅 빈 데가 한 군데는 있단 말이야. 그랬더니 마귀할멈이 힘들 땐 자기한테 의지하라고, 도울 수 있는 데까진 도울 테니 무단결석은 하지 말라고 살살 타이르더라고."

태균이 자기 입으로 꾸며 낸 '쇼'라고 말했지만, 농담같이 말하는 녀석의 말 속에 나름대로의 아픔과 고뇌가 들어 있다는 것쯤은 나도 알았다. 태균은 어머니를 사랑했다. 말로는 툭툭거리고 행동은 거칠어도 그게 태균의 표현법이었다. 그래서 나는 녀석이 툭툭거려도 섭섭하지 않았다. 오히려 마음이 편해질 때도 있었다. 내 앞에선 아무렇지도 않은 척하면서 뒤에서는 사생아 어쩌고 하며 쑤군거리는 녀석들도 있었다. 하지만 태균은 내 앞에서 눈치 없이 농담은 할망정 뒤통수는 치지 않는 의리가 있었다. "아버지가 뭐 별거냐? 그건 네 잘못도 아니잖아." 녀석이 대수롭지 않게 내뱉는 말도 서운하지 않았다. 그 말이 나를 상처로부터, 어떤 상실감으로부터 자유롭게 한 건 아니었지만, 위로를 받는 기분이었다.

세상엔 태균의 일처럼 어이없이 싱겁게 일이 풀려 버리는 경우도 있었다.

하지만 미라와 나의 새날이 열릴 것이라고 생각했던 건 나의 심오한 착각에 불과했다. 미라는 여전히 형광등 불빛 아래 먼지가 뿌옇게 떠다니는 공장에서 일을 하고, 일요일에도, 수요일에도 교회에 갔다. 나를 보면 웃어 주었지만, 말을 걸지는 않았다. 내가 말을 걸라치면 바쁜 일이 있는 것처럼 길을 비켜 가거나 외면했다. 야유회에서의 일은 단지 하룻밤의 꿈일 뿐이었다. 미라에겐 지나간 날이지만, 내 겨드랑이에선 아직도 미라가 꼼지락거리고 있는 것 같았다.

야유회에서 돌아온 뒤 달라진 건 엄마였다. 엄마는 양 주임을 준만 씨라고 불렀다. 엄마는 '준만 씨'를 위해 저녁을 지었다. 토요일 작업을 마치고 올라와 바쁘게 청소하고 시장을 다녀와 음식을 만들었다. 애호박과 풋고추를 송송 썰어 넣어 된장찌개를 끓이고, 갈치를 조렸다. 양 주임은 식탁에 앉자마자 눈을 이리저리 굴리면서 된장찌개와 갈치조림 냄새를 맡았다.

"숙희 씨 음식 솜씨가 대단하네요. 딱 우리 어머니가 끓여 주시던 그 된장찌개 맛입니다."

사나이 체면에 음식을 가지고 호들갑이라니. 숙희 씨? 흥! 아주 죽이 착착 맞는구나.

나는 수저를 들어 밥을 폭 떴다. 입맛이 싹 달아났지만, 배는 고팠다.

엄마는 평소엔 안 하던 앞치마까지 하고 있었다. 엄마가 앞치마를 벗고 식탁에 앉으며 사근사근한 목소리로 말했다.

"우리 먹고사는 게 이래요. 둘만 있으니까. 일하느라 또 바쁘기도 하고."

'이래요.'라고 말할 때 엄마는 얼굴을 붉혔다.

꿈속에서도 할렐루야를 외치며 엄마를 지켰건만 이건 내가 알 수 없는 영역이었다. 우리 집에 들어와서 밥상을 받은 남자는 내가 태어난 이래, 내가 기억하는 한 단 한 '놈'도 없었다. 누나들의 숙소만 그런 게 아니라, 우리 집도 금남의 집이었다. 말하자면 나와 태균이 이외에는 그 어떤 남자한테도 허락되지 않은 공간이었다.

"이젠 자주자주 숙희 씨 밥 얻어먹으러 와야겠어요. 사 먹는 밥이라는 게 풀풀 날아가고."

양 주임은 마파람에 게 눈 감추듯 밥 한 공기를 해치우고 빈 밥공기를 내밀었다. 엄마는 호호거리며 밥 한 공기를 더 퍼 왔다.

"너도 푹푹 많이 먹어라. 한창 클 땐데."

양 주임은 새로 퍼 온 밥그릇에 숟가락을 꽂으며 말했다. 이건 또 웬 참견? 숟가락을 놓고 일어서 버리고 싶었지만 나만 손해였다. 아니, 양 주임 눈앞에 거치적거리는 방해물이 스스로 사라져 버리는 꼴이니 엉덩이를 진득이 붙이고 앉아 있어야 했다.

170

"공장에서 일감을 거의 다 밖으로 빼요. 노동조합인지 뭔지 만든다고 애들이 난리를 치더니 걸핏하면 라인이 멈추고, 일이 제대로 안 돼서 아주 골칫거립니다."

그는 자신이 마치 대성 어패럴 사장이라도 된 듯한 말투로 거들먹거렸다.

"그러니까 준만 씨가 다른 데로 나가는 거 우리한테로 많이 갖다 줘요. 내가 믿을 데가 거기밖에 없잖아. 야근을 해서라도 납기는 맞출 테니까."

양 주임이 흘리는 정보에 엄마는 민감하게 반응했다.

"걱정 마요. 미모사처럼 일 꼼꼼하게 잘하는 데가 어딨다고. 미모사 없으면 우리 회사 쓰러집니다!"

양 주임이 과장된 소리로 웃었다. 고르지 못한 앞니가 고스란히 드러났다. 그 입을 보자 눈앞이 아찔했다. 번갯불처럼 순간적으로 지나간 상상이지만, 저 입과 엄마의 입이 맞붙었을지도 모른다고 생각하니까 소름이 쫙 끼쳤다. 뚱뚱하고 배가 나온 늙수그레한 장 공장장 같은 아저씨도 싫지만, 새파란 양 주임도 '노'였다. 더구나 아버지 따위는 필요 없었다.

"넌, 빨리 먹고 일어서지 뭐 하냐?"

상상의 꼬리가 한없이 퍼져 나가는 걸 자른 건 엄마였다. 잇새를 지그시 누른, 부드러움을 가장한 엄포였다.

저녁을 마친 엄마는 양 주임과 함께 나갔다. 나는 눈에 불을 켜고 엄마가 돌아오기를 기다렸다.

"양 주임이 그렇게 힘이 있어? 사장도 아니고 공장장도 아니고 기껏 물건이나 실으러 다니는 주임인데."

"양 주임이 힘이 센 게 아니라 대성 어패럴이 힘이 세다. 장씨 아저씨네 공장과는 댈 것도 아니지."

엄마는 화장을 지우며 거울 앞에서 툭툭 던지듯 내뱉었다. 내가 참견하며 물고 늘어지는 게 가당찮다는 투였다.

"그래서 양 주임이랑 같이 커피도 마시고 그래야 하는 거야?"

"너, 지금 그게 무슨 뜻이야?"

엄마가 화장을 지우다 말고 눈을 치뜨고 물었다.

'몰라서 물어?'

목구멍까지 올라온 말을 삼켰다. 한마디만 더하면 뭔가가 날아올지도 몰랐다.

"좋게 말할 때 그만하고 네 방으로 가라!"

엄마는 돌아앉아 거울을 들여다보며 거칠게 얼굴을 문질러 댔다.

남자는 남자의 눈으로 보면 안다. 믿을 만한 인간인지, 믿지 못할 인간인지.

엄마는 어리다고 내 눈을 너무 무시했다. 양 주임한테선 어딘가 모르게 사기꾼 냄새가 났다. 묵직하면서도 사나이 대 사나이로 섰을 때 그 눈빛에 거짓이 없고 흔들림이 없는 남자가 내가 생각하는 진짜 남자였다.

172

8
눈물과 팥빙수

롯데 미용실이 수상쩍었다. 건장하게 생긴 두 남자가 난희 엄마를 사이에 두고 얘기를 나누고 있었다. 난희는 손톱을 물 어뜯는지 손가락을 입에 물고 소파에 앉아 있었다. 아무리 봐 도 두 남자는 머리를 자르러 온 손님 같아 보이지 않았다. 난 희 엄마가 이마를 짚는 시늉을 하며 고개를 쳐들고 천장을 올 려다보았다. 난희는 여전히 손가락을 문 채 앉은 자리에서 꼼 짝하지 않았다. 잠시 후 난희 엄마가 검정 티셔츠를 입은 남 자를 밖으로 밀어내기 시작했다. 검정 티셔츠는 한 발자국도 밀리지 않았다. 한눈에 보기에도 난희 엄마가 당해 낼 덩치가 아니었다. 검정 티셔츠가 몸을 돌리며 난희 엄마에게 뭐라고 하자 난희 엄마가 삿대질을 하며 밖으로 나가는 남자들 등에 대고 뭐라고 소리쳤다.

두 남자는 미용실 주변을 어슬렁거리다가 108계단 쪽으로 내려갔다. 할머니 한 분이 미용실 안으로 들어가는 게 보였는데 소파에 주저앉은 난희 엄마는 일어날 생각도 하지 않았다. 일요일 오후의 그림치고는 수상했다. 그래도 뭐 내가 상관할 바는 아니었다. 엄마는 저녁밥은 알아서 챙겨 먹어, 하고는 점심때 나가서 감감무소식. 보나마나 양 주임인가 하는 그 날라리 같은 사내를 만나러 갔을 거라고 생각하자 괜히 열이 뻗쳤다. 쪼잔하게 엄마의 인생에 내가 감 놔라 배 놔라 할 수는 없지만, 난희 말대로 우리 엄마라고 시집가지 말란 법도 없지만, 아무리 생각해도 양 주임을 아버지라 부르는 건 상상조차도 끔찍했다. 엄마는 다 일 때문이라고 했지만, 공장이 망하는 한이 있더라도 양 주임하고는 떨어졌으면 좋겠다.

하루 종일 머릿속이 복잡했다. 롯데 미용실도 만만찮게 신경 쓰였다. 두 사내가 다녀가고 나서 난희 엄마는 집으로 들어가 버렸는지, 난희 혼자 똥 마려운 강아지처럼 미용실을 지키고 있었다. 가발을 뒤집어쓰고 허튼짓거리도 하지 않았다. 웬일인지 얌전한 게 난희조차도 수상쩍었다. 그러더니 해가 빠지기 무섭게 문을 닫았다. 드르륵 셔터 내리는 소리가 길 건너까지 선명하게 들려올 정도로 저녁의 거리도 조용했다.

난희는 문 앞에 한참 동안 서 있더니 순환도로 쪽으로 올라갔다. 나는 후닥닥 집에서 내려갔다. 신경을 안 쓰려도 안 쓸 수가 없었다. 정신 못 차리는 황 사장 때문에 속에서 들끓는

174

열도 쉽게 가라앉지 않았다.

찻길을 무단 횡단한 난희는 남산 숲길로 들어섰다. 개나리 덤불이 우거진 숲 가장자리로 들어서면 계단이 이어지고 오른쪽엔 시소가 놓인 조그만 빈터가 나왔다. 내가 뒤따라가면서 불러도 돌아보지 않았다. 난희는 빈터에 있는 시소에 앉아 있었다. 나는 시소 앞에 있는 벤치 끝에 걸터앉았다.

"아까 미용실에 왔던 남자들은 뭐야?"

"봤어?"

운동화 앞코로 바닥의 흙을 긁어 대던 난희는 그제야 시큰둥하게 입을 뗐다. 빈터는 제법 어두웠다. 외등이 하나 밝혀져 있긴 했지만 숲이 도로를 가로막은 탓에 으스스했다. 여자애 혼자서 밤에 이런 데 올라올 생각을 하다니. 하여튼 대책 없는 애였다.

"빚 받으러 온 남자들은 아닐 테고, 작은누나 회사에서 무슨 일이 잘못되기라도 했냐?"

종로에 있는 조그만 무역 회사에서 경리 일을 보는 난희 작은언니도 여상을 다닐 때는 난희 못지않게 한 끗발 날렸다. 다른 때 같았으면 발끈하고 퉁을 주거나 성질을 냈을 텐데 난희는 심각하게 운동화 앞코로 땅만 파고 있었다. 엄마나 두 언니들에 관한 한 난희는 자부심이 대단했다.

"그 사람들 아는 사람들이야?"

내가 다시 물었다.

"짭새들이야."

난희가 침을 탁 뱉으며 말했다.

"짭새?"

"큰언니가 수배 중이래. 우리 엄만 그 말에 길길이 날뛰지 뭐. 깡패도 아니고, 우리 애가 지하조직에 가담했다는 게 말이 되느냐고. 짭새들은 그걸 숨기기 위해서 우리 언니가 공장에 위장 취업한 거라고 그랬어."

"위장 취업? 경희 누나가 봉제 공장에 들어간 게 위장 취업 이었어?"

"그래. 대학생인데 중졸이라고 속이고 들어갔으니 위장 취 업이지. 너네 공장처럼 쪼끄만 데가 아니고 사원이 몇백 명 되는 큰 공장이래. 나도 잘은 몰라. 짭새들이 하는 얘기야. 우 리 집 수색하겠다고 하는 걸 엄마가 아무것도 없다고, 죽어도 안 된다고 그냥 막 밀어냈어."

"짭새들이 밀어낸다고 나가?"

"수색 영장이라나 뭐라나 갖고 오라고 엄마가 따졌지. 우리 집 뒤져 봐야 나올 건 아무것도 없지만."

"넌 경희 누나 어디 있는지 알아?"

"그걸 내가 어떻게 알아?"

"저번에 너한텐 연락한다고 그랬잖아."

"모른다니까."

난희는 내가 짭새라도 되는 양 모른다고 딱 잡아뗐다.

176

"우리 엄마 앓아누웠을 거야. 그 새끼들이 엄마한테 욕도 했거든. 된 변을 안 당해서 그렇다나 뭐라나. 나쁜 새끼들. 아이 씨, 재수 없어."

난희가 씩씩거렸다.

공부만 하던 경희 누나가 봉제 공장 다닌다는 얘기를 들었을 때도 놀랐었지만 수배 중이라는 얘기는 더 믿을 수 없었다. 텔레비전에서 보았던 데모하는 학생들이 떠올랐다. 돌멩이를 던지고, 파출소에 화염병을 던지고, 미국 문화원을 점거하고 싸우던 데모대도 전부 학생들이었다. 경희 누나도 그런 학생들과 어울려 다닐까. 누난 대체 무슨 생각을 하고 있는 걸까. 누구나 다 부러워하는 경희 누나가 데모를 하고 봉제 공장을 다니는 이유가 뭔지 이해할 수가 없었다.

"난 언니가 전화를 해야만 받을 수 있어."

내 생각에 빠져 있는데 난희가 불쑥 입을 열었다.

"어디로 연락이 오는데?"

"연백 할머니네 집으로. 할머니가 전화 왔었다고 알려 주면 가서 기다려."

가시같이 걸려 있던 궁금증 하나가 쑥 빠졌다. 언젠가 연백 할머니 집에서 나오던 난희, 내가 하는 걸 보고 말해 주겠다던 게 이 얘기였나? 그럼 연백 할머니가 연락책이었다는 말이네. 헉, 기가 막혔다. 이건 무슨 스파이 게임도 아니고 내가 생각했던 것보다 훨씬 상황이 복잡했다.

"너네 집으로 직접 하면 되지 뭐가 이렇게 복잡해."

내 생각을 뱉은 것뿐인데 난희가 어처구니없다는 표정으로 나를 째려보았다.

"야, 넌 그렇게도 머리가 안 도냐? 지금 경희 언니가 장난하는 거 같아? 우리 집 전화가 도청되고 있을지도 모르잖아."

"도청?"

"그래. 짭새들 수 쓰는 게 보통 아니거든."

"연백 할머니는 경희 누나가 수배자라는 거 알아? 할머니까지 위험해지잖아."

"할머닌 제대로 몰라. 그냥 우리 언니가 무슨 말 못 할 사정이 있는 걸로만 아시지."

"그러다, 할머니까지 위험해지면. 그땐 어쩔 거야?"

"그럴 일 없다니까. 어쩌다 한 번 오는 건데. 너, 어디 가서 여기서 나하고 한 얘기 하면 안 돼. 알았지?"

"야, 너, 사람을 뭐로 보고. 내가 너같이 보이냐?"

"그니까, 태균이 같은 애한테도 말하지 말라고. 골치 아파지니까."

난희 목소리가 약간 비굴해졌다. 뭘 염려하는지는 충분히 알겠는데, 난희는 나를 너무 과소평가하는 게 문제였다. 하긴 어릴 때부터 나를 갖고 놀았으니까 할 말은 없지만, 그래도 17년 우정이 있는데 이런 심각한 사안에 좀팽이처럼 굴 수는 없었다.

"나한테도 우리 언니에 대해서 캐묻고 갔어. 우리 식구들을 다 의심하겠지. 달리 짭새냐. 작은언니한테도 벌써 달라붙었을 거야. 학교까지 날 찾아올지도 모르고. 안전한 데라곤 연백 할머니밖에 없는데, 언니가 어디서 어떻게 지내는지는 알 수가 없어. 언니가 연락하기 전에는."

난희가 철이 들어도 너무 심하게 들었다. 하긴 경희 누나 일인데 시시덕거리면서 농담이나 할 만큼 정신 빠진 애는 아니었다. 몰랐으면 모를까, 찜찜하게 걸리는 게 있어서 내 마음까지 무거웠다.

"가자! 너 여기서 뭐 할 일 있냐? 이 야밤에."

자리에서 발딱 일어선 난희는 앞서서 빈터 숲을 빠져나갔다. 나는 또 한 방 세게 당한 얼뜨기처럼 난희 뒤를 쫄쫄 따랐다. 숲을 빠져나가는 계단에 서서 난희가 뒤돌아보며 불쑥 물었다.

"너네 공장엔 위장 취업자 없지?"

왜 아닐까. 그냥 넘어갈 애가 아니지. 난희 입에서 봉제 공장 얘기만 나오면 내가 죄를 지은 것 같은 이 묘한 기분이 뭔지 모르겠다.

"위장 취업자? 그런 사람 없어."

순간적으로 공장 누나들을 뜨르르 떠올려 보았다. 남자만 밝히는 애숙이 누나? 에잇, 그건 말도 안 된다. 그럼 무진이 누나? 새로 온 경진이 누나나 숙자 누나? 미라……. 아니다,

아니다. 그런데 뭘 믿고? 뭘 믿고 아니라고 단정 지을 수 있지? 상상조차 해 보지 않은 경희 누나가 봉제 공장에 위장 취업해서 미싱을 했다는 결론에 다다르자 난희의 한마디에 내 머릿속은 강편치를 맞은 것처럼 얼얼했다. 그래도 아닌 건 아닌 거였다. 위장 취업자라니.

"하긴 단순한 네가 뭘 알겠니."

난희는 한숨을 푹푹 쉬면서 계단을 내려갔다. 저 뒤통수에다 주먹을 한 방 먹이면 속이 뚫리겠지만, 해 봤자 소용없는 짓거리. 아무것도 모른 척해 버릴걸, 괜히 남의 일에 신경을 곤두세웠다가 된통 당했다. 남의 집 근심은 가마니로 짊어져도 소용없다고 연백 할머니가 말했다. 인생은 대신 살아 줄 수도, 죽어 줄 수도 없는 거라고 했다. 남이 앓는 고뿔도 대신 앓아 줄 수 없는 게 인생이라던 연백 할머니까지 난희네와 얽혀 있다니. 인생 참 요지경이었다.

*

우리 공장은 탈 없이 잘 돌아갔다. 위장 취업자는커녕 눈 씻고 찾아봐도 의심할 만한 사람은 없었다. 혹시 영자 누나 대신 들어온 경진이 누나라면……. 야유회를 함께 가긴 했지만 잘 모르겠다는 것. 숙소에서 살지 않고 친구와 둘이 자취를 한다는 경진이 누나를 엄마는 팍 믿는 눈치였다.

180

"이 바닥에서 얼마나 일했는지 척 보면 안다. 손끝 야물게 미싱 잘하더라."

엄마에겐 그거면 된 거였다. 하긴 미모사처럼 쪼끄만 공장에 위장 취업이 웬 말이냐.

양 주임은 원단을 부려 놓고 완성품을 실어 갔다. 엄마는 출근하면서 매일 화장에 공을 들였다. 속눈썹에 마스카라를 칠하는 솜씨도 점점 나아졌다. 일하러 가는 사람이 아침마다 거울을 붙들고 앉아 화장이라니. 내 눈으로 직접 본 건 엄마가 양 주임을 불러다 밥을 한 끼 해 먹인 것밖에 없지만 모종의 거래가 있을 것 같은 불길한 예감은 사라지지 않았다.

공장의 불은 밤늦게까지 꺼지지 않았다. 밤 열 시가 넘어서야 엄마는 일을 끝내고 들어왔다. 매일매일 탈 없이 돌아가는 공장의 재봉틀 소리는 더 이상 아득한 평원을 달려가는 말발굽 소리처럼 들리지 않았다. 재봉틀 소리가 한꺼번에 드르르륵 울릴 때면 목이 껄껄해지는 것 같았다. 모래를 한 줌 삼킨 것처럼 말이다.

엄마는 화장도 지우지 않은 채 가랑이를 쩍 벌리고 앉아 월급봉투에 돈을 넣고 있었다. 방바닥에 펼쳐 놓은 누런 봉투와 만 원짜리 지폐 다발들, 천 원짜리와 백 원짜리 동전까지 정신 사납게 흩어져 있었다.

"쎄가 빠지게 일해도 월급 맞추기도 힘들다."

월급 때만 되면 엄마가 부르는 노래였다.

"공장 사글세며 숙소 사글세도 나가야 하는데, 수금은 제때 제때 안 되고……."

엄마는 미간에 주름을 잔뜩 잡고 중얼거렸다. 공장 누나들은 월급날만 되면 돈을 쪼개서 이리저리 쓰고 나면 한 푼도 남지 않는다고 했었다. 집에 부쳐야 하고, 외상값 갚아야 하고, 먹고 입는 데 들어가고, 심지어 똥오줌을 누는 데도 돈이 들어간다고 투덜거렸다.

미라의 월급봉투가 보였다. 89,000원. '강미라'라는 봉투에 적힌 숫자를 보는 순간 느낌이 묘했다. 미라의 눈과 코와 입과 희미한 미소가 하나의 돈 봉투로 바뀌었다. 그것은 다른 누구도 아닌 우리 엄마의 손안에 들어 있었다. 엄마는 만 원짜리 지폐 여덟 장을 세고, 거기에 천 원짜리 아홉 장을 더해 봉투의 입구를 입으로 후후 불어 돈을 집어넣은 뒤 장부 지출란에다 89,000원이라고 기입했다.

내 방으로 돌아와 천장을 보고 누웠다. 천장엔 월급봉투로 둔갑한 누나들의 얼굴이 둥둥 떠다녔다. 제일 무거운 봉투, 조금 덜 무거운 봉투, 가장 가벼운 봉투…….

내가 보기에 숙소에서 가장 가난한 건 미라였다. 가난한 미라는 가난한 사람들이 다니는 희망 교회에 열심히 다녔다. 희망 교회는 목사님도 교인들도 모두 가난해 보였다. 사모님은 동네 집집들을 찾아다니며 전도했다. 누구에게나 친절하게 인사하고 웃었다. 한여름에도 두꺼운 옷을 몇 벌씩 휘감고 시장통에 나타나는 미친 여자에게도 밝은 얼굴로 말을 걸고 아는 척을 했다. 그 여자의 시커멓게 때가 낀 손목도 스스럼없이 잡았다. 수세미처럼 뒤엉킨 머리카락을 손으로 쓸어 주기도 했다. 희망 교회 사모님은 누구에게나 "점심 한 그릇 먹고 가세요!" 하고 전도했다. 성경책과 찬송가를 얌전하게 옆구리에 끼고 좋은 옷으로 차려입은 사람들이 "예수 믿으세요!" 하는 것과는 약간 달랐다. 시장통에 앉아 장사하는 할머니에게도, 가방 공장에서 일하는 아저씨에게도, 편물 공장 누나들에게도 "점심 한 그릇 드시고 가세요!" 하는 게 전도였다.

희망 교회를 다니고부터 미라는 전보다 훨씬 밝아진 것 같았다. 하지만 엄마는 미라가 공장에서 일할 땐 여전히 말수도 없고 잘 웃지도 않는다고 했다.

"원래 말 없는 사람이 무서운 법이다. 미라 걔가 멍한 것처럼 보여도 자기 생각은 멀쩡한 애야."

나는 미라가 말수 없고 조용한 건 그 애가 감당할 수 없는 슬픔 때문이라 생각하는데, 엄마는 앙큼하게 자기 생각을 숨기고 시키는 대로 고분고분하지 않는다고 생각했다.

"저번엔 글쎄 숙자한테 야단 좀 들었다고 주저앉아선 일어나질 않더라. 숙자한테 빨리빨리 일감을 대 줘야 애숙이가 쳐내고 일이 착착 돌아갈 거 아니니. 숙자도 고집이 보통 아닌 앤데, 미라한텐 두 손 두 발 다 들었다. 그러고 앉아서 소리도 없이 눈물을 흘리는데, 그런 애한테 야단이나 치겠니?"

엄마가 나한테까지 공장에서 일어난 일을 얘기할 때는 무지 속이 상했다는 뜻이다. 그러더니 "내가 지금 자식 같은 애한테 이게 무슨 맘고생이니." 하고 중얼거렸다.

엄마한테서 미라 얘기를 듣는 것치고 기분 좋은 얘긴 없었다. 그렇다고 내가 무작정 편을 들 수도 없었다. 가끔 미라가 누나들과 뒤떨어져서 퇴근하는 걸 보면 나도 모르게 가슴이 철렁 내려앉았다. 황 사장이 미라를 착취하는구나. 엄마가 내가 모르는 사이에 채찍을 들고 미라의 등을 후려갈기기라도 한 것 같은 엉뚱한 생각이 들었다.

엄마가 미라한테 불편한 속을 드러낸다 싶더니 월급날 기어이 미라를 집으로 불렀다. 미라가 우리 집에 올라온 건 처음이었다. 예전에는 엄마와 누나들이 우리 집과 숙소를 거리낌 없이 드나들었는데, 언제부턴가 우리 집과 숙소는 철저하게 분리되어 있었다.

열린 방문 틈으로 미라가 보였다. 미라는 식탁 의자에 엉덩이를 걸치고 불편한 자세로 앉아 있었다. 엄마가 미라와 마주앉자 엄마의 덩치에 가려 미라가 보이지 않았다. 책상 앞에 앉아 있었지만 내 눈엔 아무것도 들어오지 않았다. 영어 단어장을 펼쳐 놓고 나는 낙서만 찍찍 긋고 있었다.

"너 여기 온 지 얼마나 됐지?"

엄마가 차분하게 말문을 열었다.

"……"

"한 다섯 달쯤 됐나? 네가 온 게 엊그제 같은데 세월 참 빠르구나. 그건 그렇고, 우리가 같이 일하는 데 중요한 건 다른 사람 생각이 아니고 당사자 생각이야. 난 네 생각이 어떤지 궁금해."

엄마는 손가락으로 식탁을 탁탁 치며 미라의 대답을 기다렸다. 답답함을 나타내는 엄마의 버릇이었다. 나는 턱을 쳐들고 밖을 내다보았다. 고개를 떨어뜨리고 있는 미라의 한쪽 어깨가 보였다.

"너한테 못된 말 하려고 부른 거 아니야. 네 생각이 알고 싶어서 부른 거지. 숙소에서 지내는 것도 불편하고, 공장 일도 힘들다는 거 알아. 하지만 네가 어리다고 마냥 다른 애들한테만 참으라고 할 수는 없잖아."

엄마는 말을 끊고 잠시 숨을 조절하는 것 같았다. 미라의 말소리는 한마디도 들려오지 않았다.

"내가 너 일 잘못한 것 때문에 부른 건 아니다. 희망 교회 사모님이 나한테 와서 그러더라. 공부를 하고 싶어 하는데, 작업장에 매여서 시간을 낼 수 없는 것 같다고. 잔업을 조금만 시키고 주중에 이틀만이라도 야학에 보내 달라고. 그 얘기 듣는데 난 좀 기분이 묘하더라."

엄마는 점점 미라가 말문이 막히는 말만 골라 했다.

"네가 잔업을 안 하고 공부를 하겠다면 나도 좀 생각해 봐야 할 문제 아니니. 여긴 직장이야. 너만 잔업을 하는 게 아니잖아. 그리고 네가 빠지면 그 일을 다른 사람이 해야잖니."

목이 타는지 엄마는 물을 한 컵 따라 꿀꺽꿀꺽 들이켰다.

"그런 일이 있으면 네가 먼저 나한테 얘기해야 되는 거 아니니. 나도 너만 한 자식을 키우는 사람이야. 나 그렇게 못된 사람 아니다. 나도 너보다 어릴 때부터 사회생활하면서 설움을 당해 봐서 다 안다. 물론 서럽겠지. 하지만, 날 일방적으로 나쁜 사람 만드는 건 좀 그렇다."

엄마는 아예 작정을 한 듯했다.

"여기보다 큰 공장엘 가도 그래. 자기가 일하고 싶은 만큼만 일할 수는 없어. 맞지 않으면 어느 한쪽에서 양보하든가 맞춰야 하는 거고. 그게 안 되면……."

엄마의 말이 채 끝나기 전에 미라의 어깨가 들썩거렸다. 엄마가 정색을 하고 이치를 딱딱 치고 들어오면 나 역시 말문이 막혔다. 칼자루를 쥐고 있는 쪽은 항상 엄마였으니까.

잠시 후 엄마는 미라야, 하고 낮은 목소리로 불렀다.

"너한테 서운한 소리 하려는 게 아니래두. 서로 타협해서 일을 처리하자는 거지."

엄마의 말은 하나도 틀린 데가 없는 것처럼 들렸다. 그래도 잔인한 말이었다. 내가 생각해도 미라는 공부만 할 수 없는 처지였다. 미라는 일하면서 공부할 수 있는 곳이 필요했다. 엄마는 아예 미라의 입에 재갈을 물리기로 작정한 사람처럼 몰아붙였다.

"내가 네 형편을 모르니? 여태껏 우리 공장에 있다 나간 애들 숱한 사연 알고, 우린 가족같이 일해 왔다."

미라의 어깨가 조금 더 격하게 흔들리기 시작했다.

"사장님!"

마침내 터진 미라의 목소리엔 울음이 물려 있었다.

"얘기해 봐."

엄마는 매정하다 싶게 차분한 소리로 받았다. 그러자 미라는 참았던 울음을 왈칵 쏟아 내기 시작했다. 꺽꺽거리며 우는 미라를 바라보며 엄마는 손가락으로 식탁을 탁탁 쳤다. 미라는 말은 못 하고 아예 식탁에 엎어져서 울기 시작했다. 서럽게 울었다. 나는 조금 열려 있던 문을 슬그머니 닫았다. 주먹으로 책상을 꽝 내리쳤다. 멀쩡한 손만 아팠다.

미라는 재봉틀 앞에 앉아 있었다. 조그만 알전구 불빛은 미라의 주위에서만 먼지처럼 희뿌옇게 파닥거렸다. 처음엔 재봉틀 앞에 앉아 있는 여자가 미라인지 알아보지 못했다. 미라는 마치 눈앞에 펼쳐 놓은 색맹 지표처럼 창살 사이에서 서서히 형체를 잡아갔다. 동그란 어깨선과, 꽃무늬 손수건으로 묶은 머리 아래 하얀 목덜미가 드러났다. 내가 미라를 알아본 것은 바로 머리를 묶은 손수건 때문이었다.

미라는 열심히 재봉틀을 밟고 있었다. 발뒤꿈치를 발판에 딱 붙이고 발바닥 앞쪽만으로 발판을 조절해 가며 밟았다. 미라가 발을 놀릴 때마다 녹이 긴 시소에서 나는 것처럼 찌걱찌걱 쇳소리가 들렸다. 재봉틀 판에는 일감이 산더미처럼 쌓여 있었다. 죄수들이 입는 푸른색의 부대 자루처럼 생긴 작업복이었다. 미라는 커다란 옷 한 장을 펼쳐 노루발 밑에 깔고 박음질을 시작했다. 이상하게도 그 옷들에는 단추도 지퍼도 달려 있지 않았다.

미라가 쌓인 옷감을 하나씩 덜어 내 박음질을 계속하는데도 일감은 조금도 줄어들지 않았다. 미라는 진땀을 흘리고 있었다. 귓불 아래 굵은 땀방울이 송골송골 맺힌 게 생생하게 보였다. 땀방울은 불빛에 진주처럼 반짝거렸다. 나는 창살에 코를 더 바싹 대고 공장 안에서 일하고 있을 누나들을 찾았다. 미라가 앉아 있는 앞뒤 좌우 어디에도 사람은 보이지 않았다. 불빛이 닿지 않는 구석엔 전기선들이 얽혀 있고 얽힌 전기선을 타고 모서리에는 거미줄이 잔뜩 쳐져 있었다. 드르륵드르륵 밀리는 재봉틀 소리에 섞여 간간이 울음소리가 들렸다. 미라는 부지런히 발판을 놀리고 옷감을 대어 놓고 박음질을 하면서 울고 있었다. 미라가 흘리는 땀방울과 눈물이 미라가 박고 있는 옷감에 뚝뚝 떨어졌다. 물방울이 번져 푸른색 옷감이 갈색으로 변했다.

저렇게 많은 일을 언제 혼자서 다 해내나. 줄어들지 않는 일감을 보면서 나는 걱정이 됐다. 미라에게 이제 그만 공장에서 나오라고 말하고 싶었지만 입이 떨어지지 않았다. 나는 공장 안으로 들어가기 위해 출입문을 찾았다. 그런데 출입문이 보이지 않았다. 창살이 쳐진 창문의 양쪽은 시멘트 벽이었다. 어디에도 출입문은 없었다. 저 안에 들어가면 세상 밖으로 나올 수가 없겠구나, 생각하니 안타까웠다. 미라는 누군가 자기를 들여다보고 있다는 것도 알지 못하는 것 같았다. 내가 미라의 이름을 부르면 미라가 과자처럼 파삭 부서져 버릴까 봐 부를 수도 없었다. 드르륵, 득득. 드르르륵, 재봉틀 소리만 더 크게 울렸다. 재봉틀 소리에 미라의 울음소리가 묻혔다.

제과점의 말간 유리창으로 미라가 보였다. 일요일 오후, 목욕탕에 다녀오던 길이었다. 미라는 파란색 물방울무늬가 들어간 연한 살구색 원피스를 입고, 처음 보는 남자와 마주앉아 있었다. 정면으로 쏘이는 햇살 때문에 눈앞이 일렁거렸다. 나는 꿈을 꾸고 났을 때처럼 손등으로 눈을 문질렀다.

미라 앞에는 하얀 얼음이 소복하게 담긴 유리그릇이 놓여 있었다. 미라는 얼음 가루 위에 검붉은 팥소와 색색의 인절미 알갱이가 얹힌 팥빙수를 한데 휘저어 섞었다. 남자 앞에도 팥빙수 그릇이 놓여 있었다. 고동색 반바지에 샌들을 신은 남자는 버릇인지 탁자 속으로 밀어 넣은 다리를 쉬지 않고 떨었다. 남자가 무슨 얘긴가를 하며 미라를 보고 웃었다. 남자의 눈이 가자미처럼 일자가 되었다. 미라도 남자를 보며 웃었다. 미라가 저렇게 환하게 웃는 모습은 처음 보았다.

한참을 웃던 미라가 문득 고개를 돌려 창밖을 바라보았다. 나는 재빨리 몸을 피했다. 체육복 주머니 속에 때수건과 비누가 담긴 비닐봉지를 숨긴 채 문밖에 서 있는 내 모습을 미라에게 들켰을까 봐 기분이 찜찜했다. 미라가 우리 집 식탁에 엎드려 울고 간 날, 미라 혼자 공장에 갇혀 일하고 있는 꿈을 꾼 뒤에 처음 보는 거였다. 내가 1학기 기말고사를 치르느라 벼락치기 시험공부에 빠져 있을 동안 꿈속에서처럼 울면서 재봉틀만 돌리고 있는 줄 알았던 미라는, 팥빙수를 먹으면서 커다랗게 입을 벌리고 웃고 있었다. 미라가 그러면 안 된다는 법도 없는데, 미라가 절대로 그렇게 웃으면 안 된다는 약속을 어긴 것도 아닌데 묘하게 우울했다.

9
우리가 모르는 것들

난희가 염려했던 바, 짭새들의 염탐이 있는지 어쩐지는 모르겠지만 롯데 미용실은 조용했다. 난희 엄마는 웃음기 없는 뚱한 얼굴로 잡지책을 뒤적이는 여자의 머리를 말고 있었고, 그날 봤던 사내들은 그림자도 보이지 않았다.

나는 괜히 연백 할머니 주위를 어슬렁거렸다. 연백 할머니는 비가 오나 날이 찌나 시장통 입구에 앉아 있었다. 일없이 내가 슬그머니 다가가면 꾸벅꾸벅 졸다 눈을 뜨고는 반색을 했다가 잔소리를 늘어놓았다.

"사내자식이 왜 자꾸 여긴 얼쩡거리네. 공부하잖고."

"할머니, 요샌 경희 누나한테서 전화 안 와요?"

"미장원집 딸년이 왜 나한테 전활 해?"

시치미를 떼는 건지, 정말로 경희 누나 일의 심각성을 모르는 건지 알 수가 없었다.

"하여튼 뭐 전화 온 거 없었어요?"

"쭝일 나와 앉았는데, 전화가 오는지 내가 어이 아니."

하긴 할머니 말도 틀린 건 아니었다. 할머니와 경희 누나가 맞아떨어지는 순간이 있어야 전화를 받든지 말든지 하지. 할머니 주변을 맴돌아 봐야 나만 이상한 놈이 될 뿐이었다. 할머니는 머리가 굵은 뒤로는 오라고 해도 슬슬 피하던 놈이 알짱거리는 게 이상한지 한마디 따끔한 충고도 잊지 않았다.

"남의 집 일에 똥 마려운 강아지처럼 쫄쫄거리며 다니지 말고, 정신 차리라이."

그러고는 끅끅 이상한 소리를 내며 웃었다. 그러니까, 연백 할머니는 내가 상대할 수 없는 고수임이 분명했다. 연백 할머니 말대로 나는 정신을 못 차리고 있었다.

여름방학을 코앞에 둔 교실은 시끌벅적했다. 방학 동안 보충수업을 하지 않는 1학년 고삐리들은 벌써부터 풀어지기 시작해서 교실은 난장판이었다. 학교가 파해 곧장 집으로 돌아오면 나는 내 몸에서 나는 쉰 땀 냄새를 맡으며 방 안에 처박혀 있었다. 문득 태평이 형의 옥탑방이 떠오르기도 했다. 냄새 나고 지저분하지만 태평이 형은 옥탑방이 이 세상에서 가장 안전하다고 믿고 있었다. 나에게 가장 안전한 곳은 지금으로선 내 방밖엔 없었다. 아무도 간섭하지 않는 방.

모든 게 시들하고 귀찮고 짜증스러웠다. 나는 완전히 다르

192

게 생긴 심장을 한 몸에 가진 인간이 아닌가 의심스러울 정도였다. 아니면 이중인격자거나. 거의 매일 밤 끈적끈적한 시럽 속에 푹 빠졌다 나온 것처럼 자고 나면 온몸이 무거웠다. 그런 기분 나쁜 짓은 두 번 다시 하지 말아야지 하면서도 나도 모르게 잠자리에 누우면 꿈을 꾸듯 몽정을 했다. 몽정을 하는 그 순간의 희열과 짜릿함만큼 깨고 나면 기분은 엉망이었다. 밤마다 내가 껴안고 있는 여자는 미라이기도 했고 난희이기도 했다가 얼굴 없는 여자들까지 뒤엉켜 하나의 거대한 괴물이 되어 나타나기도 했다.

방학식을 하는 날, 아이들은 종례가 끝나기 무섭게 우당탕, 마룻바닥을 울리며 교실을 빠져나갔다. 나는 느릿느릿 가방을 챙겼다. 아까부터 교실 뒷문에 삐딱하게 기대서서 태균이 내 행동을 지켜보고 있었다. 내가 혼자서 집을 못 찾아가는 어린 애도 아니고, 계집애들처럼 손 붙잡고 다닐 것도 아니면서 인상을 잔뜩 구긴 채 서 있는 녀석이 좀 부담스럽긴 했다.

"너, 요새 이상하다. 나 모르게 뭐 수상한 짓이라도 하고 다니냐?"

녀석이 내 어깨를 툭 쳤다.

"야, 네 관상을 딱 보아하니 구린 게 분명 있는데?"

녀석의 주먹이 장난스럽게 내 옆구리를 툭툭 치는데도 무시하고 뚜벅뚜벅 운동장을 가로질렀다.

"아, 씨발, 세상 다 산 놈처럼 왜 그러냐? 너도 누구 닮고 싶냐?"

헤헤거리며 내 뒤를 쫄쫄 따라오던 녀석은 결국엔 소리를
지르며 화를 냈다.

내가 시커먼 웅덩이에 푹 빠져 있는 것과 달리 녀석은 헤
헤거리며 파닥거렸다. 언제는 자기도 세상 다 산 놈처럼 구린
얼굴로 다니더니, 이제야 내가 보이는 모양이었다. 벌건 대낮
에 우리는 느닷없이 거리에 버려진 아이들처럼 서성대다 갈
곳이 달리 없다는 것에 암묵적으로 동의한 듯 남산으로 발걸
음을 옮겼다. 산에 오르기도 전에 땀이 비 오듯 쏟아졌다.

"근데, 너 아직 나한테 왜 기분이 꿀꿀한지는 얘기 안 했다.
내가 한번 맞혀 봐?"

무겁고 우울한 건 딱 질색이라는 듯 녀석은 좀 껄렁거리는
듯한 목소리로 물었다.

"나도 몰라, 인마."

"뭐, 내가 척 보니깐 알겠는데. 너 좋아하는 여자 생겼지?"

"일찍도 물어보네."

우리는 사람들의 발길이 거의 닿지 않는 비탈진 아까시나
무 숲으로 들어갔다. 흔적만 남은 길을 헤치고 들어가자 조그
만 빈터가 나왔다. 이끼가 축축하게 자라는 습한 곳이었다.

태균이 내게 담배 한 개비를 내밀었다. 녀석은 골초가 됐는
지 아주 담뱃갑에 라이터까지 끼워서 들고 다녔다. 담배 연기
를 후 불어 날리는데 제과점에서 미라가 낯선 남자와 팥빙수

194

를 먹으며 커다랗게 입을 벌리고 웃던 모습이 떠올랐다. 미라인지 미라의 그림자인지를 품에 안고 몽정을 했던 일도 떠올랐다.

"너네 공장에 있는, 그 말라깽이 여자애 때문에 그러냐?"

내가 굴리고 있는 생각을 어떻게 알고 콕 집어서 얘기하는지, 태균은 능청스럽게 웃으면서 물었다.

"뭘 그렇게 심각하게 생각해. 좋아하면 좋아한다고 그냥 말해 버리면 끝나는 거지. 전에 남산에서 보니까 개한테 홀린 것 같더라. 내가 괜히 먼저 내려갔겠냐. 난희가 안됐네. 내 눈엔 난희도 너한테 침 발라 놓고 기다리는 거 같던데."

녀석은 몸을 흔들면서 나를 톡톡 쳤다. 하여튼 방정맞기는. 녀석의 머릿속에서 입으로 나오는 게 다 그렇지.

"나 같으면 그건 고민거리도 아니다. 갈 데까지 가 보는 거야. 여자들은 싫다고 말하면서도 속으로는 좋아서 죽는다. 너 그거 모르지? '안 돼요.' 하고 계속 말하면 '돼요.'가 되는 거. 여자들이 그래."

녀석이 낄낄거렸다. 하지만 나는 농담할 기분이 아니었다. 미라 얘기라면 누구에게 하든 내 가슴만 답답할 뿐이었다. 사실 나도 미라에 대한 나의 감정을 잘 모르겠다. 눈앞에 보이지 않을 땐 아무렇지도 않다가, 눈앞에 나타나면 실 꾸러미가 엉킨 듯이 머릿속이 복잡해졌다.

"태평이 형은 잘 있어?"

나는 멍한 눈으로 녹음이 짙은 숲을 바라보며 말꼬리를 돌렸다. 느닷없이 태평이 형이 보고 싶었다. 형과 마주앉아 보면 뭔가 기분이 좀 달라질 것도 같았다.

"잘 있지. 아주 잘 있어. 아버지가 아예 정신병원에 처넣을까 고민하고 계신다."

"정신병원?"

"아버지도 이제야 보통 문제가 아니란 걸 깨닫기 시작하신 거지."

"네가 보기엔?"

"정상인 내가 비정상인 사람을 어떻게 알겠냐? 어디로 튈지도 모를 럭비공 같은데. 사람은 말이야, 확실히 넓은 들을 바라보고 높은 산에도 올라 보고 그래야 인생을 아는 건데. 아무튼 성냥갑 속에 갇힌 것처럼 사는 거 분명히 정상은 아니야."

녀석은 마치 깨달음을 얻은 철학자 같은 소리를 지껄이며 한숨을 쉬었다.

"형은 정말 괜찮은 거야?"

내가 진지하게 물었다.

"글쎄, 모른다니까 인마."

녀석은 엉덩이를 툭툭 털며 일어섰다. 쪼그려 앉아서 담배 두 개비를 피우고 나자 어지러웠다. 숲에서 빠져나온 우리는 어슬렁거리며 타워가 있는 쪽으로 올라갔다. 이 더운 날에도 부득불 남산을 기어오르는 인간들은 우리 말고도 많았다.

"태평이 형이 그러더라. 우리나라에도 타임캡슐이 묻힐 거래. 장소를 물색하고 있다는데 여기에 묻힐지도 모른대."

"형은 그런 소식을 어디서 듣냐?"

"어디서 듣긴 인마. 하는 일이 종일 빈둥거리는 건데 뭐든 안 걸리겠냐. 줄창 라디오 틀어 놓고 살지, 똥 눌 때도 신문지 들고 앉아서 훑어 대지. 나도 봤다. 타임캡슐에 들어갈 내용물을 모집한다는 신문광고."

"그런 게 신문광고로도 뜬다고?"

"신문사에서 만든다니까 일단 폼 나게 해 보겠다는 거지."

"대체 타임캡슐에 뭘 담겠다는 거야?"

"난들 아냐? 알아서 담고 싶은 걸 골라 담겠지. 넌 세계 최초의 타임캡슐이 뭔 줄 아냐?"

당연히 알 리가 없지. 관심을 가져 봤어야 말이지. 태균은 태평이 형에게서 들은 얘기를 읊느라 침깨나 튀겼다.

"1939년에 뉴욕 만국박람회 때 미국 사람이 출품한 거래. 그 시대에 대표적인 것들이 들어 있는데, 곡물 씨앗이나 옷감, 그림이나 백과사전, 실물을 넣을 수 없는 것들은 모형으로 만들어서 담았대. 그건 자그마치 5천 년 뒤에나 열어 볼 수 있도록 봉인이 되어서 150미터의 땅속에 묻혔다나 어쨌다나. 5천 년 뒤면 6939년에나 열어 볼 수 있는 거잖아. 그렇담 그걸 열어 볼 인간들은 도대체 어떻게 생겼을지 넌 상상이 되냐? 외계인처럼 변해 있을지도 모르고, 어쩌면 지구가 멸망해서 말짱 꽝이 되는 수도 있어. 하여튼 인간들이란⋯⋯."

태균은 말끝에 혀를 찼다.

"그래서 형은 타임캡슐 공모전 준비하고 있는 거야?"

"그야 나도 모르지. 제정신인 것처럼 보였다가 아닌 것처럼 보였다가 하니까. 천재인 것 같은데 가만 보면 바보나 하는 짓 같고. 고삐리 벗어나는 것도 까마득한 내가 미래를 어떻게 알 것이며 그걸 머릿속에 굴리고 있는 우리 형 심오한 정신세계까지 신경 쓸 시간이 어딨냐?"

기껏 흥분해서 이야기를 꺼내 놓던 태균은 이내 시들하게 흥미를 잃은 듯 대꾸했다. 하긴 나도 하루하루가 태산을 지고 가는 것만큼이나 힘든데 몇백 년, 몇천 년 뒤의 인간들이 열어 볼 타임캡슐에 신경 쓸 여력이 없었다. 타임캡슐이라는 게 어디에 묻히든 나와는 상관없는 일이었다. 태균의 말대로 최초의 타임캡슐이 인간이 아닌 인간 유사품이나 로봇만 사는 세상에서 발견된다면 그야말로 재밌는 사건이긴 하겠다. 하지만 그런 건 태평이 형이나 고민하고 걱정해도 될 일이었다.

우리는 한낮의 열기를 등에 업고 남산 구석구석을 어슬렁거리다 정자 뒤쪽의 긴 돌담 벽에 붙어 섰다. 한강이 보였다. 어릴 때 연백 할머니와 바라보던 그 한강이 아니었다. 뭔가 감추고 있는 것 같은 신비로움도, 닿지 못할 것 같은 아득함도 느껴지지 않았다. 뿌연 스모그에 잠긴 서울 시내도 빽빽하

고 답답해 보이기만 할 뿐이었다. 하긴 내가 자란 만큼 한강
도, 서울도 변했겠지. 5천 년 후는 고사하고 500년 후의 사람
들은 이 자리에서 한강을 내려다보며 무슨 생각을 할지 궁금
하긴 했다.

*

아무튼 세상은 우리가 모르는 것투성이였다. 내가 잘 안다
고 생각했던 사람들조차 제대로 알고 있는 게 맞나 의심스러
울 때가 있었다. 태평이 형이나 경희 누나가 그런 사람들에
속했다. 두 사람의 공통점이 있다면 그들은 나나 난희와는 다
른 세상에 있다는 것. 그게 뭔지 꼭 집어 말할 수는 없지만 알
것도 같으면서 이해하려 들면 더욱 아리송해지는 세상을 꿈
꾸고 있다는 것.

수배 중이라는 경희 누나는 찾을 수 없는 곳에 꼭꼭 숨어
버린 걸까. 경희 누나 일을 묻자 난희는 "무소식이 희소식이
래." 하고 뾰로통하게 말했다.

"누가 그래?"

"할머니가."

연백 할머니라면 충분히 그런 식으로 말할 법했다.

지금 연백 할머니는 롯데 미용실에 있다. 좀 전에 거위처럼
뒤뚱거리며 롯데 미용실로 들어가는 걸 봤다. 이 밤에 파마를

하려는 것도 아니고, 무슨 볼일이 있는가 싶었다.

"근데 넌 왜 남의 미용실 앞에서 꾸물거리고 있냐?"

난희가 수상쩍다는 표정으로 톡 쏘았다. 나는 공장에 얼음이 담긴 물 주전자를 갖다 주고 막 올라오던 길이었다. 선풍기가 돌아가고 있었지만 공장 안은 열기가 후끈했다. 거기다 재봉틀 소리까지 시끄러워서 더 덥게 느껴졌다. 미라는 가위로 돌돌 말려 있는 기다란 라벨을 부지런히 잘라 내고 있었다. 영어 알파벳이 적힌 라벨이 미라 앞에 소복이 쌓였다. 미라는 라벨을 가을 잠바 목덜미 쪽에 박는 일까지 했다. 마음 같아서는 가위질을 도와주고 싶었지만, 엄마는 내가 옆에서 얼쩡거려 일이 안 된다며 빨리 올라가라고 했다. 미라가 한번쯤은 고개를 들고 나를 쳐다볼 줄 알았는데, 그 애는 나 따위 신경조차 쓰지 않는 것 같았다.

"나야 공장에 심부름 갔다 나오는 길이지."

"걔 보러 간 거지? 미라. 너 걔한테 관심 있냐?"

"내가 뭐? 심부름 갔었다니까."

"왜 버럭 성질이야? 화내는 거 보니까 알겠네. 사내자식이 존심 좀 지켜라. 떡 줄 생각도 없는 사람한테 침이나 흘리지 말고."

난희는 지금 우리가 미용실 앞 대로에 서 있는 걸 감사해야 할 것이다. 그렇잖았다면 마빡에 동전만 한 혹이 생길 정도로 꿀밤 한 대 먹였을 거다. 난희가 이맛살을 찡그리는 내 표정을 보고 입을 삐죽거렸다.

"너 옛날에 나 좋아한다고 쫄쫄 따라다닐 때 생각 안 나냐? 증인도 있어. 네가 하도 나 따라다니면서 나하고 결혼한다니까 경희 언니가 그랬잖아. 엄마 젖 더 먹고 나서 그런 얘기 하라고. 우리 언니가 너 볼 때마다 놀려 먹었던 거 기억 안 나?"

내 귓불이 빨갛게 달아올랐다. 난희 쟤는 도대체 어디까지 사람 속을 뒤집어야 시원할 건지. 아무리 내가 천지 분간을 못할 때 그런 소릴 지껄였다고 해도 그걸 자기 입으로 말하는 게 창피하지도 않나? 뭐라고 한마디 해 주려다 도로 아미타불이 될까 봐 무관심한 척 말머리를 돌렸다.

"넌 이 밤에 어딜 가려고 나왔냐? 나 보려고 나온 건 아닐 테고."

난희가 쿡 소리를 내며 웃었다. 저건 비웃는 거다. 죽어도 내가 자기를 좋아하지, 자기는 나를 안 좋아한다는 뜻일 거다. 그래, 착각은 자유다. 돈 드는 것도 아니고.

"관심 꺼."

난희는 혓바닥을 쏙 내밀더니 108계단 쪽으로 냅다 뛰어가 버렸다. 생각해 보니까 이제야 자기가 한 말이 창피한 모양이지. 그런데, 관심을 끄라니까 더 관심이 갔다. 혹시 연백 할머니가 이 시간에 롯데 미용실에 온 게 경희 누나 때문이었나? 후다닥 쫓아가 봤는데 난희는 꼬리도 보이지 않았다. 내 예감이 틀리지 않았다면 난희는 연백 할머니네 집으로 간 게 분명했다.

대문은 닫혀 있었다. 삐거덕거리는 소리가 나지 않게 조심해서 대문을 열었다. 안방에서 흘러나온 불빛에 마당이 희미했다. 마루 밑에는 신발이 한 켤레도 없었다. 하긴 연백 할머니가 집에 없으니 신발이 없을 법도 했다. 그냥 미친 척하고 할머니, 하고 불러 볼 수도 있었는데 이를 사리물고 살금살금 마루까지 갔다. 난희가 여기에 왔다면 경희 누나와 전화 통화를 하고 있을지도 몰랐다. 마루문을 살그머니 열고 고개를 쑥 디밀었다. 처음엔 아무 소리도 들리지 않았는데, 누군가와 말하는 목소리가 들렸다. 난희 목소리인 건 분명했다.

나는 마루에 걸터앉았다. 난희가 방에서 나오다가 나를 발견하면 소스라치게 놀랄 것이다. 이참에 아주 간이 뚝 떨어지게 놀래 줄 생각이었다. 사나이 체면을 생각하면 좀스럽기 그지없는 짓이지만, 이 정도를 가지고야 뭐. 그동안 내가 난희한테 당한 걸 생각하면 말이다.

나는 마루에 앉아 대문 옆에 있는 쫑코 집을 멍하니 바라보았다. 쫑코가 없으니 망정이니 개집 속에 쫑코가 있었다면 난희를 놀래 주는 일은 어림도 없을 거였다. 쫑코는 얼마 전에 팔아 버렸다고 했다. 그 녀석은 낯선 사람만 보면 물어 대는 사나운 놈이었다. 털이 북슬북슬한 똥갠데, 덩치가 좋아서 먹성도 좋았다. 그러니까 살집도 좋았다. 연백 할머니는 아침저녁으로 머리를 쓰다듬으면서 밥을 주던 쫑코를 근수가 가장 많이 나갈 때 팔아 치웠을 것이다. 우리 동네 시장 개소주 집에서 푹푹 고아져 녀석은 벌써 누군가의 배 속으로 들어갔을지도 몰랐다.

불쌍한 쫑코, 하고 중얼거리는데 갑자기 방문이 확 열렸다. 방에서 나오던 난희도 놀랐고, 뒤를 돌아보던 나도 놀랐다. 방심하고 있으면 언제나 당하게 마련이었다.

"야!"

난희가 방문을 신경질적으로 닫으면서 소리를 질렀다. 나는 자리에서 엉거주춤 일어섰다.

"안에 누가 있지?"

이건 순전히 넘겨짚어 본 거였다.

"있긴 누가 있다고 그래."

"있잖아. 말소리가 다 들렸거든."

나는 난희한테 당하기 전에 되레 큰 소리로 말했다.

"조용히 못 해."

함부로 소리를 내지르지도 못하고 목소리를 낮춘 난희 표정은 으르렁거리는 쫑코처럼 표정이 구겨졌다. 난희가 성큼성큼 다가와 내 어깨를 확 밀치는데 방문이 열렸다. 경희 누나였다. 나는 머리를 한 대 얻어맞은 것처럼 얼얼한 표정으로 경희 누나를 쳐다보았다. 누나는 마루 밑에서 운동화를 꺼내더니 댓돌에 올려놓고 마루에 걸터앉아 운동화 끈을 단단히 졸라맸다. 수배 중이라는 누나가, 무소식이 희소식이라던 누나가 연백 할머니네 집에 숨어 있었던 건가?

운동화 끈을 다 맨 누나가 댓돌에 우뚝 섰다. 내가 생각했던 것보다 경희 누나는 키가 작았다. 나보다도 작았다. 누나는 난희와 나를 보고는 씩 웃었다. 저게 수배 중인 사람의 표정인가, 싶을 정도로 편안한 표정이었다. 웃음을 거둔 누나는 "나, 간다. 나 때문에 싸우지들 마라!" 하고는 대문을 잽싸게 빠져나갔다. 방금 전에 방에서 나와 찬찬히 운동화 끈을 졸라맬 때와는 다르게 번개 같은 속도였다. 나는 경희 누나가 사라진 대문을 멍하니 바라보았다.

누나한테 궁금한 게 많았다. 누나가 정말로 우리 공장을 빗대서 착취니 뭐니 그런 얘길 했는지, 아니 그것보다 왜 대학생이 공부는 안 하고 봉제 공장 같은 델 들어가서 도망을 다니는 건지…….

"누나 어디로 가는 거야?"

난희는 내 말엔 콧방귀도 뀌지 않고 대문을 박차고 나갔다. 나는 난희 뒤에 바싹 따라붙었다. 내가 잘못한 거라면 연백 할머니네 집을 들여다본 것뿐인데 난희는 엄청나게 화가 난 것 같았다. 입을 꾹 다물고 가는 거야말로 난희답지 않았다. 그런데 아니나 다를까. 계단을 다 올라선 난희는 홱 돌아서더니 무섭게 나를 노려봤다. 어두웠지만 난희 얼굴이 쫑코가 성났을 때의 표정과 똑같을 게 뻔했다.

"차라리 잘됐네. 동네방네 나발 다 불어라. 우리 언니 좀 잡혀가게."

난희가 작은 소리로 으르렁댔다.

*

뜨거운 여름날은 느리게 흘러갔다. 휴가철이 시작될 때부터
일감이 조금씩 줄어든다고 엄마는 걱정했다. 대성 어패럴 일
이 있어서 그나마 다행이라고 했다.

공장엔 또 한 사람이 줄었다. 애숙이 누나가 공장을 그만두
던 날, 술이 잔뜩 취한 엄마를 무진이 누나가 데리고 왔다. 무
진이 누나와 내가 양쪽에서 부축해 방으로 데리고 들어왔다.
엄마는 할 말이 더 남았다며 자꾸만 무진이 누나에게 숙소로
가자고 했다. 나는 짜증을 부리며 무진이 누나를 붙들고 늘어
지는 엄마를 말렸다. 엄마는 방바닥에 털퍼덕 주저앉으며 무
진이 누나 손목을 그러쥐고 자리에 주저앉혔다. 술 취한 엄마
를 처음 보는 건 아니지만, 엄마가 이렇게 짐스럽고 막무가내
였던 적은 없었다.

"야, 무진아. 니가 말 좀 해 봐. 내가 니들을 무시했니? 나
혼자 잘 먹고 잘 살면서 니들 월급 일부러 안 준 거 같니? 니
들은 모른다. 내가 공장에 처박혀 미싱 돌리면서도 허구한 날
동동거리면서 뛰어다니는 거. 남의 입에 밥 들어가게 하는 게
아무나 하는 일인 줄 알아. 정말 내가 그랬다면 천벌을 받는

다. 다음 달에 돈 들어오면 준다고 했잖아. 그때 받으러 오라는데 그게 뭐가 섭섭하다고 애숙이 걔는 너무한다는 소릴 해? 월급 밀렸다고 당장 때려치우고 나가면서. 나도 니들한테 할 만큼 한다고 했는데, 월급 밀린 것 갖고 그런 막말을 해도 되니. 나도 피가 말라. 내가 언제 니들 돈 떼먹는데?"

나는 무진이 누나의 손목을 잡고 있는 엄마의 손을 억지로 떼어 냈다. 무진이 누나가 거실로 나와 방문을 닫을 때 엄마가 흐느끼는 소리가 들렸다.

"너한테 할 말은 아니지만 우리도 사장님만큼 힘들다."

무진이 누나 입에서도 술 냄새가 풍겼다.

"누나도 그만둘 거야?"

신발을 꿰고 있는 무진이 누나에게 내가 불쑥 물었다. 누나는 나가려다 말고 나를 빤히 쳐다보았다.

"일자리 옮기는 게 그리 쉬운 일은 아니다."

뭔가 일이 이상하게 굴러가는 것 같았다. 해마다 비수기가 찾아오면 엄마가 힘들어하긴 했지만, 술을 먹고 저렇게 운 적은 없었다. 애숙이 누나가 가고 나면 숙소에는 세 사람밖엔 남지 않는다. 숙소의 식구들이 하나씩 공장을 그만둔다는 건, 공장 일이 제대로 안 된다는 얘기였다. 나도 그 정도는 알았다. 우리 동네에 있는 편물 공장이나 가방 공장들도 하나씩 없어졌다. 직원 두세 사람을 데리고 일하는 작은 공장들이 그랬다. 어느 날 멀쩡하던 공장 문에 '직원 구함'이라는 쪽지 대신 '건물 세놓음'이 붙어 있거나 출입문까지 홀라당 뜯어낸 뒤에 기계를 다 빼낸 텅 빈 공장이 뻥 뚫린 속을 내놓고 있기도 했다.

무진이 누나가 가고 나자 마음이 불안했다. 엄마의 울음소리는 끊어질 듯하면서도 이어졌다. 애숙이 누나 다음에 무진이 누나, 그다음엔 경진이 누나, 숙자 누나, 미라까지 나가고 나면 엄마는 혼자서 재봉틀을 돌려야 할지도 모른다.

엄마는 내가 없었으면 진즉에 다르게 살았을 거라고 했다. 너 때문에 공장을 계속할 수밖에 없었고, 공장을 했기 때문에 너를 키울 수 있었다고 했다. 공장은 엄마의 분신과 같았다. 그러니까 엄마에겐 살아가야 할 이유와 목적을 주는 거였다. 그래도 나는 봉제 공장집 아들이란 소리가 제일 듣기 싫었다. 공장 말고 다른 일을 하면 안 되겠냐고 했을 때, 엄마는 어린 내게 어림 반 푼어치도 없다는 듯 말했다. "나는 배운 도둑질이 이것뿐이다. 이걸로 니가 밥 먹고 학교 다니고 하는 거야." 그때 엄마는 당당하고 힘이 있었다.

"주오야, 주오야!"

흐느낌이 섞인 목소리로 엄마가 나를 불렀다.

"물 좀 줘. 물!"

내가 물컵을 들고 방으로 들어가자 엄마는 거울 앞에 앉아 눈물로 범벅이 된 얼굴을 들여다보고 있었다. 나는 거울 앞에 물컵을 내려놓았다. 엄마는 물컵을 부여잡고 거울 속을 한참 들여다보더니 별안간 나를 올려다보았다.

"공장이고 뭐고 다 때려치워 버릴까?"

엄마가 갈라지는 목소리로 물었다.

"……."

"엄마도 지긋지긋하고 힘들다. 너 하나 키우자고 이 짓인데, 맘대로 되는 게 없네. 되는 게 없어."

엄마가 벌컥벌컥 물을 들이켰다. 물이 입가로 흘러내렸다. 기괴하게 일그러진 엄마의 눈이 거울 속에서 흔들리고 있었다. 나는 엄마에게 아무 말도 할 수 없었다. 괜히 신경질만 치솟았다. 감당도 못 할 거면서, 왜 나 때문에 희생하고 살았느냐는 말이 목구멍까지 치밀었지만 엄마의 얼굴을 보자 도저히 그 말을 뱉을 수가 없었다.

"주오야, 이 엄마가 말이다……."

꺼억, 트림을 하는 엄마의 목젖에 커다란 생선 가시가 박힌 듯 목소리가 불편했다.

"자고 일어나서 내일 얘기하면 안 돼?"

나는 짜증스럽게 내뱉었다.

"그래, 인생 뭐 별거냐. 내일도 있지, 내일……."

엄마는 중얼거리면서 화장대에 엎드렸다. 물컵이 방바닥으로 떨어졌다. 나는 컵을 주워 들고 방을 나왔다.

이튿날 엄마는 아무 일도 없었던 것처럼 출근했다. 엄마가 말한 '내일'은 그다음 날도 다른 날과 다름없이 흘러갔다. 공장 출입문엔 영자 누나가 떠난 뒤에 붙여 놓은 구인 광고가 아직도 붙어 있었다. 빛이 바래 글자가 희미해지고 종이는 누글누글해졌다. 청색 테이프로 둘러 놓은 가장자리의 한쪽 귀퉁이가 떨어져 손만 대면 휙 떨어져 나갈 태세였다.

방학이 끝날 무렵 더위도 한풀 꺾였다. 어두워질 무렵에 공장에서 들려오는 재봉틀 소리는 더위에 지친 날들을 꾹꾹 눌러 박는 것 같았다.

지난 여름휴가 때 미라는 희망 교회 봉고차를 타고 여름 성경 학교에 다녀왔다. 봉고에서 미라의 짐 가방을 내려 주고, 미라에게 잘 가라고 손을 흔들어 주던 남자는 미라와 제과점에서 팥빙수를 먹던 가자미눈이었다. 미라는 가방을 든 채 그 자리에 서서 가자미눈이 멀어져 가는 걸 물끄러미 쳐다보았다. 내가 미라에게 다가가 누구냐고 묻자 미라는 가자미눈을 서슴없이 오빠라고 부르며 시장 뒷골목 가방 공장에 다닌다고 했다. 미라의 얼굴은 햇볕에 그을려 발갛게 익어 있었다.

여름내 미라는 한층 더 성숙하고 단단해진 것 같았다. 자기 몸피보다 큰 올 굵은 회색 스웨터를 입고 우리 집 계단에 앉아 있던 그 소녀가 아니었다. 소주를 마시고 딸꾹질을 하면서 내 겨드랑이를 파고들던 소녀도 아니었다. 꽃무늬 손수건을 목에 나비 모양으로 묶고 서 있는 미라는 내가 들어갈 수 없는 자기만의 단단한 집을 짓고 있는 것 같았다. 볕에 그을린 미라의 작고 단단한 몸에선 정말로 포슬포슬하게 잘 익은 감자 냄새가 났다.

양 주임은 거의 매일 봉고를 끌고 와 공장 앞에 차를 댔다. 그는 남이섬을 다녀온 이후로 여전히 우리 엄마에게 숙희 씨라고 불렀고, 엄마도 준만 씨로 불렀다. 내가 모르는 무언가가 두 사람 사이에 있는 것 같지만, 그건 어디까지나 심증일 뿐, 물증은 없었다.

며칠 전에는 양 주임이 차의 뒷문을 활짝 열어 놓고 엄마와 얘기를 나누고 있었다. 멀리서부터 엄마의 웃음소리가 들렸다. 별 생각 없이 기분 좋게 집으로 돌아오던 나는 기분이 팍 상했다. 엄마가 공장 안으로 들어가자 그는 비닐에 싸인 반제품들을 한쪽 어깨에 짊어지고 공장 안으로 나르기 시작했다. 나는 창문으로 공장을 들여다보았다. 라디오에서 흘러나오는 음악 소리가 시끄러웠다. 누나들은 재봉틀 앞에 고개를 처박고 제품을 박느라 바빴다. 미라도 재봉틀 앞에 앉아 있었다. 미라는 잠바 안감 솔기 부분에 라벨을 대고 경쾌한 소리를 내며 드르륵 박아 냈다. 간단한 공정이었지만 미라는 그 일에 꽤 열중해 있었다.

일감을 공장 안쪽에다 쌓아 놓고 밖으로 나온 양 주임이 문 앞에 서 있는 내 어깨를 툭 치고 지나가며 씩 웃었다. 그는 차 뒤꽁무니에 기대고 서서 담배를 빼어 물었다. 특별히 그를 쏘아보는 시선은 아니었는데, 그가 내 눈빛을 받아치듯이 쳐다보았다. '어린 게 뭘 그리 사람을 재 봐?' 양 주임 눈빛이 내게 그렇게 말하고 있는 것 같았다. 그는 담배 연기를 허공으로 혹 뿜으면서 기분 나쁘게 실실 웃었다.

"내가 준만 씨 땜에 버티긴 하는데, 우리 결제 좀 빨리 해 줘. 내가 믿을 사람이 준만 씨밖에 없다는 거 알잖아."

뒤따라 나온 엄마의 코맹맹이 소리는 좀 비굴하게 들렸다.

"좀만 버텨 봐요. 본사도 어음 결제가 안 돼서 그래요. 다른 덴 몰라도 미모사부터 해결하도록 내가 힘써 볼 테니."

그는 거들먹거리듯이 말했다. 그는 엄마에게 한쪽 손을 번쩍 들어 보이고 운전석에 올라앉아 시동을 걸었다. 나는 그에게서 눈을 떼지 않았다. 시동을 건 그는 백미러에 얼굴을 들이대고 흘러내린 앞머리를 옆으로 쓸어 넘겼다. 내 시선을 의식한 그가 거울 속에서 눈을 찡끗거렸다. 나는 출발하는 차 꽁무니에 대고 침을 찍 뱉었다.

10
머나먼 미래

마당을 가로지른 빨랫줄엔 흰 이불 홑청이 가득 널려 있었다. 꽃무늬 차렵이불이 널려 있던 때와는 느낌이 달랐다. 현대목욕탕 모퉁이를 돌아 대문 앞에 올 때까지만 해도 나불거리며 말 많던 태균은 대문을 들어서며 입을 꾹 다물었다.

녀석은 가방을 던져 놓고 안방 문부터 열었다. 조금 열린 문틈으로 태균의 어머니가 보였다. 얼핏 스쳐 본 모습이지만, 검은 머리를 풀고 누워 있는 그녀는 마당에 널린 흰 이불 홑청만큼이나 가벼워 보였다. 머리만 방 안으로 들이민 태균은 "저 왔어요." 무뚝뚝하게 내뱉곤 이내 문을 당겨 닫았다.

"집에 아무도 없어."

냄비에 물을 받아 가스레인지에 올리고 라면을 찾으며 태균이 말했다. 아무도 없다는 건, 암퇘지가 집에 없다는 말이었

212

다. 안방엔 태균의 어머니가 누워 있고, 옥탑방엔 태평이 형이 있는데도 태균의 말처럼 아무도 없는 집 같았다.

우리는 라면 세 봉지를 끓여 국물에 밥까지 말아 먹었다. 포만감 때문에 기분이 나른해졌다.

개학 초부터 성적에 대한 담금질이 부쩍 심해진 마귀할멈은 정신 똑바로 차리지 않으면 2학기 중간고사에서 성적순대로 '대가리'를 자를 거라고 했다.

"한번 흘러간 시간은 영원히 돌아오지 않아. 지나간 시간은 붙잡을 수도 없다. 인생에 있어서 지금 이때가 가장 소중한 거야. 니들이 그걸 깨닫게 된다면 못 할 게 없다. 열의를 가지고 자신의 시간을 살아야 해. 자기 자신을 사랑해야 한다는 말이다. 알겠니?"

수학적인 논리보다는 탐미적인 잔소리를 좋아하는 마귀할멈은 아침저녁으로 우리를 들들 볶았다. 자신의 말에 취해서, 그야말로 자신의 인생을 걸고 대중 앞에서 강연을 하듯 연설하기를 좋아했다. 그러면서도 그녀는 잔인하고 치사했다. 마귀할멈이 대가리를 자른다는 건, 등수대로 잘라서 하위권은 교실 앞 복도 게시판에 얼굴 사진을 오려 붙여 성적과 등수를 공개하겠다는 거였다. 아무리 대가리를 자른다고 해도 공부 안 할 놈들은 하지 않는다. 능력이 달려서 못 할 수 있고, 아무 생각이 없기 때문에 무엇을 어떻게 해야 하는지조차 모르는 녀석들도 있다. 학교를 그만둘 용기도 없으면서 이것도 저것도 아닌 나는 앞날이 쪼끔 걱정되기도 했다. 그런 면에서 보면 태평이 형은 우리가 감히 흉내 낼 수 없을 만큼 용감하게 살고 있는 거였다.

태균은 밥풀과 김치 고춧가루 찌꺼기가 남은 냄비를 수돗물에 한 번 훌훌 훑어 낸 뒤 물을 받아 가스레인지에 올리고 다시 라면 두 봉지를 뜯었다.

"우리가 먹은 라면 냄새가 벌써 저 건너 옥탑방까지 갔을 거다. 어휴 불쌍한 또라이 형님!"

태균은 라면을 반으로 쪼개 끓는 물 속에 풍당 집어넣고 한쪽 다리를 건들거리며 라면 가닥을 휘휘 휘저었다. 라면은 아우가 형님에게 바치는 뇌물이자, 봉사였다. 태균은 수건으로 손잡이를 감싼 뜨거운 냄비를 들고 마당으로 나와 옥탑으로 올라갔다.

"라면이야, 문 열어!"

태균이 소리를 지르자, 잠시 후 문이 열렸다.

태평이 형은 장발이 되어 있었다. 두어 달 못 본 사이에 형은 몰라보게 나이를 먹어 버린 것 같았다. 널빤지에 얹혀 바다를 표류하다가 무인도에 정착한 로빈슨 크루소의 모습으로 우릴 맞았다. 그리고 그는 서너 끼는 거른 사람처럼 라면 두 개를 눈 깜짝할 새에 국물까지 먹어 치우고 입맛을 다셨다.

"형은 이 안에서 사는 게 지겹지도 않아요?"

언제나 묻고 싶었지만, 감히 물어볼 엄두를 내지 못했던 말이었다. 딱히 형의 심중을 알고 싶어서는 아니었다. 라면을 먹는 모습이 순간적으로 딱해 보여서 머릿속에 떠돌던 말이 불쑥 튀어나왔을 뿐이었다.

"이젠 지겨울 때도 됐지."

태균이 이죽거리듯이 되받았다. 태평이 형은 라면 때문에 체면이고 뭐고 다 던져 버린 사람처럼 거만하게 자신의 배를 쓰다듬었다.

"지겹긴 인마. 여기서도 63빌딩 올라간 게 다 보이는데 뭐가 지겨워."

"하긴 형 눈엔 안 보이는 게 없지, 이제 도산데 뭐."

태균은 계속 이죽거렸다. 그래도 태평이 형은 짜증 내는 기색도 없이 태평스러운 얼굴이었다. 그렇지 않고서야 이 좁은 공간에서 세상과 의절한 채 살 수는 없을 것이다.

"얀마, 라디오는 장식품인 줄 아냐. 신문 쪼가리는 괜히 있냐? 발 없는 말은 천 리도 간다는데, 두 귀 멀쩡하고 두 눈 멀쩡한데 모를 게 따로 있지."

"그러셔요, 형니임!"

태균이 능글맞게 받아쳤다.

"나를 아주 우습게 보는데, 두고 봐. 세상이 점점 더 변하면 나같이 집 안에 콕 처박혀서 자기 세계를 구축하고 사는 사람들이 아마 수두룩하게 나올 거다. 한둘이 아니고 수백 명씩 나오면 그게 바로 새로운 사회현상이 되는 거야. 그땐 매스컴

마다 신종 사회현상이니 뭐니 호들갑을 떨어 대겠지. 아버지처럼 나를 정신병자 취급하는 건 정말 한심한 발상이지."

태균은 신경질이 뻗쳐서 죽을 것 같은데, 간만에 형을 찾아온 친구 때문에 참아 준다는 표정이 역력했다.

사실, 나도 형의 말을 다 이해하거나 받아들이는 건 아니었다. 그의 궤변을 한참 듣다 보면 육백만 불의 사나이나 소머즈 같은 초능력을 가진 인간들이 나오는 텔레비전 드라마를 보고 났을 때처럼 뭔가에 속았다는 기분이 들었다. 일테면, 아, 저건 환상이구나, 이건 드라마일 뿐이지, 하는 느낌. 깨고 나면 슬프기까지 한 느낌이랄까.

형처럼 살 수 없어서 나는 형이 부러웠고, 또 한편으로는 방 안에 처박혀 사는 형이 가엽기도 했다.

"앞으로는 금방금방 새로운 현상이 만들어지겠지. 이미 인간은 우주로 날아갔어. 내가 세 살 때 닐 암스트롱이 우주선을 타고 달에 착륙했잖아. 우리나라는 우주선이나 달 착륙은 꿈도 못 꾸는 빈민 국가였고. 생각해 봐. 그런데 이제 우리나라도 좀 있으면 올림픽이 열려. 세계의 수많은 선수들이 우리나라에 모여서 경기를 한다는 거지. 그때부턴 세계화 바람이 불면서 아마 이루어질 수 없다고 생각했던 일들이 하나씩 착착 이루어질 거다. 혹시 아냐? 우리도 다음 우주선을 띄울 때 우주선 꽁무니에 기왓장 하나는 얹을 수 있을지. 세상이 무지무지 빠르게 변하고 빠르게 시간이 흘러가기 시작하면 지금처럼 따분하고 지루한 세상이 아닐 거란 말이지. 엄청난 경쟁이 일어날 거야. 경쟁이 가속화되면 될수록 인간은 기계화되어 가는 거야. 경쟁에 적응하지 못하는 인간들은 나가떨어지거나 아니면 나처럼 자기 세계를 구축해서 그 세계에 푹 빠져 살거나. 나는 이미 그 사람들보다 한 발 앞서서 나만의 세계를 즐기고 있다는 말씀이지."

형은 헉헉거리는 이상한 소리를 내며 웃었다. 입에서 침이 튀었다. 얼굴은 붉게 상기되었고 한 번씩 트림을 할 때마다 방 안의 공기를 진동시킬 만한 냄새가 났다.

"내가 어떤 책에서 봤는데, 지금부터 일이백 년 후에는 지구의 90퍼센트가 사막이 되고 지금 인구의 10분의 1만 살아남는다고 해. 아마 그땐 사라진 사람들 대신 로봇들이 그 자리를 차지할 거고, 인간은 밥이나 라면을 먹는 게 아니라 알약으로 된 캡슐식 음식을 먹을지도 몰라. 우리 어릴 땐 원기소라는 거 먹었잖아. 그런 식으로 말이야. 그때가 되면 밥은 옛날에 먹었던 추억의 음식으로 우리 맛 지키기 같은 특정한 곳에서만 먹을 수 있는 특별 식이 될 수도 있어. 일이백 년 전의 옛날을 생각해 봐. 지금 우리가 먹는 음식들 중에 그때 먹지 않았던 신종 음식들이 얼마나 많냐? 라면도 그렇고 햄버거도 그렇고. 없던 것들이 생겨나면서 사라진 것들은 또 얼마나 많은데. 옷이나 음식만 그런가? 지형이 변했어. 호수가 갑자기 사라지고 지구의 반이 사막이 되거나, 빙하가 다 녹아 계절 구분이 없어질지도 몰라. 몇백 년 후엔 지구가 다른 색깔로 변해 있을지도 모르지."

형은 신명이 났는지 가속도를 붙여 떠들어 대기 시작했다. 형이 기대앉은 야전용 침대는 몸을 흔들 때마다 시끄러운 소리를 내며 삐걱거렸다. 방에는 책들도 더 많아졌다. 청계천 헌책방에서나 볼 수 있는 껍데기가 홀렁 벗겨진 책, 한 번도 들어 보지 못한 요상한 제목의 책들. 그뿐이 아니었다. 트랜지스터라디오와 오디오 스피커를 연결해 만든 괴상한 라디오는 실패했는지 한쪽에 처박혀 있고, 망원경은 창문 밑에 설치한 삼발이 위에 그럴싸하게 놓여 있었지만 제대로 볼 수나 있는 건지 의심스러웠다. 때 지난 신문지는 신발장의 역할을 하고 있었다. 거기, 군화처럼 생긴 목이 길고 앞부리가 뭉툭한 신발과 발가락을 끼워 신는 조리가 한 켤레 놓여 있었다. 방 안에서 얌전한 건 신발 두 켤레뿐이었다.

"너의 고민은 뭐냐?"

태균의 심드렁한 표정에 진이 빠지는지, 알쏭달쏭 눈알만 굴리고 있는 내게 형이 뜬금없이 물었다.

"네 인생에 너무 큰 자괴감은 갖지 마라. 아버지가 없는 게 고민이냐? 이 광대한 우주에서 지구는 그저 한 점에 불과하고, 인간들의 삶도 그래. 500년 후쯤 되면 아마 아버지 없는 아이들이 수두룩할걸. 엄마 없는 애들도 태어날 거야. 인공 자궁 속에서."

형도 얘기해 놓고 맥이 풀리는지 피식, 김빠지는 소리를 냈다. 태균이 눈알을 뙤록뙤록 굴리며 어이가 없다는 듯 천장을 쳐다보았다. '엄마'라는 단어가 나오자 태평이 형이 한심하게 느껴지는 게 분명했다. 달관한 듯 보이지만, 사실은 불안하고 초조한 기색이 역력한 건 태평이 형이었다.

"형은 말 같은 소릴 해야지. 부모 없이 태어나는 아이들은 그렇다 치고 500년은 또 뭐야. 형이 그때까지 살아 있을 건 아니잖아. 500년 후야 어떻게 되든 그게 우리하고 무슨 상관이야. 당장 엄마가 돌아가시게 생겼는데."

"그따위로 말하지 마라. 난들 엄마 걱정을 왜 안 하겠냐?"

이제는 두 형제가 맞받아치는 전면전으로 돌입할 태세였다.

"엄마가 걱정되기는 해?"

"엄마도 걱정되고 지구의 미래도 걱정되는 거지."

"지구의 미래? 그딴 걸 형이 왜 걱정하는데? 내일 어떻게 될지도 모르면서."

태균이 핑 콧방귀를 뀌었다. 순간 잠시 풀이 죽어 있던 태평이 형 눈에 총기가 되살아났다.

"당장 내일이 어떻게 될지 모르니까 인간들이 난리 아니냐. 그래서 타임캡슐을 만들어 지나간 인간사를 저장해 두려고 기를 쓰는 것이기도 하고. 내가 저번에 한 얘기 잊었냐? 남산에도 타임캡슐이 묻힌다고."

"그거 진짜예요?"

두 사람 사이에서 감정 조율을 해 줘야 할 사람은 나밖에 없었다. 내가 호기심을 드러내자, 태균이 골치 아프다는 듯 이맛살을 찡그렸다. 태평이 형은 나를 뚫어지게 보며 말했다.

"타임캡슐이란 게 말야, 피라미드나 고대 고분 같은 역할을 하는 거라고 할 수 있지. 몇천 년이 지났지만 아직도 건재한 고대 피라미드에서 우리는 그때 살았던 사람들을 추측해 볼 수 있는 거잖아. 인간의 욕망은 끝이 없어서 지구상에서 완전히 멸종하지 않는 한, 자기가 살았던 흔적을 남기려고 할 거야. 타임캡슐은 피라미드 같은 것을 세울 기술이나 능력이 없는 인간들이 또 다른 형태로 고안한 새로운 개념의 피라미드인 셈이지. 인간은 태어나면 죽을 수밖에 없지만 그래도 인간은 계속 태어나니까, 예전의 모습을 보존하고 싶은 욕망에서 만들어지는 거지."

형은 완전 물 만난 고기같이 좔좔 읊었다.

"그게 무슨 소용이야. 형이나 나나 죽으면 고만인데."

태균은 계속 어깃장이었다.

"너 자꾸 내일 일에 안달복달하는데, 그럴 필요 없어. 그냥 흘러가는 대로 둘 수밖에. 여기서 우리가 뭘 할 수 있겠냐."

태평이 형은 더는 대꾸할 생각이 없다는 듯 어깨에 힘을 풀고 벽에 기댔다. 예지로 빛나던 그의 눈빛은 차츰차츰 꺼져 들고 다시 추레한 로빈슨 크루소 같은 모습으로 돌아갔다. 형은 정말이지 기운이 하나도 없어 보였다. 형이 쉬고 싶다는 말에 우리는 두말없이 옥탑방을 나왔다.

"흥, 웃기시네."

퉁퉁거리며 내려오는 태균의 발길질에 철제 계단의 가장자리에서 녹 부스러기가 떨어졌다. 마당엔 이불 홑청이 그대로 널려 있었다. 해는 완전히 기울었고, 펄럭이는 흰 이불 홑청은 외롭다고 혼자서 소리를 질러 대는 것처럼 보였다.

"암퇘지는 안 보이데?"

현대 목욕탕 입구까지 따라 나온 태균에게 지나가는 말로 물었다.

"떠났어. 온다 간다 말도 없이."

태균이 아무렇지도 않게 훅 내뱉었다.

"왜?"

"나도 모르겠다. 잘된 건지, 잘못된 건지. 떠난 사람 속은 아는 사람만 아시겠지."

태균은 나를 끌고 집으로 올 때와는 달리 우울해 보였다. 나는 녀석의 어깨를 툭 쳐 주고 가방을 어깨에 둘러멘 채 돌아섰다. 문득 태균이 나보다 더 불행하고 슬플지도 모른다는 생각이 들었다.

*

우리 공장의 재봉틀 소리가 멈췄다. 사흘 내내 엄마는 밥도 제대로 먹지 않고 이리저리 뛰어다녔다. 문이 꼭 닫힌 공장은 쓸모없는 기계를 잔뜩 쟁여 놓은 지하 창고처럼 조용했다. 대성 어패럴 노동자들이 부도를 낸 공장에 모여서 데모를 하고 있다고 했다. 엄마는 사장을 만나기 위해 아침마다 대성 어패럴로 갔다가 후줄근한 모습으로 돌아왔다. 사장 코빼기는커녕 공장 안으로 들어갈 수조차 없다고 했다. 사람들을 뚫고 안으로 들어가 보려고 했지만, 공장 정문을 지키고 있는 노동자들 때문에 한 발짝도 안으로 들어가지 못하고 번번이 쫓겨났다고 했다. 대성 어패럴에서 돈을 받아야 공장을 돌리고 누나들의 밀린 월급을 줄 수 있었다.

"엄마는 아무 잘못도 없는데 왜 쫓아내?"

"나를 사장하고 한패로 보니까 그렇지. 그동안 공장에서 일감을 밖으로 빼돌려서 일부러 부도를 내고 자기네들을 내쫓는다고."

엄마는 찬물을 벌컥벌컥 들이켰다. 엄마의 얼굴이 까맣게 타들어 가고 있었다.

"우린 어떻게 되는 건데?"

"뭐가 어떻게 되긴, 쫄딱 망하는 거지. 우리 같은 마찌꼬바* 들이 무슨 힘이 있니?"

엄마는 드러누워 끙끙 앓았다. 그러다가 벌떡 일어나 전화

* 작고 영세한 공장을 뜻하는 일본말

222

기를 붙들고 이리저리 전화를 돌렸다. 예전에 같이 일했던 공장에 전화를 걸어 일감을 알아보면서 대성 어패럴 얘기를 늘어놓았다. 일이 터지자 감쪽같이 숨어 버린 대성 어패럴 사장 때문에 분해서 잠도 안 온다고 했다. 꼬리를 감춘 양 주임 얘기는 한마디도 내비치지 않았다.

"양 주임하고는 연락 안 돼? 이제까지 그 아저씨가 맡아서 했잖아."

"넌 신경 쓰지 마, 어른들 일에."

한마디만 더하면 장전된 총알이 튀어나올 것처럼 잔뜩 악에 받친 엄마는 방문을 쾅 닫아 버렸다.

공장이 멈춰 있던 며칠 동안, 양 주임은 코빼기도 보이지 않았다. 엄마와 다정하게 수작을 나누면서 우리 공장이 대성 어패럴을 살리고 있다고 흰소리를 칠 때는 언제고 부도가 나자 쥐구멍으로 숨어 버렸는지 그림자도 보이지 않았다.

3일째 되던 날, 안방에서 엄마의 울음소리가 들렸다. 학교에서 돌아와 라면을 끓여서 식은 밥을 말아 먹고 있던 나는 내 귀를 의심했다. 현관에 엄마 신발이 보이지 않아서 엄마가 나가고 없는 줄 알았다. 밥숟갈을 놓고 방문 고리를 잡아당겼다. 방문은 잠겨 있었다. 나는 문고리에 주었던 힘을 슬그머니 뺐다. 엄마가 밖에서 내가 방문 고리를 잡아당겼다는 사실을 몰랐기를 바라면서.

공장이 다시 돌아가기 시작한 건, 5일 만이었다. 다행이었다. 엄마의 울음을 모른 척하기를 잘했다는 생각이 들었다. 엄마는 화장기 없는 맨얼굴로 출근했다. 학교에서 돌아올 땐 혹시나 하고 살펴봤지만, 양 주임의 봉고차는 보이지 않았다. 공장에서 들려오는 재봉틀 소리는 예전처럼 힘차게 들리지 않았다. 배터리가 닳아 버린 추진기처럼 드으윽, 드으윽, 겨우 힘이 들어가는 소리처럼 들렸다. 엄마는 다른 데서 일감을 조금씩 가져다 하는 거라고 했다. 당장 공장 월세도 내야 하고, 누나들 월급도 줘야 했다. 순전한 내 예감이겠지만, 누나들은 월급이 해결되면 공장을 다 떠날지도 몰랐다. 미라마저도.

우리 공장이 문을 닫고 엄마가 끙끙거리며 동분서주할 동안 롯데 미용실도 이틀간 문을 닫았다. 경희 누나가 구속되었다고 했다. 이틀씩이나 미용실 문이 닫혀 있었던 건 그 때문이었다. 여름은 생각보다 힘겹게 우리들 곁을 지나갔다.

"어떻게 하다가 잡혔대?"

"어떻게 잡히긴. 숨어서 동료들이랑 등사기로 유인물 만들어서 공장에 뿌리고 다녔대. 위장 취업에 불법 파업 선동죄, 불온 선전물 유포죄래. 우리 엄만 그런 죄가 있었는지도 몰랐대. 나도 잘 모르지만."

"너도 경희 누나 만났단 말야?"

"어제 미용실 문 닫아 놓고 엄마랑 경찰서 갔다 왔어."

나는 눈을 똥그랗게 뜨고 난희를 쳐다보았다.

"그런 눈으로 보지 마. 어젯밤에 희망 교회 사모님이 우리

224

집에 와서 엄마랑 얘기하는 걸 들었는데 그건 정말 죄도 아니래. 이 세상에서 숭고한 일을 위해 자기 자신을 바치는 사람들이 많은데 경희 언니가 하는 일도 그런 일 중의 하나라고 하더라. 희망 교회 사모님은 아는 게 참 많은 사람 같아. 근데 우리 엄만 워낙 뭘 모르시잖아. 경찰서에서도 나는 열여덟 살부터 미용실에 붙어서 머리카락 쓸고 파마 약 냄새 맡으면서 평생 머리밖에 만 게 없는 사람이라 아무것도 모른다면서 막 뻗대는데 내가 다 창피하더라니까. 근데 유치장에 갇힌 언닌 엄마한테 또 뭐라고 하는 줄 아니? 자긴 뭐, 민중의 자식이라나. 그러니까 우리 엄마만의 자식이 아니라는 거지. 자기가 열심히 싸워야 우리 엄마 같은 불쌍하고 힘없는 사람들이 제대로 살 날이 온대. 그게 민중의 세상이라나. 우리 언니 완전 또라이 다 된 거 있지."

난희 목소리가 무겁게 처졌다. 108계단을 비추는 가로등 불빛에 난희의 웅크린 모습이 고스란히 드러났다.

경희 누나가 말한 민중의 세상이 어떤 건지 잘 모르겠지만, 태평이 형이 열에 들뜬 사람처럼 자기 생각에 취해 떠들어 대던 얘기와는 다른 얘기인 것만은 확실했다. 적어도 경희 누나는 환상을 좇지 않았다. 수천만 년 전에 지구상에서 공룡이 멸종한 것처럼 인간은 그렇게 쉽게 멸종하지 않을지도 모르고, 아무리 빠르게 세상이 변해도 그 속에서 살아가는 인간은 지금 우리 같은 인간과 크게 다르지 않을 것이다. 태균의 말처럼 우리가 죽고 난 뒤엔 무엇이 어떻게 될지 알 수 없지만, 세상은 내가 죽은 다음에도 지금처럼 뒤죽박죽인 채 천천히 흘러갈지도 몰랐다.

경희 누나는 곧 재판을 받게 될 거라고 했다. "세상 참 요지경이다. 경희 걔가 그럴 줄 누가 알았겠니." 엄마는 경희 누나가 잡혔다는 얘길 들었을 때 대놓고 혀를 찼다. 자식 키워 봤자 뒤통수 얻어맞기 십상이라고 어처구니없다는 표정을 지었다. 대성 어패럴이 파업한 것도 어쩌면 경희 누나 같은 위장 취업자가 있어서일지도 모른다는 생각이 들었다. 그들이 대성 어패럴 사장과 엄마를 한 패거리로 보고 엄마를 공장 안으로 들어가지도 못하게 했을지도 몰랐다. 나는 개인적으로는 경희 누나에게 유감이 없지만 엄마와 우리 공장을 생각하자 머릿속이 온통 뒤죽박죽이었다.

"우리 엄마 앓아누웠어. 희망 교회 사모님도 그러시더라. 이 세상의 주인은 잡초처럼 질긴 민중들이라고. 그 말에 우리 엄만 눈을 부릅뜨고 한바탕 또 뒤집어졌지만, 사모님이 가고 나니까 그러더라. 없는 놈들이 없는 놈 사정을 알고 기도도 해 주지, 배부른 인간들은 자기 입장밖에 생각 못 하는 모진 놈들이라고."

"너는 누나 말처럼 이 세상이 변할 거라고 생각해? 정말로 민중의 세상, 뭐 그런 게 올 거라고 생각해?"

"그걸 내가 어떻게 알아. 민중의 세상이 뭔지를 모르는데.

226

난 그냥 우리 언니가 무사히 풀려나와서 예전처럼 다시 학교에 다녔으면 좋겠어. 수갑 차고 있던 언니 생각하면 무서워. 우리 엄마가 믿을 사람은 경희 언니밖에 없는데…….”

난희가 무릎에 얼굴을 묻더니 흐느끼기 시작했다. 나는 난희가 우는 걸 처음 봤다. 그러니까, 난희는 어떤 일이 있어도 울지 않는 아이라고 생각했다. 어떻게 해야 할지 난감했다. 고작 한다는 말이 “울지 마.” 정도였다. 난희는 내 말에 어깨를 들썩이면서 더 서럽게 울었다. 나는 난희 어깨를 토닥였다. 이제야말로 난희 앞에서 내가 남자가 된 묘한 기분이랄까. 한참만에야 난희는 고개를 들었다. 머리가 앞으로 쏟아져 얼굴이 보이지 않았다. 난희는 손등으로 눈물을 닦으면서 “주오야.” 하고 울음 맺힌 소리로 나를 불렀다.

“정말 우리 언니 괜찮겠지?”

“응.”이라고 대답하는 내 목소리가 떨려 나왔다. 가슴이 이상하게 뛰기 시작했다. 난희의 눈물을 닦아 주고 싶은데, 그게 마음대로 되지 않았다. 내 겨드랑이에 묻혀 딸꾹질을 해 가며 미라가 울 때도 이렇게 가슴이 이상하게 뛰었었다.

“고마워.”

눈물을 닦고 고개를 든 난희가 나를 빤히 쳐다보며 말했다. 내 심장이 쿵쿵 소리를 내는 것 같았다. 난희한테 들키면 어쩌나 싶은데, 갑자기 난희가 내 볼에다 쪽 소리가 나게 입을 맞추고 헤헤, 웃었다. 기습적이었다. 울다가 웃으면 거기에 털이 난다는데, 아무튼 못 말리는 애였다.

"아, 나는 언제 이 지긋지긋하고 구질구질한 동네에서 해방 되나?"

갑자기 난희가 기지개를 켜며 큰 소리로 외쳤다. 저 아래 계단을 비추는 가로등 불빛이 난희의 목소리에 술렁거리는 것 같았다. 이제야 난희가 난희답게 보였다.

"일류 헤어 디자이너가 되겠다더니 그 꿈은 어쩌고?"

볼에 묻은 난희의 입술 감촉 때문에 기분이 얼얼해서 목소리가 제대로 나오지도 않았다.

"네가 뭘 몰라도 한참 모르는구나. 우리 미용실 같은 우물 속에서 어떻게 일류 헤어 디자이너가 나오냐? 큰물에서 놀아 야지."

얄밉게 톡 쏘며 난희가 자리에서 일어섰다.

"근데 너는 꿈이 뭐야? 설마 아무 생각도 안 하고 사는 건 아니겠지?"

계단에서 올라와 삼거리에 서서 주위를 두리번거릴 때 난희가 물었다.

꿈? 글쎄, 나는 아직 그런 거 생각해 보지 않았다. 난희가 들으면 남의 꿈까지 모독한다고 콧방귀를 뀌겠지만 꿈꾼다고 꿈대로 살 수 있는 사람이 이 세상에 얼마나 된다고. 난희처럼 유명한 헤어 디자이너가 된다거나 엄마처럼 명동에 조그만 양품점을 하나 갖는 것, 숙소 누나들이 꿈꿨던 나만의 방 하나, 나는 그런 꿈을 구경만 해 왔다. 그래도 이제부터 내 꿈이 무엇인지 찾아봐야겠다고 하면 난희가 비웃겠지? 없는 꿈을 있다고 거짓말하고 싶지는 않아 대꾸하지 않았다.

*

대성 어패럴 부도로 누나들의 월급도 주지 못한 채 엄마는 어렵게 공장을 돌리고 있었다. 월급을 못 받은 누나들이 공장을 다 그만둬 버리면 엄마는 처음으로 돌아가 나 하나를 믿고 힘차게 달려왔던 그때처럼 죽을힘을 다해 달려야 할지도 몰랐다. 그 생각을 오래 하다 보면 엄마를 위해 내가 아무것도 할 수 없다는 게 가슴 아팠다.

그런 어느 날, 새벽녘이었다. 누군가가 우리 집 출입문을 거칠게 두드렸다. 문 두드리는 소리가 어찌나 요란한지 놀라서 잠이 깼다.

"이봐요, 황 사장님, 문 열어 봐요."

내가 방문을 열자 엄마가 잠옷 바람으로 안방에서 나왔다. 엄마는 현관을 향해 "누구세요?" 작고 떨리는 소리로 물었다.

"일단 문부터 열어요. 희망 교회 사모예요."

엄마는 잠깐 망설이는 듯하더니 문을 열었다. 희망 교회 사모님은 다짜고짜 엄마의 손목을 잡고는 한 손으로 자신의 가슴을 쓸어내렸다. 그러곤 차오른 숨을 가라앉히려는 듯 눈을 두어 번 감았다 뜨는 게 꼭 엄마를 위해 기도하는 품새였다.

"무슨 일이에요?"

엄마가 짜증이 묻은 목소리로 물었다. 이 여자가 새벽부터 남의 잠을 깨워 놓고 뭐 하는 짓인가 하는 표정이었다.

"공장에 좀 내려가 봐요. 새벽에 교회에 내려갈 때 공장에서 이상한 냄새가 나서 신경이 쓰였는데 아무래도 마음에 걸려서 예배 보다가 다시 밖에 나와 보니까, 공장에서 연기가……."

엄마는 그 말이 채 끝나기도 전에 신발장 위에 놓인 공장 열쇠를 집어 들고 맨발로 뛰어 내려갔다.

공장 출입문과 창문 틈새로 검은 연기가 새어 나오고 있었다. 독한 섬유 냄새도 조금씩 뿜어져 나왔다. 그새 사람들이 모여들고 있었다. 새벽 기도를 왔던 희망 교회 사람들과 우유 배달부, 새벽 운동을 나가던 동네 사람들로 공장 앞은 웅성거리기 시작했다. 소방차가 달려온 건 20여 분 뒤였다.

불에 탄 공장 내부는 천장까지 새까맣게 변했다. 완성해 놓은 제품들은 숯덩이가 되었고, 재봉틀 판에 쌓아 둔 일감들은 재봉틀에 들러붙은 채 녹아내렸다. 소방서에서는 노화된 전기선이 스파크를 일으키면서 누전으로 불이 난 거라고 화재 원인을 추정했다. 남은 건 아무것도 없었다. 그나마 인명 피해가 없는 것만도 다행이라고 했다.

불탄 공장은 며칠 동안이나 창문을 열어 둔 채 방치되었다.

공장 안은 녹아내린 천 덩어리들이 물에 젖어 마치 검은 콜타르를 덕지덕지 처발라 놓은 것 같았다.

엄마는 꼼짝도 못하고 누워 지냈다. 목이 부어서 미음도 넘기지 못했고 겨우 물만 삼켰다. 고열이 올랐다가 약을 먹고 열이 내리면 잠깐씩 눈을 붙이곤 했다. 소방차가 달려와 소방호스를 공장 안에 들이대고 물을 뿌려 대는 동안 엄마는 맨발로 물을 뒤집어쓰며 창문에 매달렸었다. 뒤늦게 숙소에서 나온 누나들도 공장 앞을 떠나지 못했다. 불이 완전히 진화된 뒤에도 엄마는 누군가 갖다 준 스웨터를 잠옷 위에 걸치고 넋이 빠진 채 집 앞 계단에 앉아 덜덜 떨고 있었다. 그때 얻은 몸살이었다.

우리 공장의 화재로 한동안 동네가 시끄러웠다. 가끔 손가락으로 우리 공장을 가리키며 "불이 났다는 데가 저기야. 아유 끔찍할 뻔했네." 하며 일부러 공장 안을 들여다보고 가는 사람도 있었다. 롯데 미용실에 앉아 있는 아줌마들이 밖을 빤히 내다보면서 얘기를 나누고 있으면 그 입들이 전부 우리 공장에서 난 불이나 우리 엄마 얘기를 하고 있는 것처럼 보였다. 공장에 불이 난 얘기에 양념으로 끼얹어진 엄마는 심심한 여자들의 입가심 거리였다.

"하여튼 똥배만 두둑하게 나온 아줌마들 입은 못 말려."

난희 입장에선 내게 안타까움을 담아 전하는 얘기지만, 난희가 롯데 미용실 안에서 오고가는 수다를 주워섬길 때마다

죄 없이 우리 엄마가 사람들한테 뺨을 맞는 것 같은 분한 느낌에 열이 올랐다. 아마 모르긴 몰라도, 엄마가 앓아누워 있는 동안 시장 안의 이불집이나 옷 가게, 노점 할머니들이나 모두 우리 집 얘기에 열을 올리고 있었을지도 몰랐다. 엄마는 남자도 없이 혼자 애를 낳은 무서운 여자였다. 아이가 이미 열일곱 살이나 되었다는데 아버진 찾지 않나? 설마 지 자식이 있는 줄도 모르는 남자가 어딨으려고. 아들 몰래 이 남자 저 남자 만나면서 살았겠지 뭐. 쯧쯧, 애만 안됐지……. 발 없는 말은 천 리도 간다는데, 엄마와 나는 그 말에 얹혀 천리만리를 떠돌고 있을지도 몰랐다.

"너네 엄마보고 대단하다고 하는 사람도 있어. 젊은 나이에 공장 꾸려서 애들을 몇씩 데리고 사장 소리 듣는 것 보면 대단한 여장부라고 말야."

난희는 내 기분 따윈 어떤지도 모르면서 나불댔다.

"그리고 또?"

나는 눈을 부릅뜨며 따지듯 물었다. 난희가 내 표정을 보고 찔끔했다.

"하고 싶은 대로 맘대로 떠들고 지껄여 보라고 해. 우리 엄마가 잘못한 게 뭐 있나?"

나는 괜히 난희에게 씩씩거렸다.

"나는 너 생각해서 하는 말이야. 다른 사람들 말은 신경 쓰지 마. 원래 자기 집구석 건사도 못하면서 밸 빠진 것들이 남

232

의 집 험담에 열을 올린다고 우리 엄마가 그러더라."

난희 엄마는 당연히 그런 식으로 말했을 것이다. 쉬쉬하고 있지만 경희 누나가 데모를 하다가 잡혀가서 재판을 받고 있다는 소문도 벌써 장바닥에 퍼진 지 오래였다.

불이 난 뒤에 우리 집까지 찾아온 난희 엄마는 세상 살다 보면 별일이 다 있고, 내 맘대로 안 되는 게 인생살이라며 엄마를 위로했다. 이까짓 말 몇 마디로 위로가 안 되겠지만 그래도 자식 보고 다시 일어설 생각을 해야지 않겠느냐며 찔끔 눈물을 보이기도 했다. 소방차가 달려와 불을 끄느라 시끄러울 때, 맨발에 슬리퍼를 꿰고 나온 난희는 내 등 뒤에 딱 붙어서 "주오야, 어떡해!" 하며 울었다. 울컥했지만 입술을 꾹 깨물고 참았다. 옆에 난희가 없었다면, 아마 나도 바보처럼 찔찔거렸을 거다.

숙소 누나들도 충격이 큰 모양이었다. 무진이 누나, 숙자 누나, 미라도 속이 까맣게 탄 공장 앞에 서서 말없이 울었다. 경진이 누나는 공장에 불이 난 줄도 모르고 출근했다가 놀란 채로 돌아갔다. 미라는 매일 희망 교회에 가는 것 같았다. 학교에서 돌아오다 보면 미라가 희망 교회 입구 계단에 앉아서 공장 쪽을 무심히 바라보고 있었다. 마치 머릿속에 아무 생각도 없는 사람처럼, 멍한 시선으로.

나흘 동안을 꼬박 앓고 일어난 엄마는 뒷일을 수습하기 시작했다. 누구도 엄마 대신 나서 줄 사람이 없었다. 엄마는 생각보다 담담했다. 더 이상 내 앞에서 울지도 않았다. 공장 건물 주인을 만나고, 숙소를 처리하는 일들을 엄마는 조용히 진행했다.

"너는 신경 쓰지 말고 네 할 일이나 잘해."

엄마는 내가 이상한 방향으로 엇나가기라도 할까 봐 볼 때마다 말했다.

"내가 어린앤가 뭐."

따뜻한 위로의 말은커녕 불퉁스럽게 대꾸했다. 이럴 때 엄마는 무슨 생각을 할까? 우리를 버린 '그 인간'에 대한 원망으로 잠을 못 이룰까? 빤들거리며 웃는 낯으로 들락거리던 양주임을 원망하고 있을까? 수금만 제대로 됐다면 이런 일이 없었을 거라고 모든 일을 대성 어패럴 탓으로 생각하고 있을까? 하지만 엄마는 독하게도 감정 한 톨 흘리지 않은 채 착착 일을 마무리하고 있었다. 하긴 내가 학교에 가고 없는 사이에 엄마가 어떻게 하고 있는지는 알 수 없었다. 이불을 뒤집어 쓰고 밥도 안 먹고 내내 울면서 보내는지, 친구들에게 전화를 걸어 신세타령만 하면서 보내는지.

태균은 우리 공장에 불이 난 날 학교에 오지 않았다. 전날 태균의 어머니가 돌아가셨기 때문이다. 녀석은 수업 중에 마귀할멈의 호출을 받고 교무실에 갔다가 돌아와 그 길로 책가방을 쌌다. 교실을 나가면서 녀석은 내게 말했다.

"우리 엄마가 방금 전에 돌아가셨대."

가방을 옆구리에 낀 채 텅 빈 운동장을 가로질러 가는 녀석의 뒷모습이 쓸쓸해 보였다. 뿌연 햇살 속으로 걸어가는 녀석의 어깨가 흔들렸다.

"설상가상이라더니 우리는 왜 이리 되는 게 없냐……."

우리 공장에 불이 났다는 얘기를 듣고 녀석이 유식한 척 한탄했지만, 그건 좀 아닌 거 아닌가? 어머니가 돌아가신 건 태균의 불행이고, 공장에 불이 난 건 녀석과는 하등 상관없는 우리 집 일이니까. 그래도 태균이 무사히 학교로 돌아와 줘서 안심이었다.

"태평이 형은 괜찮아?"

태균은 천천히 머리를 가로저었다. 그러더니 땅이 꺼져라 한숨을 푹 내쉬었다.

어머니가 돌아가셨을 때 가장 슬퍼한 건 태평이 형이었다고 했다. 어머니의 임종을 본 것도 옥탑방에 있던 태평이 형뿐이었다. 태평이 형은 장례식장에서 텁수룩한 머리로 얼굴을 가린 채 사람들과 눈도 맞추지 않고 멍하게 앉아 있었다고만 했다. 장지에서 돌아와 곧장 옥탑방으로 올라간 태평이 형은 문을 걸어 잠근 채 아무리 불러도 대답이 없고, 문 앞에 갖다 놓은 음식엔 손도 대지 않는다고 했다.

"혼이 나간 거 같아. 우리 엄마가 태평이 형한테 거는 기대가 남달랐었거든. 그건 형도 마찬가지야. 엄마가 있으니까 옥탑방에서 버티고 있었던 거였는데."

"그래서 앞으로는 형을 어떻게 해야 돼?"

"아무래도 심상치가 않아. 거식증이 심해지면 아버지 말대로 정신병원에서 치료를 받아야 할지도 몰라. 저러다 죽음까지 직접 경험해 보겠다고 하면 그땐……."

태균이 꺽 소리를 내며 갑자기 입을 다물었다. 정말 태평이 형은 죽으려고 작정한 것일까. 우주와 지구의 미래를 훤히 꿰뚫던 형도 자기 자신의 미래에 대해선 아무것도 모르는 모양이었다.

"근데 너네 집은 괜찮냐?"

태균이 가라앉은 목소리로 물었다.

"이사 갈 거래. 인천으로. 거의 정리 다 됐대."

겉으론 멀쩡한 우리 엄마는 삶의 벼랑 끝에서 절망과 싸웠을 것이다. 누나들이 숙소에 처박혀 자신들의 앞날을 걱정하며 망연해 있을 사이에, 엄마의 가슴은 불에 탄 듯이 아팠을 것이다. 나는 아침밥도 먹지 못한 채 학교에 갔고, 비어 있는 태균의 자리를 보면서 내 슬픔과 태균의 슬픔을 혼동했고, 삶과 죽음, 희망과 절망 사이를 오가며 곁에 아무도 없는 시간을 견뎠다. 그건 태균도 마찬가지였을 것이다.

태균은 시간이 지날수록 어머니가 돌아가셨다는 게 매일매일 새롭게 느껴진다고 했다. 나도 녀석의 말에 공감했다. 엄마를 잃은 태균의 슬픔과 비교할 순 없겠지만, 불이 나기 전과는 다른 삶이 엄마와 나를 기다리고 있는 것만은 분명했다.

11
에필로그

엄마는 며칠에 걸쳐 꼼꼼하게 이삿짐을 쌌다. 예전에 엄마
와 함께 공장에서 일했던 이모가 사는 인천으로 가는 거였다.
엄마는 그 이모가 소개해 준 남의 가게 한구석에서 옷 수선소
를 열 계획이었다.

이사를 가기 전날, 덮고 잘 이부자리만 남긴 채 이삿짐을
방과 거실 한쪽에 몰아 놓고 엄마는 안주도 없이 혼자 소주를
마셨다. 집을 뺀 돈으로 불태워 먹은 공장을 원상 복구하는
데 드는 비용을 변상해 주고, 누나들의 밀린 월급을 해결했다.
숙소를 가장 먼저 떠난 건 무진이 누나였고, 그다음 날 숙자
누나가 떠났다. 미라는 임시로 희망 교회 목사님 집에서 지내
기로 했다.

무진이 누나가 짐을 싸던 날 나는 엄마와 함께 닭집 3층에

있는 숙소로 올라갔다. 숙자 누나도 미라도 짐을 꾸리고 있었다. 엄마는 누나들에게 미안하다고 했다. 좋든 싫든 몇 년씩 한솥밥을 먹으면서 지낸 사인데, 이렇게 보내기가 마음이 아프다고 말했다. 무진이 누나는 집에 내려가 잠시 쉬었다가 다시 서울로 올 생각이라고 했고, 숙자 누나는 친구 자취방으로 가서 다른 곳에 일자리를 알아볼 거라고 했다.

"내가 미라한테는 할 말이 없네. 있을 곳도 마련해 주지 못해서."

엄마 말에 미라는 고개를 푹 떨어뜨렸고, 잠시 뒤 장판지에 굵은 눈물 방울이 뚝뚝 떨어졌다.

"야, 니 와 우노."

무진이 누나가 미라의 어깨를 툭 치자, 미라는 화드득 놀란 듯이 어깨를 떨었다. 미라가 내 겨드랑이에 파묻혀 콧물을 흘리며 울던 생각이 났다. 미라는 울음기를 누르느라 갑자기 딸꾹질을 했다. 나는 앉은뱅이책상에 붙어 있는 초상화 속의 미라를 쳐다보았다. 미라는 여전히 처음 만났을 때처럼 희미하게 웃고 있었다. 이제까지 내가 만났던 숱한 누나들과는 달리 미라는 열일곱 소년이 맞닥뜨린 소녀, 털이 푹신한 잠바나 담요로 푹 감싸 줘야 할 것 같은 여자애였다.

집으로 돌아오기 전에 미라와 어두컴컴한 시장통에서 작별 인사를 했다. 과일 가게의 빈 평상에 나란히 앉았다. 냐옹거리며 고양이가 평상 밑으로 기어 들어갔다. 나는 미라에게 만년필을 건넸다.

"너한테 주고 싶었어."

엄마한테서 받은 내 생일 선물이라고는 말하지 않았다.

"고마워."

미라가 수줍게 웃으며 말했다. 처음으로 미라가 내게 말을 걸었을 때처럼.

난희와는 롯데 미용실 앞에서 만났다. 엄마가 이삿짐을 싸 놓고, 혼자 식탁에서 소주를 마시고 있을 때였다.

"너 내일 떠난다며? 너네 엄마가 오후에 미용실에 와서 그러시더라. 간다고 설마 여길 잊어버리는 건 아니겠지. 남산 밑이 네 고향인데."

"남산이 없어지기라도 하냐?"

말은 그렇게 했지만 내가 여길 떠나면 정말 남산이 없어지기라도 할 것처럼 섭섭했다.

"가면 편지해. 롯데 미용실 주소 모르면 전화하든가."

난희는 운동화 코끝으로 땅을 파면서 말했다. 알았어, 라고 대답하고 돌아서는데 난희가 황주오, 하고 내 이름을 불렀다. 나는 천천히 돌아섰다.

"내가 너 미워서 괴롭힌 게 아니라는 거 알지?"

난희가 말했다. 만년필이 두 개였다면 난희에게도 줬겠지만, 그건 아닌 것 같았다. 미라는 다시 만날 수 없지만, 난희는 언젠가 다시 만날 수 있다고 생각했다. 알아, 하고 말하고 집으로 뛰어 들어온 게 난희와 작별 인사가 될 줄은 몰랐다.

태평이 형과는 끝내 작별 인사를 하지 못했다.

"잘 가라. 태평이 형한테는 내가 대신 전해 주마."

전학 서류를 들고 나올 때 교문까지 따라 나온 태균이 내 어깨를 툭 치며 말했다.

태평이 형은 며칠 전에 병원에 실려 갔다. 거울을 박살내고 유리 조각으로 팔목을 그었다고 했다. 피를 많이 흘리긴 했지만 생명에는 지장이 없고, 병원에서 정신과 치료도 함께 받는다고 했다.

"그래. 다 괜찮을 거야."

나도 녀석의 어깨를 툭 쳐 주었다.

녀석도 나도 심각한 인사말은 생략했다. 건널목을 건넌 뒤 돌아보자 태균이 한쪽 손을 번쩍 들어올렸다. 나도 한쪽 손을 들어 보였다. 그게 녀석과의 작별 인사였다.

우리가 떠나던 날, 해방촌의 아침은 분주하고 활기가 넘쳤다. 이 골목 저 골목에서 쏟아져 나온 학생들이 뛰어가는 소리, 작은 트럭과 오토바이와 자전거가 뒤엉키며 내는 소음, 드르륵 가게 셔터 올리는 소리가 뒤섞였다. 롯데 미용실의 셔터는 아직 닫힌 채였다.

엄마와 나는 이삿짐 트럭에 올라탔다. 엄마가 창 쪽에 앉고 내가 가운데에 앉았다. 엄마는 창턱에 손을 올리고 턱을 괸 채 무심한 눈으로 밖을 쳐다보았다. 트럭은 언덕진 비탈길을

올라 단숨에 순환도로로 들어섰다. 돌아보지 않겠다고 다짐해
놓고, 나는 차가 방향을 틀기 전에 뒤를 돌아보았다. 난희도
미라도 보이지 않았다.

트럭은 은행나무 가로수가 빽빽한 순환도로를 타고 곧장
힐튼호텔 앞의 내리막길을 달렸다. 엄마는 꼿꼿하게 앉아 앞
만 보고 있었다. 백미러 속에 담긴 남산이 오목렌즈 속의 물
체처럼 서서히 작아지더니 자취를 감추었다. 어쩌면 오랫동안
남산을 못 볼지도 모른다.

떠난다는 건 매일 보던 것을 이제는 볼 수 없다는 것, 가슴
에 담아 두는 것이라고 이삿짐을 싸던 날 낮에 우리 집에 찾
아온 연백 할머니가 그랬다. 할머니 손에는 조그만 상자가 들
려 있었다. 할머니 집에 있던 내 장난감이라고 했다. 엄마는
신기한 눈으로 상자를 열어 보았다. 오색이 들어간 딸랑이와
내가 물고 빨았던 고무젖꼭지, 누르면 빽빽 소리가 나는 고무
인형 따위의 물건들이 들어 있었다. 할머니는 줘야지, 줘야지,
하면서 잊어 먹고 10년이 넘게 벽장에 두고 있었다고 했다.
이제는 쓸모가 없어진 거지만, 그래도 주인한테 가는 게 옳다
는 말에 엄마는 살짝 눈시울을 붉혔다.

"우리 인연이 여기까진가. 그래도 죽을 때까지 잊기야 하겠
나. 주오 에미야, 가서 잘 살아."

할머니는 손등으로 벌겋게 단 눈을 훔치며 돌아갔다.

서울역 앞에서 좌회전 신호를 받은 이삿짐 트럭은 10여 분

쯤 달려 한강대교로 들어섰다. 차들이 정체된 다리 위에서 속
도를 내지 못하고 있을 때 줄곧 말 한마디 없던 엄마가 차창
을 내리고 들릴락 말락 하는 소리로 중얼거렸다.

"세월 참 빠르지. 어느새 청춘은 다 흘러가고, 빈 몸뚱이로
쫓겨 가다니."

나는 혹시나 엄마가 울고 있는 건 아닌가 생각했다. 중얼거
리는 엄마의 목소리가 강물처럼 출렁거렸기 때문이다. 재봉틀
만 끌어안고 살아온 엄마에게 남은 건 재봉틀 한 대뿐이었다.
나는 엄마의 목소리를 빨아들인 강물을 내려다보았다. 탁한
강물은 아무것도 모른다는 듯 꿈틀거리며 흘러갔다.

우리가 인천으로 내려오고 며칠 뒤, 남산에 타임캡슐이 묻
혔다는 뉴스가 나왔다. 우리 공장에 불이 난 일은 동네에서도
흔치 않은 일로 기록되었지만, 그 흔한 신문 기사에는 한 줄
도 오르지 않았다. 엄마의 인생을 송두리째 앗아간 대형 사건
이지만 타임캡슐이 묻히는 일에 비하면 아무것도 아니었다.
나는 혼자서 텔레비전 앞에 넋을 놓고 앉아 타임캡슐이 묻히
는 장면을 쳐다보았다.

오늘 묻힌 타임캡슐은 500년 후, 미래 사람들에게 1985년
의 사람들이 남기는 일종의 선물 꾸러미인 셈이라고 아나운
서는 말했다. 한국의 의식주와 문화, 생활 전반을 간추린 표본
물들이 240센티미터의 어뢰형 캡슐에 봉인되어 15미터의 땅
속에 묻히는 역사적인 순간이라고 할 때 나는 방바닥에 벌러

덩 드러누워 아버지를 떠올렸다. 어디선가 멋진 오토바이를 타고 끝없이 달리고 있을지도 모를 내 아버지도 문득 오토바이의 시동을 끄고 텔레비전 앞에서 이 역사적인 장면을 보고 있을지도 몰랐다.

하지만 500년이란 시간만큼이나 아버지의 얼굴도 현실감이 없어서 모두 거짓말 같았다. 500년 뒤에 봉인이 풀릴 남산의 타임캡슐 속에 우리의 이야기 따위는 담겨 있지 않을 거였다. 엄마가 큰맘 먹고 구입한 이코노 컬러텔레비전, 내가 미라에게 줬던 파카 만년필, 엄마가 쓰던 콜드크림이나 티슈, 짬뽕 카세트테이프, 미라의 초상화, 연백 할머니가 살았던 깡통집이 있는 내 고향 해방촌. 시간은 멈출 줄 모르고 끝없이 흘러갈 것이고, 우리가 지니고 기억했던 소중한 것들까지도 빛이 바랠 것이다. 무엇보다 500년 후면 나는 이 지구상에 왔다 간 흔적조차 없을 것이다. 강철 용기 속에 질소 가스를 주입해 캡슐 속의 것들이 상하거나 썩지 않게 만든 것은 그 때문일 것이다.

하지만 캡슐 속에 영원히 담지 못하는 것도 있을 것이다. 미모사를 거쳐 간 누나들과 징역 6개월의 형을 받고 감옥에 갇힌 경희 누나, 병원에 갇힌 태평이 형, 그리고 다시 만날 수 없을지도 모르는 미라……. 열일곱 살의 내가 살아온 이야기들과, 앞으로 살아가면서 만나게 될 것들을 어떻게 저 타임캡슐 속에 담긴 것들로 설명할 수 있을까.

나는 방바닥을 차고 일어나 창문을 활짝 열어젖혔다. 어두운 가을 하늘 한가운데로 해방촌에서 내가 만났던 수많은 얼굴들이 하나씩 떠올랐다. 마치 하나씩 돋아나기 시작하는 별들처럼.

작가의 말

　열아홉 살의 12월, 서울 땅을 처음 밟았다. 양손엔 옷가방과 책가방이 하나씩 들려 있었다. 서울역 광장에 서서 시린 숨을 내쉬며 바라본 남산 타워의 불빛이 아직도 또렷하다. 이 소설을 쓰기 시작했을 때부터 탈고까지 남산과 그 아래 해방촌을 수없이 오르내렸던 그 시절과 동거했다.

　그 시절 언니와 자취를 하던 방은 정말이지 성냥갑만 하게 작았다. 머리맡에 놓인 비키니 옷장과 면보를 씌운 앉은뱅이 책상이 떠오른다. 흠집이 많았던 책상엔 서랍이 세 개, 가운데 서랍엔 동그란 쇠고리가 달려 있었다. 일기장을 가운데 서랍 속에 넣어두고 혹시나 언니가 읽을까 조바심을 태웠던 날들이었다.

　언니가 아침 일찍 출근하고 나면, 나는 가방을 메고 남산에 자리한 도서관으로 향했다. 열람실 10층 복도에 서서 남산을 '관람'하는 재미가 쏠쏠했지만, 그만큼 외롭고 쓸쓸했다. 곧 닥쳐올 스무 살이 두렵고 불안하기도 했다. 남산 아래 해방촌에는 나보다 일찍 상경한 친구들이 모여 살았다. 방직 공장, 봉제 공장에 다니는 친구들이었다. 해방촌과의 인연은 그렇게 시작됐다. 자취방과 남산도서관, 해방촌을 오가며 나는 내 삶의 궤도를 수정하기 위해 열아홉의 남은 날들과 스무 살을 보냈다. 그리고 오랫동안 남산도, 해방촌도 찾지 않았다. 지나온 시간은 없어지거나 사라지는 게 아니라 내 안에 축적된다는 걸 부정하고 싶었던 건지도 모른다.

1985년, 내가 서울 땅을 처음 밟았던 그해 한 중앙 일간지에서 남산에 타임캡슐을 묻었다. 타임캡슐이 묻힌 그 자리에 발 딛고 서서 500년 후를 상상해 봤다. 아무것도 그려지지 않았다. 뿌연 스모그에 잠긴 서울 시내를 내려다볼 때처럼 500년 후는 꿈의 시간이거나, 닿지 못할 영원처럼 느껴지기도 했다. 열아홉의 나는 무엇을 할 것인가, 무엇을 할 수 있을 것인가, 짐짓 고뇌에 차서 생각에 잠기곤 했다. 보이지 않는 500년 후보다 타임캡슐이 묻힌 바닥을 딛고 서 있는 내가 훨씬 더 불안정하고 불분명했던 시절이었다.

아주 오랫동안 나는 그 시절을 '검은 날들'로 기억하고 있었다. 그럼에도 불구하고 돌이켜보면 그 시절이 은화처럼 반짝거리며 아름다웠다는 상투적인 말을 하고 싶지는 않다. 다만 그 시간을 건너왔기에 지금 여기에 내가 있다는 얘기를 하고 싶었다. 지금 열아홉의 시간을 건너가고 있는 이들에게, 열여덟, 열일곱, 열여섯……. 거꾸로 갈 수 없는 시간을 살고 있는 청소년들에게 들려줄 이야기를 쓰고 싶었다.

퇴고의 시간을 보냈던 토지문화관에서의 4월이 떠오른다. 4월에도 눈이 내렸던 2013년, 나는 충분히 슬프고, 외롭고, 행복했다. 『타임캡슐 1985』가 자꾸만 무너지려는 나를 일으켜 세웠던 시간이었다.

그리고 연희문학창작촌의 따뜻한 작업실에 앉아 '작가의 말'을 쓰고 있다.

두 번째 책을 내 주는 '사계절'에 감사드리고, 나를 기억하는 이들에게, 이 책을 읽을 그대들에게도 사랑을 전한다.

춥다. 곧 13월이 올 것이다.

12월 연희에서
홍명진

타임캡슐 1985

2014년 1월 8일 1판 1쇄
2014년 12월 15일 1판 2쇄

지은이 : 홍명진

편집 : 김태희, 김태형, 이혜재 | 디자인 : 권지연
제작 : 박홍기 | 마케팅 : 이병규, 최영미, 양현범, 정은숙

출력 : 한국커뮤니케이션 | 인쇄 : POD코리아 | 제책 : 정문바인텍

펴낸이 : 강맑실
펴낸곳 : (주)사계절출판사 | 등록 : 제406-2003-034호
주소 : (우)413-120 경기도 파주시 회동길 252
전화 : 031)955-8588, 8558 | 전송 : 마케팅부 031)955-8595 편집부 031)955-8596
홈페이지 : www.sakyejul.co.kr | 전자우편 : skj@sakyejul.co.kr
독자카페 : 사계절 책 향기가 나는 집 cafe.naver.com/sakyejul
페이스북 : facebook.com/sakyejul | 트위터 : twitter.com/sakyejul

ⓒ 홍명진 2014

ISBN 978-89-5828-712-4 44810
ISBN 978-89-5828-473-4 (세트)

이 도서의 국립중앙도서관 출판시도서목록(CIP)은 e-CIP 홈페이지(http://www.nl.go.kr/cip.php)에서
이용하실 수 있습니다.(CIP제어번호: CIP2013028404)

이 책은 2012년 한국문화예술위원회 아르코 창작기금을 받았습니다.